LES GALOCHES ROUGES

DU MÊME AUTEUR

La Burle, collection « Romans et récits du terroir », De Borée, 2007.
La Burle, collection « Terre de Poche », De Borée, 2002.
La Case-départ, autoédition (S.B. Diffusion, De Borée Diffusion), 1998.
La Pierre Levée, collection « Romans et récits du terroir », De Borée, 2000.
Le Maître des étoiles, collection « Romans et récits du terroir », De Borée, 1996.
Le Genêt-scorpion, éditions Horvath, 1985, Prix Sidoine-Appolinaire.
La Dame à la capuche, éditions O. Orban, 1984 (épuisé).

53, rue Fernand-Forest - Z.A. de l'Artière - 63540 Romagnat
Achevé d'imprimer en France en février 2007
Dépôt légal en février 2007
ISBN 978-2-84494-148-0

PAUL PERRÈVE

LES GALOCHES ROUGES

De Borée
Terre de poche

I

Septembre 1943

PIERRE EST RÉVEILLÉ PAR LA CLARTÉ DU JOUR qui filtre à travers la cloison vitrée. L'école !… Encore cette vache d'instit… Mais non, aujourd'hui, c'est dimanche. Dimanche ! Il savoure, le nez dans les draps tièdes, le plaisir de pouvoir être paresseux. Et c'est ce plaisir, justement, qui lui donne envie de se lever.

Jour de soleil ou jour de pluie ? Le dimanche, il préfère la pluie. Au *patro*, c'est mieux quand il flotte. S'il fait beau, on se retrouve cinquante à taper dans un ballon crevé. Lui n'aime pas ça. Il les regardera, plutôt méprisant, juché sur le rebord d'une fenêtre. Alors, ils pourront bien le traiter de fille, de « dégonflé »... Mais s'il pleut, quelle chance ! On se tassera dans la petite salle des fêtes, et l'abbé leur passera un chouette film, un cow-boy, un Charlot ou un Laurel et Hardy. On les a vus dix fois, qu'importe. Après, on rejouera les scènes drôles, les bagarres surtout. Mais auparavant, il faudra décider qui sera le héros invincible, tout le monde veut le rôle, qui sera le traître immonde, personne n'en veut. Quand enfin, on aura choisi, le *patro* sera fini.

Dimanche, c'est Papa à la maison. Absent toute la semaine, il rentre le samedi, la mine accablée. Pierre ne sait pas très bien ce que fait son père. Dans la maison traînent partout des cartons sur lesquels sont tendues des chaînettes, de toutes les formes, des dorées, des argentées. Pierre en a même volé parfois, pour attacher ses couteaux ou pour les échanger contre des billes.

Chuintement de la cafetière. Quelque chose comme une odeur de café. Il pousse la porte de la cuisine. Sa mère est déjà habillée, mais ses cheveux, Dieu merci, sont restés dénoués. Elle s'affaire devant le réchaud qui, malgré le *tire-gaz* ne distille qu'une maigre flamme bleutée. Son père est assis devant un bol où fume un liquide brunâtre — orge et chicorée — qu'il asperge de poudre de lait. Avec sa cuillère, il tente de noyer les *yeux* jaunes qui se forment. Puis il trempe sa tranche de pain de maïs, couleur bouton d'or, sur laquelle il a étalé deux ou trois lamelles de moût de raisin.

À la place de Pierre, deux tartines de pain blanc et de beurre l'attendent de part et d'autre d'un bol de chocolat et de vrai lait. Gêné, il regarde le mauvais déjeuner que se partagent ses parents. Il n'ose plus leur dire : « Dis, M'man, tu veux pas une de mes tartines ? Et toi, P'pa ? » C'était devenu comme une formule rituelle qui lui renvoyait en écho : « Mais non, mange… À ton âge, tu en as plus besoin que nous. » Et s'ils avaient dit oui ?

Le beurre et le pain blanc avaient certainement voyagé dans une sacoche de bicyclette, en compagnie de trois œufs, d'un kilo de châtaignes ou de topinambours, selon la saison. Souvent, le samedi après-midi, son père enfourchait son vélo et partait au ravitaillement. Il ne devait pas avoir beaucoup d'argent, car il ne ramenait jamais beaucoup de choses. Pierre n'oublie pas cette nuit d'angoisse quand son père n'est pas rentré. Il avait couché en prison pour avoir été pris avec cinq kilos de patates et il n'était revenu qu'à l'aube, pâle et pas rasé : « Demain, on mangera des frites à la gendarmerie de Vaise », avait-il grogné, amer.

Ce matin, son père est encore en pyjama. Un pyjama deux fois trop grand pour lui. Il faut dire qu'il a une drôle d'histoire : l'officier allemand qui oublie sa serviette dans le train… Un dossier important ? Mû par un soudain réflexe patriotique, il s'en empare et, resté seul, déballe, en guise de secret militaire… un blaireau, un savon à barbe et le fameux pyjama manifestement destiné à un gabarit autre que celui de Papa qui se retrouve avec la braguette dans le dos. Ça ne doit pas toujours être commode !

La mère de Pierre s'est penchée sur lui pour passer le lait. Elle sait bien que la peau qui flotte, molle et transparente comme une méduse, lui donne des haut-le-cœur. Caché dans la cascade de ses cheveux qui l'effleurent, Pierre l'observe à la dérobée : les fils blancs se font plus nombreux, ses mains sont parcourues de lignes bleutées et parsemées de petites taches brunes. Maman vieillit. Un jour, elle sera vieille. Un jour, elle mourra. C'est une évidence terrifiante. D'ailleurs, il en est sûr, quand sa mère mourra, lui aussi mourra. Comment imaginer une autre solution ? Il serait bien trop malheureux. Depuis quelques temps, il y pense souvent. Et dans son lit, il pleure, la bouche dans l'oreiller, pour qu'on ne l'entende pas. Y a que les filles qui pleurent.

Septembre 1943

Aujourd'hui, flotte dans la cuisine une atmosphère bizarre que Pierre n'arrive pas à définir. Les parents ne sont pas comme d'habitude. Pierre sent qu'il va se passer quelque chose.

Délibérément, il s'accroche au rituel dominical et demande de son air faussement suppliant : « Je peux aller dans votre lit ? » Habituellement la réponse ne se fait pas attendre et le garçon se recouche à côté de son père, dans la tiédeur maternelle. Autrefois son père prenait un crayon et du papier et, contre l'écritoire de ses genoux fléchis, traçait pour son fils une ribambelle de dessins rigolos, des souris, toujours les mêmes : toute une famille souris bras-dessus, bras-dessous, deux petites souris sous un parapluie, maman-souris poussant un landeau avec le museau de bébé-souris qui dépasse de la capote… Depuis, Pierre a toujours eu de la sympathie pour la gent souris.

Mais maintenant qu'il est grand, que ses pieds touchent presque le fond du lit, c'en est fini des dessins de souris. Désormais, leur passion partagée, ce sont de vieux numéros de *L'Illustration* ou de vieilles photos sépia, dures comme du bois tant elles sont épaisses. Autant de prétextes pour le père de raconter et pour le fils d'imaginer la très belle et très glorieuse guerre de 14-18. Rien à voir avec celle-ci, pour laquelle Papa n'a que mépris : « Ils auraient dû se battre jusqu'au dernier… Mais ils n'en avaient pas ! » Pierre se demande toujours ce qui pouvait bien leur manquer : des fusils, des munitions…

Ensemble, calés dans les oreillers, ils parcourent les champs de bataille de Verdun, courant d'un fort à l'autre, de la Marne au Chemin des Dames, de si jolis noms qui font rêver… Au fond de la tranchée, dans la boue qui vous grimpe jusque-là, Pierre partage la maigre ration refroidie, l'eau-de-vie, la vermine, l'enfer des explosions, l'angoisse de l'heure H et la ruée vers l'ennemi, poitrine offerte à la mitraille. Pour la énième fois, il revit chacune des blessures paternelles : « Là, là… tu sens… ? » Le père prend la main de l'enfant et lui fait palper son cuir chevelu : « Un coup de sabre au cours d'une charge… » Il sort son pied de dessous les couvertures et montre son talon : « Ça, tu vois, c'est un coup de lance de uhlan… Contre eux, on avait une parade terrible… On glissait le sabre le long de leur lance, comme ça… et crac ! On leur coupait les doigts. » Et puis, en apothéose, l'histoire de ce cavalier, un dragon, adossé à un arbre, un sabre passé à travers le corps, qui encourageait ses frères d'arme. Une belle image, mais Pierre n'est pas certain que ce truc-là puisse avoir été vrai. Qu'importe ! Au-delà des murs étroits de la chambre, l'enfant galope sur la plaine infinie dans un éblouissement de couleurs, dans un infernal brouhaha de cris, de martèlements et de clairons. Voilà que jaillit son père, héros empanaché et cuirassé d'argent, pourfendant de son sabre le méchant Boche. À chaque récit, l'aventure grossit, grossit en horreur et en panache. Ils ont claqué la porte au monde pour se fabriquer un univers de rêve où même Maman n'a pas accès…

Personne n'a répondu à Pierre. Il réclame : « Dites, je peux aller dans le lit ? — Non, pas ce matin ». Le ton est sec. Devant le regard étonné et chagriné du garçon, bien vite son père se radoucit : « Ce matin, mon grand, ta mère et moi, on veut te parler. L'autre nuit, tu as entendu, les bombes sont tombées à moins de cinq kilomètres… Un de ces jours, avec la gare juste derrière nous, ce sera notre tour… Vous ne pouvez pas rester ici, c'est trop dangereux. J'ai trouvé quelque chose à louer à la campagne, pour ta mère et toi. »

La campagne, la campagne !… Pour un peu, il sauterait au cou de son père. Tout de suite, son imagination a fait surgir des visions d'école buissonnière, de chemins creux pleins de soleil, de prairies peuplées de troupeaux… Alors, il ne verra plus cette vache d'instituteur, plus jamais sauf si l'occasion s'en présente, pour le tuer un jour.

« Où va-t-on, P'pa ?

— Pas loin, du côté des monts du Lyonnais. »

Des montagnes de surcroît. Pierre s'efforce de ne pas trop laisser paraître son allégresse. Il fait même semblant de s'inquiéter :

« Et toi, P'pa, tu ne pars pas avec nous ?

— Il nous rejoindra plus tard », rassure sa mère.

Pierre a surpris leur regard appuyé et son imagination y voit bien des choses.

Au petit jour, Julien enjambe le banc et s'assied au bout de la grande table. Ses parents, déjà installés, ne lui prêtent aucune attention.

Devant le père fume dans une assiette à soupe un morceau de lard frissonnant, dont la couenne porte encore une barbe hirsute. Avec son Opinel, il découpe de petits cubes de pain rassis, puis une mince tranche de lard. Sur le plat de la lame, il pose un morceau de pain et un morceau de lard qu'il porte à sa bouche en les maintenant avec son index. Il mâche en hochant la tête tout en marmonnant à l'adresse d'on ne sait qui. Entre deux bouchées, il essuie dans un même geste la bouche et le nez, du dos de sa main velue qui n'a pas lâché le couteau.

Par-dessus sa chemise, au col baillant faute de boutons, il a passé un tricot crevé de toutes parts et raccommodé par endroits avec des laines aux couleurs de hasard. Du gris, du beige, du bleu... Pour protéger ses yeux clairs de la lumière du matin, il a ramené sa casquette sur le front. La visière, à l'endroit où les doigts ont l'habitude de la saisir, est tachée de noir. Le couvre-chef ne quitte jamais son crâne, même au lit. Julien ne se souvient pas d'avoir vu son vieux, tête nue. Des fois qu'il serait chauve… De la barbe par contre, il est sûr qu'il en a. Noire et drue, toujours de huit jours, elle fait ressembler son cou à celui d'un poulet qui vient d'être plumé.

Les coudes écartés, le nez dans les vapeurs de son bol, la mère aspire sa soupe au lard. Il n'y a guère loin, pour la cuillère, du bol aux lèvres, tant elle arrondit le dos. De son bonnet de laine violette à grosses mailles, aussi immuable que la casquette du père, pend une mèche de cheveux gris échappés de la coiffe. Des reprises maladroites parsèment sa chemise de nuit effrangée au col et aux manches. Enserrant la grosse faïence du récipient fumant, la main aux doigts boudinés, aux ongles de deuil, tremble en permanence.

Julien avance ses mains qu'il pose sur le bois roux de la table de cerisier. Elles, non plus, ne sont guère belles, écorchées, striées d'engelures, les ongles rongés jusqu'au sang.

Sans quitter de l'œil son assiette vide, le père essuie sur l'angle de la table la lame de son Opinel, puis il la passe sur sa cuisse droite comme il le fait avec son rasoir sur le cuir tendu. D'une seule main, il ferme le couteau et le range dans le tiroir, devant lui.

Personne n'a dit : « Bonjour Julien » et Julien n'a dit bonjour à personne. C'est comme ça depuis longtemps, depuis toujours. Maintenant, le père, les yeux rivés sur la fenêtre éternellement close, se cure les dents avec l'ongle de son petit doigt qu'il tête ensuite avec un bruit de succion qui se mêle à ceux de sa mère affairée sur sa soupe. Julien s'empare sur la table d'une assiette presque propre. De l'ongle, il gratte une chiure de mouche et se verse une louche de soupe grasse. Un bon moment, il se plonge dans la contemplation des yeux de son bouillon que la cuillère, par jeu, unit et désunit. On dirait que les yeux s'accouplent pour donner naissance à des tas de petits. Il rêvasse, comme bien souvent, mais aujourd'hui il rêve d'un matin différent. Ses parents manifesteraient leur bonheur de l'accueillir à la table familiale sur laquelle on aurait jeté une nappe fleurie. « Bonjour Julien. » « Bonjour M'man… Bonjour P'pa… » Il embrasserait sa mère toute pomponnée, son père rasé de frais. Et sa mère s'empresserait de lui servir un bon café au lait ou un chocolat, comme il paraît que ça existe chez ses copains des autres fermes ou du village. Tout en trempant ses tartines, il narrerait à ses parents attentifs ses fantasmes de la nuit, il leur parlerait du bon géant et de la méchante sorcière qu'il s'est inventés à travers les moisissures et les gouttières du plafond de sa chambre…

Julien regarde sa mère, juste en face de lui, puis son père. Comment pourraient-ils comprendre ? Mais peut-être que, comme lui, ils ne savent pas dire les choses, que tout est en dedans. Peut-être qu'ils ont trop de soucis, trop de fatigue en eux, mais qu'ils l'aiment, leur fils unique, et s'il n'a droit qu'à cette soupe qui l'écœure, c'est parce qu'ils n'ont pas d'argent pour lui offrir autre chose.

« À ce qu'il paraît, la maison à côté serait louée… » Julien sursaute : le père a parlé. Lui qui ne dit jamais plus de deux mots, il a fait une phrase entière, sans jurer, sans gueuler. À croire que c'est important ce qu'il avait à dire. La mère lève sur lui son regard vitreux, recrache un morceau de pain dans son bol et montre la fenêtre d'un dodelinement de tête : « Et qui ça serait ces gens ? » Le père se penche sur son banc, disparaissant à moitié derrière la table. Il se torche le nez dans un grand mouchoir mauve, aussi crasseux que lui, avant de déclarer méprisant : « Vingt Dieu ! Des réfugiés… C'qui z'ont à foutre par ici ? »

II

Octobre 1943

LE CAR GÉMIT DE TOUS SES FREINS et s'arrête dans une boucle de la route, tout près d'un étang. « Le Martoret, où vous allez, c'est ça », laisse tomber le chauffeur. Il désigne, en haut de la colline, une maisonnette accolée à une suite de murs et de bâtiments qui doivent être une ferme.

Bruit sec de la portière qui se referme, vacarme de la vieille carcasse qui vibre au démarrage : Pierre et sa mère sont donc arrivés.

À l'ombre d'un arbre, dont la frondaison déborde au-dessus de la route, ils contemplent le sentier qui grimpe à travers prés, droit vers le hameau. Sur leur gauche, l'étang, cerné de peupliers, scintille violemment sous un soleil qui a encore les ardeurs de l'été. Surpris, l'enfant écoute quelque chose d'inusité : le silence. Un silence qui grandit au fur et à mesure qu'il enregistre d'infimes murmures. Ce crissement continu, est-ce un chant de grillon, de sauterelle, ou rien qu'une fantaisie de ses oreilles ? Un appel monotone, lancinant, monte de l'étang, éteignant les autres bruits. Maintenant qu'ont disparu les odeurs du car, il perçoit des senteurs inconnues dans sa ville, de résine, de terre et d'herbe chauffées… Sous leur arbre sont tombées des choses vertes, pleines d'épines dont certaines, écrasées, tachent le goudron d'une purée beige. D'un coup de talon, le jeune garçon ouvre un oursin, séparant l'étreinte de deux châtaignes.

Pierre suit le regard de sa mère.

« Dis, M'man, c'est là-haut, dans la petite maison, qu'on va habiter ?

— Oui, c'est là-haut. »

Pierre sait que sa mère ne dit que les mots nécessaires, pas comme son père. Mais il a pris l'habitude de lire dans ses yeux, et maintenant ils sont un peu inquiets. « Allons ! », dit-elle en prenant la plus lourde valise. Pierre attrape la sienne et attaque le raidillon avec ardeur, presque en courant. Le soleil cogne de plein fouet. La terre des ornières fume sous son pas et l'herbe racle le fond de sa valise. Bien vite, il s'arrête, essouflé, s'assied sur son fardeau et regarde monter sa mère, les yeux baissés, l'épaule tirée par la valise qui heurte sa jambe.

« Dis, M'man, c'est là-bas que j'irai à l'école ? » L'enfant s'est retourné et montre, en contrebas, émergeant d'un vallonnement, quelques toitures en désordre qui encerclent un clocher ventru couvert d'ardoises. Tout au sommet, on devine quelque chose qui doit être un coq. « Oui, certainement. » Elle essuie ses paumes sur le devant de sa jupe et passe un mouchoir dans son cou. Pierre le trouve marrant, ce clocher. D'habitude, c'est haut, c'est pointu, mais celui-là, bien dodu, lui rappelle les images des *Mille et une Nuits*. Justement, un personnage enturbanné survole le village sur son tapis… À moins que ce ne soit qu'un vol serré de pigeons. « C'est chouette par ici, hein M'man, on n'a pas de mur devant nous. » Et le regard de l'enfant vagabonde au-delà du village. Au fur et à mesure que les collines s'éloignent, elles s'abaissent et leur vert pâlit. Elles cèdent la place à une plaine toute grise fermée par des montagnes qui se mélangent au ciel.

« M'man, qu'est-ce qu'il y a derrière ces montagnes ? » Des villes ? La mer ? Pourquoi pas la mer, annoncée par cette brume là-bas. Ici on est loin de

Lyon pour que ce soit la fumée des usines, comme à l'horizon que l'on découvre depuis Fourvière. Pierre rêve. Sans lui répondre, sa mère a repris sa lente ascension. Le chemin s'infiltre dans l'ombre accueillante d'un petit bois de chênes et de noisetiers avant de rejaillir dans la touffeur des terres. Aussi loin que l'on puisse voir autour des fermes ou dans les champs, il n'y a personne. Où sont donc passés les gens ?

La maisonnette, maintenant toute proche, s'abrite derrière un haut mur de soutènement qui ne laisse apparaître que les deux fenêtres de l'étage et un toit de tuiles romaines bordé d'une rangée de pierres. Sur la droite, un arbre immense dissimule presque entièrement les bâtiments de la ferme. Dans un dernier sursaut, le sentier, devenu caillouteux, longe un muret de pierre sèche. Qu'est-ce qu'il peut bien y avoir derrière ? D'un saut, le jeune garçon escalade les blocs disjoints : les oreilles sur les yeux, un gros cochon rose, tacheté de noir, somnole à l'ombre d'un sureau.

Un mur lui fait perdre de vue les étrangers. Julien ne sait plus depuis combien de jours il guette à la fenêtre du grenier, à plat ventre sur le plancher criblé de graines et de crottes de rats. Chaque jour, son cœur cogne quand le car apparaît sur la route, côtoie l'étang sans s'arrêter et se perd derrière les peupliers. Les galoches à la main pour ne pas réveiller ses parents qui font la sieste au-dessous, il redescend déçu. « Demain, si ça se trouve… » Aujourd'hui, le car a ralenti, il s'est arrêté un instant à l'entrée du chemin. Et quand il est reparti, deux silhouettes — une grande et une petite — étaient là, merveilleusement là. Pour mieux les voir, il a attrapé à pleine main les toiles d'araignées de la lucarne, les a roulées en boule et balancées dans la cour. Les yeux plissés à cause de la réverbération de l'étang, il les a regardées grimper avec leurs valises, faire halte, repartir, disparaître dans le petit bois. Elles sont trop loin pour qu'il puisse distinguer leur visage. Tout ce qu'il sait, c'est que sur le chemin avancent une femme et un enfant, à peu près grand comme lui. Il a remarqué qu'ils ne sont pas habillés comme les gens d'ici ; d'ailleurs, ils n'ont pas non plus leur démarche. Ici on marche plus lentement, à pas régulier, les genoux moins raides.

Pierre aborde l'ombre de l'arbre géant dont la cime, vue par en dessous, semble se perdre dans les nues. De là-haut, tombe une vague rumeur, comme si l'arbre parlait. Au pied du tronc, une énorme pierre grise l'invite à s'asseoir. Sa mère longe le parc à cochons, faisant tourner la valise autour d'elle pour changer de main. Des cris le font se retourner vers la ferme. Par le portail ouvert, il aperçoit un homme coiffé d'une casquette qui fait reculer ses bœufs de part et d'autre du timon d'une charrette à grands coups de bâton sur le mufle. Des bœufs, ça existe donc pour de vrai ! Sa mère est enfin parvenue sous l'ombre bienfaisante. Pierre attrape à plein bras le fût rugueux du géant.

« M'man, qu'est-ce que c'est cet arbre ?

— Un tilleul.

— Pouah ! C'est avec ça qu'on fait de la tisane ! »

Pierre expédie un coup de pied rageur contre l'écorce. Il n'a jamais pu ingurgiter cette eau sale, synonyme de maladie.

Un raidillon les conduit, en quelques pas, devant un portillon vétuste qui permet d'accéder à une terrasse précédant une modeste façade. Noyé dans l'herbe, il fait des manières pour s'ouvrir. Une ronce vorace a tressé ses rameaux entre les barreaux de bois. Pendant que sa mère fouille son sac à la recherche des clés, Pierre se jette à plat ventre sur le mur de la terrasse et retrouve, en contrebas, son cochon vautré dans les orties. Il rejoint sa mère qui s'affaire sur les serrures. Sous leur poussée conjuguée, la porte, gonflée d'humidité, finit par céder en raclant la pierre du seuil. Une bouffée d'odeur de moisissure leur arrive de la pénombre que ni l'un ni l'autre n'ose affronter.

Immobile sur le seuil aux côtés de sa mère, Pierre découvre, à mesure que ses yeux s'accommodent, leur nouveau domaine. Voilà que naît un antique fourneau au bas-ventre orné d'un robinet de cuivre, puis une table ronde recouverte d'une toile cirée aux tons de rouge, quelques chaises pliantes en fer, peintes en beige, un carrelage rapiécé sur lequel les meubles cherchent leur équilibre. Des poutres du plafond, peintes en noir, les toiles d'araignées, surchargées de poussière, pendent comme des loques. Un angle de la pièce est occupé par un évier de pierre.

« M'man, où il est le robinet ?

— Sur la terrasse, répond-elle d'un air accablé.

— Et, M'man, regarde, il y a même une cage à oiseaux. Elle est drôle, elle a deux étages.

— C'est un garde-manger, pas une cage, mon Pierre. »

Sa mère est restée sur le seuil, la valise à ses pieds, comme un chien bien dressé. Le jeune garçon revient vers elle et lui attrape la main qu'il secoue gentiment :

« Ne t'inquiète pas, M'man, tu verras, on arrangera. »

Il la tire en avant et l'abandonne au milieu de la pièce pour grimper sur une chaise et ouvrir, tout grand, volets et fenêtres. L'air empoussiéré scintille dans la lumière.

Pierre fouine partout, ouvrant placards et portes. Derrière l'une d'elle, il découvre un escalier de bois qui doit desservir l'étage. Les marches grinçantes le conduisent, en deux volées, jusqu'à la chambre. Tout au milieu trône un vaste lit de bois recouvert d'un édredon ventru, flanqué d'une table de nuit. Les deux meubles s'adossent à un mur tapissé de bouquets champêtres terriblement fanés. L'humidité a décollé les ajoutures. Le lit est si haut que Pierre cherche des yeux une échelle ou un marchepied. Heureusement qu'un petit lit fermé d'une barrière de fer torsadé occupe une alcôve obscure. « Mon lit ! » Il plonge par-dessus la barrière sur un matelas qui grince bruyamment. Le nez au ras du plancher aux gros nœuds résineux, il contemple le troupeau de moutons qui broutent sous le grand lit. Il souffle de toutes ses forces et les fait frissonner.

Tel un insecte, il est attiré par le soleil derrière les vitres. Au passage, il ne peut résister à l'envie d'ouvrir le tiroir de la table de nuit, puis de tirer sur la petite porte d'en dessous. Merveille ! Une lourde faïence blanche, décorée de scènes champêtres, toutes bleues, y est nichée. Il saisit l'objet et le glisse sous son petit lit. « Ça sera mieux que par la fenêtre », conclut-il, satisfait de son larcin. Au pied de la fenêtre, parmi les mouches mortes, gît un papillon de nuit, toutes ailes déployées. De l'autre côté des carreaux ternis, il découvre la terrasse flanquée sur sa gauche d'une grosse pompe : on dirait un bonhomme qui n'aurait qu'un bras, et sur sa droite d'une petite cabane couverte de tuiles qui doit être le cabinet. Juste devant la fenêtre, un arbre masque une partie du paysage. À travers les feuilles, il repère le village et son drôle de clocher. Une poule se promène sur le mur en caquetant, une poule comme Pierre n'en a jamais vu, avec un cou tout nu et de grosses pattes plumeuses.

Du plat de la main, Julien chasse la poussière et les toiles d'araignées qui maculent sa chemise et sa culotte. Ses genoux, ses côtes lui font mal tant il est resté à plat ventre. Qu'importe ! Il y a si longtemps qu'il n'avait ressenti une telle joie, une joie qui lui donne envie de pleurer. Avec mille précautions, il descend de son observatoire. Dans la cuisine il cueille une pomme rouge qui traîne au fond d'un panier et regagne l'abri de sa chambre. Couché sur le dos, un bras replié derrière la tête, il lorgne le fruit qu'il fait tourner en le tenant par la queue. Il essuie la peau sur le devant de sa chemise sale et mord à pleines dents. Il mâche longuement, les yeux sur le plafond et crache un pépin sur la couverture. « Quel âge qu'il peut avoir ? », s'interroge-t-il à haute voix. Un silence vite brisé par le ronflement de son vieux. Julien achève de grignoter sa pomme et balance adroitement le trognon par la lucarne. Un caquetage furibond lui annonce qu'on se dispute le festin. Au plafond, il cherche la tache familière et amie dessinée par les gouttières et les moisissures : « Dis, l'géant, tu crois qu'on sera copains lui et moi ? » Le silence à nouveau, puis un ronflement du père. Même quand il roupille, on dirait qu'il est en colère. « Oui, ça serait chouette si on pouvait aller à l'école ensemble. On sera peut-être pas dans la même division, vu qu'à la ville on est moins con qu'ici, et puis, les livres et moi, hein… » Julien ferme les yeux pour mieux voir ses rêves. « Et les jours où y aurait pas classe, y viendrait garder les bêtes avec moi… Peuh ! Si ça se trouve, il a peur des vaches. D'ici qu'il en ait jamais vu… »

« M'man ! Viens voir notre chambre… M'man ! » Comme elle ne répond pas, il la rejoint dans la cuisine. Armée d'un balai de genêt fusé jusqu'au manche, elle pousse vers la porte un magma de brindilles, de feuilles sèches et de cadavres d'insectes. Dans la poussière remuée, la lumière, maintenant à l'horizontale, trace une voie lactée miniature. Pierre bondit sur la terrasse, faisant fuir la poule au cou déplumé. Elle plonge lourdement vers le parc à cochons. Il ramasse un bout de bois et le lance en direction du volatile qui précipite sa fuite, cou tendu, peuplant l'air de ses cris d'effroi. Dérangé, le cochon agite son groin.

Un bruit de galopade, truffé de meuglements, attire le jeune garçon vers le portillon. Des chèvres bondissantes précèdent la masse imposante des vaches qui se bousculent en cognant le portail et déboulent le long de la terrasse avant de virer à droite au bas du mur de soutènement. Clôturant le défilé, Pierre aperçoit la silhouette d'un petit paysan suivi d'un chien noir et blanc. Dès qu'ils ont disparu, Pierre va s'allonger à plat ventre sur le mur ne laissant dépasser que le bout de son nez. Deux mètres en dessous, navigue un entassement d'échines maigres supportant des ventres en tonneau qui oscillent à droite, à gauche, au rythme des pas. Une vache porte sur le front une planche attachée aux cornes. Une autre traîne une barre de bois qui lui cogne les pattes avant. À quoi peuvent bien servir ces trucs de bois ? Mais Pierre n'a pas le loisir de s'interroger plus avant : son regard plonge, à l'arrière du troupeau, sur un béret marron, tout fané, plein de trous au travers desquels pointent des mèches blondes. Sous la coiffe et la tignasse claire, il a le temps d'entrevoir un nez et des joues criblées de taches de rousseur. Mais vu d'en haut ce sont les chaussures qui monopolisent son regard de citadin. Des godasses à semelles de bois, fermées par deux ficelles et dont le cuir est du plus beau rouge… Un peu comme les bœufs de l'attelage. Le chien sur les talons, le jeune berger brandit son bâton et tape sur la croupe d'une vache attardée qui se met à galoper en se croisant les pattes et en secouant ses mamelles. Puis il se retourne, sans doute pour voir s'il n'a pas oublié une bête. Pierre n'a que le temps de se jeter en arrière. « Il ne doit pas être bien plus vieux que moi, estime-t-il, en tous les cas pas plus de douze ans... » En chemin, une chèvre a pénétré dans la haie, laissant seuls visibles son arrière-train et une couette frétillante. Le bâton la fait sauter en l'air et filer comme une flèche. Elle porte un drôle de collier fait de trois bouts de bois liés en triangle. Une bizarrerie de plus livrée à la perplexité de Pierre.

« Sûr qu'on a le même âge », se dit Julien qui a jeté, à travers la barrière, un œil sur le petit étranger. Il n'a pas manqué de repérer sur le chemin l'ombre du mur et l'ombre de la tête qui en dépassait. C'est pour ça qu'il s'est retourné, pour le faire partir, l'étranger. Le jeune berger attrape familièrement le panache de la queue du chien qui lui souffle sur les mollets : « Dis, Marquise, t'as vu ce p'tit con, y croit p't-être qu'on l'a pas remarqué. » L'enfant se retourne à nouveau, épaule son bâton en visant le haut du mur : « Pan ! Pan ! »

Bien entendu, Pierre a raconté à sa mère ce qu'il a vu du haut de la terrasse : le petit voisin qui a un béret troué et des godasses rouges, oui, parfaitement, rouges !

Comme le soir arrive vite ici ! Comme il fait frais soudain ! Ce doit être parce qu'on est en montagne : Papa a dit « les monts du Lyonnais ». Quand même, elles ne sont pas bien hautes, les montagnes, elles n'ont même pas de blanc au sommet. C'est alors que dans la pénombre naissante, il découvre qu'il n'y a pas de bouton électrique, ni de lustre au plafond… À la place pend une lampe au ventre de cuivre surmonté d'un tube de verre, lui-même coiffé d'un abat-jour de faïence, festonné sur les bords. Un système de contrepoids et de poulies doit permettre de la descendre et de la remonter. Après quelques essais infructueux, la maman de Pierre réussit à enflammer la mèche qui fume vers le plafond. La lumière fait danser les meubles et les poutres. L'enfant demeure fasciné par cette bête vivante et chaude, captive derrière son verre et qu'on peut réveiller ou endormir en tournant une petite roulette. « C'est beau, M'man, c'est bien mieux que l'électricité… Et puis tu sens, ça sent bon. »

La cuisine communique avec une cave à moitié enterrée où cohabitent un matelas pourri, un sommier rouillé, des planches et du bois à brûler. La maman de Pierre relève le devant de sa jupe pour faire une poche dans laquelle elle entasse des brindilles et de grosses pommes de pin. Le fourneau refuse de tirer et refoule à travers tous les interstices de la fonte une fumée épaisse et âcre. Pierre, les mains plaquées sur les yeux, trépigne : « Ça pique, M'man ! Ça pique ! »

Après avoir parqué ses chèvres dans un coin de l'étable, Julien attache ses vaches qui, d'elles-mêmes, ont regagné leurs places respectives. Il a appris, à ses dépens, à se méfier des cornes de certaines vicieuses qui ne demanderaient qu'à vous éborgner. À coup de galoches dans les pattes, il les fait avancer ou reculer, puis passe ses bras autour des encolures ramenant à lui les extrémités de la chaine qu'il unit dans un anneau. Les plus grandes, il les attache en grimpant sur les mangeoires. En bretelles, la flanelle débordant du pantalon, son père nettoie à la fourche le caniveau. En pestant, il essuie sur le fond de son pantalon la bouse qui a giclé sur ses mains, puis leur crache dedans, en visant les paumes, un coup à droite, un coup à gauche, et reprend le manche de son outil. « Sacré putain de merde ! » Julien ne se demande même plus à qui s'adresse son vieux. Il ne doit pas le savoir lui-même. Julien en a fini d'attacher ses bêtes. Il saute le caniveau en évitant le fouet d'une queue lestée de bouse séchée. Dans la figure, ça fait un mal de chien. « Tu sais, P'pa, les nouveaux voisins, les réfugiés, ben j'les ai vus. Y a une dame et un gamin qu'aurait mon âge. » L'autre pour toute réponse, crache son jus de chique sur le mur, ajoutant une traînée brune à des dizaines d'autres. « Tu sais, P'pa, répète le garçon… » Le père est déjà dans la cour. Ses sabots y font sonner leur rythme bancal : Tac ! Rrrr… Tac ! Rrrr…

Tandis que le petit paysan se presse derrière son troupeau, Pierre quitte l'abri du tronc séculaire et le détaille sans gène. Le béret enfoncé bas sur les oreilles, le garçon est engoncé dans une veste étriquée qui dénude largement les poignets, et dont les déchirures des coudes exhibent une doublure de couleur claire. D'une culotte, ridiculement longue, rapiécée aux fesses, émergent deux jambes bronzées qui vont se perdre dans l'accordéon de chaussettes tricotées. Et tout en bas, les étonnantes galoches qui font clic-clac sur les cailloux du sentier.

Pierre n'aurait jamais imaginé qu'on puisse être aussi mal vêtu. À croire que les paysans d'ici sont sacrément pauvres, parce que, même à la primaire, et un dans quartier pas tellement riche, comme la Guillotière, aucun élève ne faisait aussi *sampille*[1]. Hier soir, sa mère, après l'avoir bordé et fait l'ascension de son grand lit, lui avait dit : « Tu devrais lui parler, il est peut-être gentil… Tu serais moins seul, mon grand. » Posté sous le tilleul, il a longtemps attendu. Pour s'occuper, il a suivi dans les plis de l'écorce le cheminement des fourmis noires dont la procession se perdait dans les cimes, la démarche en accordéon d'une chenille poilue, la course des bêtes plates, au dos noir taché de rouge. Il se demande pourquoi on nomme ces miteuses bestioles, des soldats. D'une chiquenaude, il en envoie balader une. Une cavalcade meuglante et bêlante l'a poussé derrière le tronc du géant, à la fois heureux et inquiet.

1. *En guenilles.*

Julien, son chien sur les talons, hâte le pas pour rejoindre le peloton de ses bêtes. Bien entendu, il a tout de suite repéré l'étranger, avec son pull blanc et ses chaussettes blanches, cet idiot qui se croit caché par le tilleul. Il a eu le temps de voir la raie bien sage qui discipline ses cheveux bruns. Quand il passe à l'aplomb de la terrasse, il ne ralentit pas sa course, mais il se penche vers son chien : « Dis, Marquise, t'as vu la fille » et un peu plus loin, dents serrées : « Vas-y Marquise, mords-le ! », il lui désigne l'arbre de son bâton.

Pierre a crié « M'man » et s'est, d'instinct, adossé au tronc pour se protéger des assauts de l'animal qui sautille de droite et de gauche, la gueule menaçante. Julien a laissé faire un moment avant de se précipiter : « Marquise ! À bas, vingt Dieu ! À bas ! » Il attrape la bête par le collier et la fait reculer « Allons, sale chien ! » Puis s'adressant au jeune étranger rivé à son arbre : « Aie pas peur, va, y gueule mon clébard mais y mord jamais personne, y mord que les pattes des vaches et le cul des biques. » Les deux enfants regardent ailleurs, sans trop savoir quoi se dire. L'animal flaire les chaussettes blanches. Pierre se penche et caresse le dos du chien du bout des doigts :

« Il est beau… Il est à toi ?

— Ouais, c'est Marquise.

— Marquise, c'est rigolo pour un chien. Marquise ! Marquise ! »

L'animal remue son panache et son arrière-train tout en posant son museau dans la main du jeune garçon, en quête de quelque caresse.

Pierre est à moins de deux pas du petit paysan. Il lui trouve une odeur qui n'est pas celle de ses copains de la ville, une odeur d'animal, de fumée, de sueur. Il constate qu'il a des yeux très bleus, des taches de son jusqu'au bout du nez et, sur la joue gauche, une vilaine croûte jaunâtre. Ça, Pierre sait ce que c'est : de l'impétigo. Une saleté qui ne vous lâche pas facilement et qui lui a fait manquer l'école des semaines, à cause de la contagion. L'autre, s'il ne se soigne pas, va en prendre partout, plein le nez, plein les oreilles.

Julien, pour sa part, est hypnotisé par le tricot immaculé sur lequel pendouille, au bout de sa chaînette, une médaille dorée. Une médaille de riche. Dessus, il distingue un ange en relief tenant son menton dans la main. Julien flaire une vague odeur de fleur… L'autre se parfume comme les filles. Il affirme plus qu'il n'interroge : « Toi, t'es pas d'ici, hein, t'es de la ville. » Il montre la ligne de collines qui barrent l'horizon de l'autre côté du village. Avec une certaine condescendance, Pierre a désigné le portail : « Je suis de Lyon, moi… Et toi, tu es de la ferme ? » Un autre silence. Loin sur la route, une voiture bourdonne. « Merde ! Mes bêtes ! » Julien s'est rué sur le chemin. Croyant à un jeu, Marquise tourne autour de son maître en aboyant joyeusement, lui entrave les jambes et le fait tomber. « Saloperie ! » Furieux, Julien lui jette son bâton que l'animal évite de justesse.

Pierre a attendu qu'ils aient disparu pour regagner la terrasse. Alors qu'il referme la barrière, il a un sursaut : dans l'encadrement du portail grand ouvert, un homme l'épie sous sa casquette, celui qui cognait sur ses bœufs. Il a l'air sacrément méchant. Pierre bafouille un « B'jour m'sieur » instinctif. Le voisin lui tourne le dos et disparaît. À toute vitesse, le jeune garçon pousse le verrou de la barrière, se précipite à l'abri de la maisonnette dont il claque la porte et tourne la clé.

« Je vais chercher du ravitaillement à la ferme, tu m'accompagnes ? » Un panier pendu au pli du coude, la maman de Pierre tend la main à son fils qui fait semblant de ne pas la voir. Il n'est plus un bébé, quand même ! Il lui arrache le panier et court devant, mais se garde de franchir le portail. S'il entre seul, le bonhomme à la vilaine tête va lui sauter à la gorge, le battre, l'enfermer dans une cave. Il attend. Ce matin, il fait un grand soleil. Aussi, les poules, qui s'étaient agglutinées à l'ombre du portail, s'éloignent en protestant, l'œil courroucé, mais s'arrêtent à peu de distance, peut-être dans l'espoir d'une distribution supplémentaire, ou par simple curiosité. Ils zigzaguent dans la cour entre les îlots de bouse. Sur la droite, jouxtant ce qu'il pense être une écurie, Pierre est attiré par un box clos d'une demi-porte d'où s'échappent des grognements. Il regarde par-dessus la porte. Suffoqué par la puanteur, le nez pincé entre le pouce et l'index, il entrevoit au milieu de la pénombre la silhouette rosâtre d'un porc nageant sur un sol fangeux. À la vue de l'intrus, l'animal s'agite, se dresse, pour retomber bizarrement sur les genoux. D'une démarche instable, il s'avance, les oreilles en œillères. À moins d'un mètre, il s'arrête, renifle. Il a un anneau dans le nez. Ses pattes, comme son bas-ventre, ont la couleur du purin. « Tu pues, affreux ! » Pierre lui envoie un crachat sur le groin et se sauve en faisant mine de s'éventer.

La maison d'habitation barre le fond de la cour et se dresse comme une forteresse avec ses hauts murs presque aveugles. On y accède par un grand escalier et une terrasse. Fermant le côté gauche de la cour, un hangar, ouvert à tous les vents, recèle un capharnaüm de machines agricoles, de charrettes, rouillées et hors d'usage, sous lesquelles circulent des animaux de basse-cour. Un appel familier pousse l'enfant dans ce cimetière de métal et de bois. Attachée court à un timon, Marquise se tortille et tire sur sa chaine. Elle se dresse sur ses pattes arrière et appuie ses deux pattes avant sur le tricot blanc. Pierre caresse Marquise en rejetant la tête pour éviter la langue râpeuse. Poursuivi par les plaintes de l'animal délaissé, le garçon rejoint sa mère au bas des escaliers. Entre les joints du granit poussent des bouquets de pissenlits. Sur la terrasse, une poule, qui s'abreuvait dans une flaque croupie, leur vole entre les jambes, semant des flocons de duvet. Le bois de la porte d'entrée, blanchi par l'âge et les intempéries, est tout rapiécé avec des morceaux de tôle rouillée où Pierre, amusé, remarque la trace de l'ouvre-boite. Il peut même lire « sardines à l'huile extra ». Sa mère a frappé discrètement. Il se rapproche d'elle et lui prend la main. Elle se décide à cogner plus fort.

Une porte qui grince au loin, un pas qui traîne, la fermière leur fait face. Pierre s'attendait au pire et c'est pire encore. Ce sont d'abord les couleurs du visage qui le déconcertent : du jaune dans les yeux, du rouge sur les joues, et un gros nez incandescent piqueté comme une fraise, un nez de clown. Et tout le reste est noir. Noir, le chapeau de paille, enfoncé bas, traversé par une immense aiguille à tête de bois. Noire la blouse, trouée au bas des poches, descendant sur des chaussures à boucles, également noires, avachies, percées à la pointe. La bouche entrouverte sur des dents trop longues, la femme ne paraît pas surprise, absente plutôt.

« Nous sommes les nouveaux voisins, commence la maman de Pierre.

— C'est pour le ravitaillement », coupe la femme en lorgnant le panier.

La voix est à l'image du personnage, éraillée, traînante. La fermière tourne le dos et rentre dans la pénombre de son couloir. « Elle est pas polie », estime Pierre toujours accroché à la main maternelle. Il trouve qu'elle a une démarche de canard et de grosses fesses. « Faut excuser le ménage », dit la fermière en pénétrant dans sa cuisine. Effectivement, il n'a pas dû être fait depuis longtemps. Il stagne une odeur de petit lait et de crotte de poule. Près de l'unique fenêtre dépourvue de rideaux, une longue table est encombrée de vaisselle sale, providence d'une escouade de mouches qui ont fort à faire entre les plats et le dessus de la table souillé de miettes et de taches de vin. À l'opposé de la pièce, un feu brûle dans une cheminée de pierre presque entièrement occupée par une grosse marmite pendue à sa chaîne. Dans ce coin, tout est noir, la marmite, les pierres et la plaque du foyer, le plafond et les poutres, et tout le bric-à-brac qui encombre le dessus de la cheminée.

D'un geste du bras, l'hôtesse dégage un coin de table et invite les citadins à prendre place. Pierre s'installe à califourchon sur le banc, tandis que sa mère s'assied à peine en tournant le dos à la table. Nantie d'une serpillière, la fermière expédie les miettes sur le glacis et efface les cercles laissés par les verres de vin. Une senteur aigrelette monte aux narines de Pierre qui recule discrètement son banc. La femme farfouille dans le buffet. Elle en sort deux petits verres et une bouteille qu'elle pose sur la table. « Il en prendra ? » questionne l'hôtesse en désignant le jeune garçon. La maman de Pierre a de grands gestes affolés : « Mais non ! Mais non ! Rien ! Il ne faut pas vous déranger pour nous. » La fermière s'est assise en face des deux visiteurs. De près l'enfant remarque qu'elle porte des boucles d'oreille qui lui percent les lobes. « Ça doit drôlement faire mal, pense-t-il, et c'est même pas beau. » Son œil est attiré par un grain de beauté à l'angle du menton orné d'un long poil sur lequel il a furieusement envie de tirer. La femme sert la maman de Pierre qui élève son verre à mesure que l'autre le lui remplit. « Merci… Merci… » La main qui tremble fait tinter le goulot contre le verre… Elle s'octroie une rasade débordante en expliquant : « Rien que pour vous tenir compagnie… Goûtez ! C'est de la *blanche* du pays. » Un frottement de sabots sur le glacis, un claquement de porte, le fermier apparaît. À la vue des étrangers, il marque un arrêt, tripote la visière de sa casquette tout en marmonnant quelque chose qui doit être un bonjour et se dirige vers la cheminée devant laquelle il fait halte pour cracher son jus de chique dans les flammes et frotter son genou ankylosé qui doit le faire souffrir. Du plafond, il décroche un seau de métal nanti d'une grosse tétine de caoutchouc et file sans un regard, sans un mot, laissant Pierre perplexe quant à l'usage de ce biberon pour géant.

Le mari parti, la fermière vide son verre d'un trait et le repose sur la table, laissant échapper derrière ses doigts un rot satisfait. Désignant du menton le verre encore plein, elle encourage : « Allons, ma p'tite dame, goûtez-y donc, vous verrez ! » Pierre observe sa mère qui porte avec circonspection le breuvage incolore à ses lèvres. Elle avale une gorgée, plisse les yeux et frissonne discrètement : « Ce truc doit être vraiment dégoûtant, en conclut Pierre. Pourtant de loin, ça sentirait plutôt bon. » Poliment, la maman de Pierre interroge :

« Votre grand garçon n'est pas là, Madame ?

— L'Julien, il est à l'école à l'heure qu'il est. »

La femme regarde dehors, vers le soleil, probablement pour y lire l'heure. Ainsi, il se prénomme Julien. Aussi loin qu'il s'en souvienne, Pierre n'a jamais connu personne avec ce prénom. Julien… Julien… Tiens c'est pas vilain au fond. Bien sûr ce n'est pas si beau que Pierre ou Paul. Il essaie de se remémorer la tête de Julien sous le tilleul. Avec ses cheveux blonds, ses yeux bleus, il ne ressemble pas du tout à sa mère, pas plus qu'à son père, du moins pour le peu qu'il en a vu. La paysanne dirige ses yeux noyés vers Pierre qui regarde ailleurs, gêné.

« L'ira pas à l'école vot'grand ? a-t-elle postillonné.

— Si bien sûr, dès que nous serons un peu organisés. »

L'hôtesse, après avoir glissé un œil vers la porte, saisit la bouteille et fait mine de resservir son invitée qui pose la main à plat sur son verre. Sans insister, elle s'adjuge une seconde rasade qu'elle s'expédie, les yeux clos, la tête renversée.

Panier au bras, la fermière a disparu par une porte ouvrant sur quelque cave. Pierre en profite pour regarder à travers les vitres crasseuses. Loin en contrebas, il aperçoit la cour. Le paysan poursuit le cochon à grands coups de sabots dans l'arrière-train, espérant sans doute lui faire réintégrer son antre empuantie. Soudain, le cochon plie les pattes de devant et reste ainsi le derrière en l'air, couinant à fendre l'âme. Le bonhomme le saisit par une oreille et par la queue et le traîne jusque dans son box, concluant son escapade par un dernier coup de sabot. Ce cochon qui se met à genou intrigue fort le petit citadin. Dans le calme revenu, Pierre remarque une poule buvant l'eau d'une flaque. À chaque gorgée, elle tend le cou vers le ciel, elle aussi les yeux clos, la tête renversée.

Pierre et sa mère redescendent les escaliers. « Dis, M'man, t'as vu, c'est moche chez eux. Ils ne doivent pas être riches. » Elle jette un regard sur son panier : « Je ne pense pas qu'ils soient tellement pauvres. »

Le paysage commence à faner ses verts. Seuls les conifères gardent leurs couleurs et jurent sur les jaunes et les roux. L'étang à travers les peupliers décharnés, dessine un trou noir. Assis sur le mur de la terrasse, jambes pendantes, Pierre épie depuis un bon moment un long morceau de route et le sentier qui grimpe vers lui. « J'ai froid aux fesses, grogne le garçon en se mettant debout et en frictionnant son fond de culotte. Alors, y ne vient pas, zut ! » L'école doit être finie depuis un bon bout de temps, mais il y a sûrement loin du village à l'étang. La silhouette tant attendue se montre enfin, dérisoire et frêle, plaquée sur l'immensité que l'ombre et la brume grandissent encore.

Juché sur les traverses de la barrière, il regarde Julien franchir les derniers mètres de son pas régulier. Le même béret, la même veste. Seul changement, une musette de toile cirée pend à son épaule droite, une ficelle en guise de courroie.

« Bonjour.

— Bonjour. »

Pierre montre la musette.

« T'étais à l'école ?

— Ben ouais… jusqu'au certif'.

— Et Marquise ? »

Julien indique le portail d'un mouvement de tête.

« Sous le hangar, attachée pour pas qu'elle me suive.

— Je sais, je l'ai vue, même qu'elle m'a reconnu. »

Un temps et Pierre poursuit.

« J'ai vu aussi ta mère... Ton père aussi, comme ça. »

Julien a rougi et baissé le nez. Alors Pierre ne sait plus tellement quoi dire.

« Tes drôles de chaussures, où c'est que tu les as achetées ?

— Mes galoches ? »

Julien lève bien haut sa jambe droite :

« Au patelin, tiens. Y a longtemps. Avant, elles étaient mieux.

— C'est la couleur qui est chouette, j'aime bien le rouge », précise Pierre.

La nuit ne tardera pas. Une petite bestiole, au vol lourd et saccadé, tournoie autour du tilleul.

« C'est quoi, c't'oiseau, Julien ?

— C'est pas un oiseau ! C'est une chauve-souris.

— Je sais ! C'est pareil à un petit vampire, sauf que ça ne suce pas le sang.

— C'est quand même des bêtes de malheur. Ça t'accroche les cheveux. Nous quand on en tue une, on la cloue sur une porte pour conjurer. »

Ils suivent l'évolution de l'animal jusqu'à ce qu'il disparaisse derrière les toits.

« Il paraît qu'on va aller à la même école.

— Chez Paille-de-fer, alors !

— "Paille-de-fer ?"

— L'institutrice, pardi ! Avec sa tignasse, on pourrait gratter les casseroles. »

Pierre descend de sa barrière.

« T'as de la chance d'avoir une institutrice. Les derniers temps, à Lyon, j'avais un instituteur. C'te vache, tu peux pas savoir comme il tapait sur les copains, et pas pour rire ! »

Il se penche vers le jeune paysan, une main devant la bouche.

« Je vais te dire un secret, un jour je le tuerai, parfaitement, et personne ne saura que c'est moi. »

Méditatif, Julien gratte de l'ongle la vilaine croûte de sa joue.

« C'est bien beau ça, mais pour le tuer, faut un fusil.

— J'ai une carabine à plomb. Tiens, je demanderai à mon père de l'amener. »

Julien tend la main gauche et met en V le pouce et l'index, alors que ses deux doigts de la main droite semblent tendre et lâcher brusquement quelque chose.

« Moi j'ai un lance-pierre. »

Il lève le petit doigt.

« Et avec des élastiques gros comme ça. Alors ta carabine, hein…

— Sûr qu'elle tire plus fort !

— Sûr que non ! »

Du fin fond de la cour, une voix dure aboie : « Julien ! Julien ! Nom de Dieu ! »

« Merde ! Faut que j'aille traire. À un de ces quatre. » Julien disparaît dans l'ombre du portail.

Pierre ne connaît du village que ce qu'il découvre depuis la terrasse ou les chemins alentour. Aujourd'hui, il y descend en compagnie de sa mère. Une aventure qui revêt pour le jeune citadin l'intensité des périples d'Alexandre le Grand ou de Marco Polo. Il dévale le sentier, tenant d'une main un panier, de l'autre une baguette de noisetier avec laquelle il fait voler les têtes de chardons. Parce que les chardons sont des pirates et lui barrent le passage. Dans l'herbe, gisent des quantités de têtes mal rasées. Bien qu'il ait fait mille détours, Pierre aborde la route loin devant sa mère qu'il voit trébucher parmi les ornières et les herbes folles. Fermé d'un côté par la route et un parapet, de l'autre par une haie de peupliers doublée de barbelés, l'étang attire irrésistiblement le jeune garçon. Il se jette à plat ventre sur la murette de granit, certain de la réaction maternelle : « Attention, ne te penche pas, tu vas te noyer ! » Les joncs, les lentilles d'eau, ont envahi la surface, ne laissant libre qu'une zone étroite au pied du mur. Une onde épaisse, immobile, reflète le visage de l'enfant. Il se penche plus avant, fasciné, attiré par l'eau glauque. Le plongeon de grenouilles invisibles, effrayées par cette intrusion, plisse la surface, déformant sa figure. Une libellule en tutu bleu fait osciller un jonc. Pierre lui lance une poignée de gravillons. L'insecte fuit en zigzaguant au ras de l'eau.

La campagne vallonne sans à-coups, un rien mélancolique. Le long de la route, les peupliers lui présentent les armes et font vibrer leurs dernières feuilles. Un clocher proclame l'heure, un autre le contredit un moment après. C'est bon de galoper sans trottoir, sans passage clouté, avec la route pour vous tout seul, dans le silence et l'immobilité du décor. Même les troupeaux de vaches semblent figés. Pierre joue à les compter, à repérer leur sexe en regardant sous le ventre ou sous la queue. Il s'étonne de constater que les vaches broutent toutes dans le même sens, lui montrant avec un bel ensemble, ici leurs cornes, là leur derrière. Qui donc est le chef ? La plus grosse ? La plus vieille ? Julien le lui dira bien, comme il lui dira pourquoi des bêtes jouent à se grimper sur le dos.

Une plaque bleue annonce en lettres blanches : Sainelonge. Au fur et à mesure que le clocher grandit, les maisons se font plus nombreuses pour ne devenir qu'une rue. La girouette surmontant l'église est un coq piétinant les quatre points cardinaux. Pierre se retient pour ne pas jeter un œil à travers les fenêtres basses, mais il sait que sa mère protesterait : « Pierre ! En voilà des manières !... » Bah ! Il aura tout le temps de satisfaire sa curiosité en allant à l'école.

La place est cernée de maisons basses aux façades crépies de beige, d'où jaillit le bleu criard de la poste. Pierre lit au-dessus des portes, en grosses majuscules : Café Goux, Café Dupeuple, Café Boinon. Mais il n'y a que des bistrots dans ce patelin ! À Lyon, les cafés ne s'appelaient jamais du nom de quelqu'un, c'était plutôt le Café des Promeneurs, le Café de la Paix... En contrebas, près de l'église, il découvre son école. Elle ressemble à toutes les autres avec son gros bâtiment sans style, son préau, sa cour bordée de portes de W.C. Les fenêtres lui livrent des morceaux de classe. Il survole des tignasses brunes sur fond de blouses noires. Il a beau se déplacer, il ne découvre ni la tête ébouriffée de Paille-de-Fer, ni les mèches blondes de Julien. Il ne garde tout de même pas son béret en classe !

Dans l'angle de la place, des marronniers font une haie d'honneur au monument de 14-18 et leurs branches basses voilent pudiquement l'impressionnante liste des morts pour la France. « Qu'est-ce qu'ils ont pris les gens d'ici », ne peut s'empêcher de noter Pierre avec une soudaine pensée pour son père. Ils ont eu beaucoup de morts, mais pas beaucoup de sous pour les honorer : une modeste stèle de granit, des obus au pied, reliés par une chaîne et jouant aux quatre coins, tout là-haut un coq aux ailes déployées, faute d'avoir pu s'offrir la statue d'un poilu criant : On ne passe pas ! Tous ces morts : Claudius, Jean-Benoît, Clovis… s'animent soudain, prenant le visage, les allures de ces cohortes de mobilisés que les photos de *L'Illustration* lui ont cent fois livrées : la casquette, la moustache en corne de vache, le costume étriqué que l'on sortait de la naphtaline pour les grandes occasions. Dame ! pour une fois qu'on prenait le train.

Dans sa ville, les places étaient toutes plates, goudronnées ou habillées de sable rouge. Ici, elle est en pente, revêtue d'une terre sculptée de rigoles de pluie, éclaboussée de bouse de vache, parée en son milieu d'une haute murette ronde, un pot de fleur géant pour un tilleul maigrichon.

Pierre s'arrête devant les rares vitrines. Il les trouve vides, tristes. Des papiers tue-mouches tire-bouchonnés, chargés de grappes noires, en décorent les coins. Les affaires ne doivent guère être florissantes. Contre la porte de l'épicerie, il s'attarde dans la contemplation d'une tête de noir, toute frisée, vantant les produits Kilvoufo. Il le trouve bien moins sympathique que le nègre de Banania.

Le tilleul se transforme en cocotier et Pierre en Robinson Crusoé, tant le village semble désert. Il n'y a personne sur la place, ni dans les ruelles adjacentes, personne dans les boutiques, personne… Les gens ont l'air d'être morts derrière leurs murs.

Le jeune garçon rejoint sa mère à la sortie de la boulangerie et lui arrache du bras son panier empli de petits paquets surmontés d'une tourte enfarinée. « Viens, Pierre, je me suis renseignée pour tes chaussures. » Ils franchissent le seuil d'un magasin qui a plutôt l'air d'une quincaillerie.

« T'es sûre, M'man ?

— Je crois, oui. »

Accrochés par le haut de la porte, des cylindres de métal n'en finissent plus de s'entrechoquer. Le local, incroyablement encombré, ne ménage qu'une étroite allée entre les fournitures qui grimpent à l'assaut des fenêtres et les obstruent partiellement. Les lieux sont obscurs et sentent le pipi de chat. D'un pas feutré, une grand-mère sort de la nuit d'une arrière-boutique, escortée d'un matou tigré aussi vétuste que sa maîtresse. Malgré la tiédeur du magasin, elle traîne de grosses pantoufles écossaises à pompon et s'est emmitouflée dans un grand châle dont le noir fait ressortir sa fine chevelure blanche, si fine qu'on voit, à travers, son crâne rose. Ses yeux éblouis cillent comme ceux d'un hibou dérangé en plein jour. L'ancêtre murmure d'un ton expirant :

« Ces messieurs-dames désirent ?

— Des chaussures pour mon grand, pour se rendre à l'école.

— S'il y avait des galoches, suggère le garçon...

— Ce doit être du trente-quatre », précise la maman de Pierre.

En s'y prenant à plusieurs fois, la vieille se hisse sur une chaise, une main plaquée contre les reins. « C'est la guerre, on n'est pas bien achalandé... » Elle choisit plusieurs cartons, vérifie l'étiquette, leur souffle dessus et repose les pieds au sol avec un gémissement. Pierre la compare à un vieux meuble bouffé des vers et de pourriture. Il l'imagine perdant, dans un craquement sinistre, un bras ou une jambe qui s'en irait rouler dans le magasin. La vieille dame a posé toutes ses boîtes sur le comptoir. L'une après l'autre, elles révèlent leur secret. Pas assez vite au gré de Pierre qui s'impatiente.

Miracle ! Entre une paire de chaussures montantes à clous et une paire de chaussures basses de cuir brut, elles sont là, couchées tête-bêche, sur un lit de papier soie, avec leurs semelles jaune paille, leurs lacets blancs, leur cuir rouge...

Les galoches rouges ! Toutes pareilles, en plus neuf, à celles de Julien.

Pour Julien, cette journée d'école a été moins que fameuse, catastrophique, même. Il a hérité de cent lignes pour demain parce qu'il ne savait pas différencier les conjonctions. Saloperies de conjonctions ! Au passage du petit bois, il fait voltiger d'un coup de galoche une grosse pomme de pin. Qu'elle soit de coordination ! Nouveau coup de pied dans la pomme de pin qui disparaît dans les chaumes. Ou de subordination ! Et pour demain, les lignes ! Il se demande bien comment il les fera. Elle peut pas piger, l'institutrice, elle est pas de la campagne. Elle ne sait pas qu'avant d'ouvrir les livres et les cahiers, il faut tirer les bêtes, tourner l'écrémeuse, faire la litière, donner aux cochons… Se crever la peau, quoi, jusqu'à en tomber de fatigue et de sommeil. Alors les conjonctions et les lignes, elle peut se les mettre !

Il retarde le moment de rentrer. Assis sur le mur du parc à cochons, il regarde la vallée et ces collines mystérieuses à l'horizon qui cachent sûrement un pays fantastique, sans école, sans punitions, sans parents… Il a repris son ascension, en levant bien haut les jambes à cause des orties fortifiées par les dernières pluies. En longeant le tilleul, Julien lui flatte amicalement l'écorce : « Salut vieux ! Ça va les branches ? Moi, tu sais, j'suis sacrément dans la merde ! » Pour le jeune paysan, cet arbre est un être doué de sentiments, un très vieux compagnon de misère qui l'a vu naître, grandir et survivre, sans pouvoir lui donner autre chose que son ombre ou son parapluie.

Dès son retour du village, Pierre s'est posté derrière le portillon de la terrasse. Il a attendu longtemps. À peine Julien a-t-il passé l'ombre du tilleul que Pierre allonge une jambe à travers les barreaux et agite son pied.

« Dis, tu as vu mes godasses !

— C'est franc les miennes », constate simplement Julien, l'air absent.

Pierre est déçu, il s'attendait à plus de commentaires mais l'autre, tout de suite, s'est détourné vers le village. « Puterie d'école, puterie d'instit' », a-t-il cru l'entendre grincer. « T'as eu des ennuis à l'école ? » Julien s'accoude à la barrière. L'air absent, il gratte la vilaine croûte de sa joue. « Tu devrais te soigner, dit Pierre, sinon tu vas en prendre partout. » Pour seule réponse, Julien renifle et hausse imperceptiblement les épaules. Ce que Pierre traduit par un « C'que je peux m'en fiche ! » Il sent bien que le jeune paysan a envie de pleurer. « Allons, Julien ! Viens à la maison » l'invite-t-il en ouvrant le portillon. Mais l'autre reste planté, oscillant d'un pied sur l'autre, comme s'il retenait un besoin « Avance, je te dis, on ne te mangera pas ! » De ses deux mains, Pierre le pousse dans le dos.

Julien s'est adossé à la porte refermée. Pierre lui trouve des allures de chat, prêt à filer à la moindre alerte. « Bonjour, Julien. » L'enfant sursaute, les joues empourprées. Est-ce lui que l'on vient ainsi d'appeler de cette voix douce et chantante ? C'est la première fois. La maman de Pierre apparaît au bas des escaliers de la chambre. Il la regarde de tous ses yeux clairs, la bouche entrouverte. Parce qu'elle est belle la dame, très belle, avec sur le visage ce sourire à la fois triste et tendre, bien plus belle que toutes les femmes qu'il a vues au pays. On dirait un peu une image des livres de messe. « Alors, c'est toi Julien... ». Soudain réveillé, il ôte son béret troué, bafouille un « B'jour, M'dame... » Pierre découvre une tignasse blonde, sauvage, qui doit ignorer la caresse d'une brosse ou d'un peigne.

« Viens voir, M'man. » Pierre attrape le bras de sa mère et l'amène auprès du petit paysan qui baisse les yeux et se tasse contre la porte. Du doigt, il lui montre la vilaine chose sur la joue de son camarade. « Regarde, M'man, il a de l'impétigo, comme moi j'ai eu, tu te souviens ? » La dame s'en va fouiller une étagère sur laquelle elle prend une bouteille et du coton. Pierre explique :

« N'aie pas peur, ça ne pique pas, c'est de l'eau Dalibour… Renifle, ça sent le celluloid comme une balle de ping-pong.

— Donne ta joue », dit la voix, obligeant Julien à ôter cette main qui cache la vilaine croûte.

On lui caresse la joue… Il ferme les yeux. « Douillet ! Oh le douillet ! » se méprend Pierre en faisant les cornes. Oh, non, ça ne fait pas mal, au contraire… Il voudrait le crier, il voudrait que cette main ne s'en aille jamais, l'appuyer bien fort contre sa joue, contre sa bouche… La voix maudite monte de la cour « Julien ! Julien ! Merde ! » Il bredouille un merci, enfonce son béret à deux mains et s'enfuit. Pierre croise le regard de sa mère, plantée là, un morceau de coton dégouttant sur le sol d'une main, la bouteille de l'autre. Et ce regard ne lui plaît pas. « Dis, M'man ! Pourquoi tu l'as soigné le p'tit bouseux ? »

III

Novembre 1943

« UN PEU DE SILENCE, mes enfants, dit l'institutrice en tapant dans ses mains, nous avons un nouveau, un petit réfugié qui nous arrive de Lyon. Je suis sûre que vous serez bons amis.

— Mon cul, oui, chuchote une voix anonyme.

— Lève-toi, Pierre. »

Le garçon obéit. Toutes les têtes se sont tournées vers le fond de la classe. Un tondu lui fait la grimace en tournant les yeux, un boutonneux lui tire la langue et fait mine de lui cracher dessus, un grand fourrage dans son nez et, d'une chiquenaude, lui expédie le produit de ses explorations. Ces visages hostiles lui font peur. Il voudrait bien que l'institutrice l'invite à se rasseoir.

Une voix grince : « Çui-là qu'est-ce qu'y vient nous faire chier ? » Une autre, rigolarde, se taille un franc succès : « Y s'est trompé, l'école des gonzesses, c'est à côté. »

En plein naufrage, Pierre cherche une bouée de sauvetage qu'il trouve au premier rang. Entre deux têtes, Julien lui adresse des signes amicaux.

D'un coup de règle sur son bureau, l'institutrice ramène l'attention vers elle. « Mes enfants, vous ne seriez pas heureux de quitter votre village, c'est pareil pour ceux qui doivent quitter leur ville... » Ainsi c'est elle Paille-de Fer... Elle n'est pas moche, non, mais elle est bien moins jolie que sa mère. Une auréole de cheveux frisés, noirs et serrés la font ressembler à une Africaine... Elle l'a appelé par son prénom avec les mêmes intonations que sa mère ou ces demoiselles qui peuplent ses souvenirs. Elle n'est sûrement pas méchante comme son horrible instituteur. Celui-là avait une manière de passer entre les rangs, le sourire aux lèvres, et pan ! il vous envoyait la main sur la figure ou vous arrachait les cheveux devant les oreilles, là ou ça fait le plus mal. À son retour à Lyon, il le tuera. Un *bourron* de buvard mâché lui arrive sur la joue. Il s'essuie furtivement.

« Pierre, tu peux t'asseoir. » Ouf ! Il obéit, faisant mine de ne pas sentir sous les fesses l'éponge mouillée que lui a glissée son voisin. Avec celui-là, il devine qu'ils ne seront jamais copains. D'abord il est tout vilain avec ses dents en avant, une tache rouge sous un œil, et des oreilles décollées dans les trous desquelles il passe son temps à fourrager. Et puis ce qu'il peut sentir mauvais… Pierre a été frappé par l'odeur d'écurie qui planait sur la classe, mais le voisin, lui, pue carrément.

Encore dépourvu de cahiers et de livres, Pierre a tout le loisir de partir en exploration. Au fond, cette classe n'est pas différente de celles de la ville. Les murs sont pareillement tachés de doigts, le plafond de papier mâché. Les vitres s'ornent de découpages de fleurs et d'oiseaux. À gauche, sur une estrade, trône le bureau de Paille-de Fer, agrémenté de la boule bleue d'une mappemonde. À droite, une armoire vitrée doit cacher derrière ses rideaux une bibliothèque. On y trouve sûrement, protégés par une couverture bleue, *Sans famille*, *David Copperfield*, *Robinson Crusoé*… Entre les deux, est accrochée, contre le tableau noir, une carte de l'Afrique. Sa préférée. Elle est pleine d'éléphants, de jungle et de tam-tam.

Comme à la ville, les blouses noires soulignées d'un liseré rouge sont de rigueur. Il faudra qu'il demande à sa mère de lui en acheter une avec un liseré bleu. Mais que de manches, de coudes fusés, que de ceintures arrachées, que d'accrocs ravaudés à la va-vite.

Pierre trouve que les mains et le visage des petits paysans sont brunis et que leurs cheveux sont drôlement coupés, droit sur le front et la nuque. Le coiffeur du village n'aura pas sa visite. Deux jeunes têtes carrément tondues arborent de longs cous de poulets et des oreilles écartées comme des feuilles de salade. Il imagine ces deux-là débarquant dans son école. Cette rigolade !

Les bureaux accouplés sont en piètre état, attaqués à coups de couteau, de plume et de compas. Les plus anciennes blessures se sont estompées alors que les plus fraîches éclatent en clair sur le bois sombre. Pierre suit de l'ongle des figures géométriques, des cœurs peuplés d'initiales, des silhouettes de personnages au sexe imprécis. Il déchiffre quelques graffitis, promesses d'amour ou propos injurieux : « À bas Paille-de-Fer… » « Pudu pue du cul » Qui c'est celui-là ? Une gravure profonde et récente proclame à tous les vents : « Laurentine, je t'aime. » Certainement une fille du pays. Laurentine… À la campagne aussi, on donne de jolis prénoms.

Ce matin, il y a lecture. Sans indulgence, Pierre se régale en écoutant ces voix monocordes, chantant sur la fin des mots, négligeant la ponctuation et ne s'arrêtant qu'à bout de souffle ou en perdition. Le doigt suit laborieusement la ligne, secouru par une sorte de bercement de la tête. Pierre imagine son instituteur : le massacre ! Au tour de Julien. Sur un texte facile, il ânonne lamentablement, se trouble et finit par caler net. Des yeux, il cherche Pierre tout en se rongeant furieusement les ongles.

Pierre n'est pas mécontent, il pourra leur montrer sa science. Du coup il se surprend à sourire à son voisin puant.

Ni les coups de règle, ni les incitations au calme de l'institutrice n'empêchent la sortie en récré de tourner à l'émeute. Sous l'œil médusé du jeune citadin, les galoches cognent les chaises qui vacillent et tombent, les dessus des bureaux, lâchés de haut, claquent comme des coups de fusil. Les corps se bousculent, les invectives voltigent. Une semelle anonyme rencontre la jambe de Pierre qui meugle derrière l'abri d'un dos.

La meute écoulée, Pierre et Julien s'assoient tout au sommet de la double volée d'escaliers qui mènent à la cour de récréation.

« Chez vous, les sorties de classe sont toujours pareilles ?

— Ben ouais, pourquoi ?

— Nous, si on avait fait ça… »

De son observatoire, Pierre suit les allées et venues de l'institutrice. Les mains dans le dos, le nez sur la terre battue, elle fait les cent pas au milieu des enfants. Parfois, un garçon la bouscule et lève son béret sans qu'elle semble même s'en apercevoir.

« Elle est chouette, Paille-de-Fer, constate Pierre. Nous en récré, avec ce faux-jeton d'instit', on ne pouvait jamais s'amuser. Dis, Julien, il faut lui dire Madame ou Mademoiselle ?

— Madame, eh con ! Même que son mari est prisonnier chez les Chleus. Pourquoi que tu demandes ? Elle te plaît ?

— Idiot ! Elle est trop vieille pour moi.

— Remarque, pour moi aussi. T'as quel âge ?

— Onze ans.

— Moi bientôt treize.

— Tu n'as pas l'air en avance à l'école… »

Un moment, ils observent la cour à travers les barreaux de la rampe. Julien se tourne vers son camarade avec un air de commisération :

« Toi, t'es pas verni, t'es tombé à côté du Pudu… T'as compris pourquoi y avait personne à côté ?

— Pudu, c'est son vrai nom ?

— Mais non, andouille ! Pudu… Pudu… Parce que Pue-du-cul, tiens ! T'as le nez bouché ?

— C'est pour ça qu'on a gravé sur le bureau… : Pudu…

— Ben oui ! Et tu sais pourquoi y pue tant ? À cause qu'il a un bouc à sa ferme, et même que c'est le seul du patelin. Tu verras, un jour on y mènera une chèvre en chaleur, c'est marrant. »

Pierre approuve. Pourtant, il ne comprend rien à cette histoire de chèvre qu'a chaud.

En contrebas, les cris redoublent. On se poursuit, on s'attrape, on fait la chaîne avec les bras tendus. « C'est barre », explique Julien devant l'air étonné de Pierre. Ici on y joue souvent. Il désigne quelques uns des acteurs.

« Le plus grand, là, c'est le Grand Zef. Faut t'en méfier, d'abord parce que son père est gendarme et puis parce qu'il raconte des tas de bobards. N'empêche qu'un jour il a amené une grenade dans son cartable, et pas dégoupillée s'il te plaît. Il paraît que son père serait quelque chose dans la Résistance, mais va savoir.

— T'en as vu, des résistants ?

— Non, mais on dit qu'y en a à Sainelonge… Tiens ! Le petit moche à lunettes… T'as repéré, c'est mon voisin de bureau. Binoclard qu'on l'appelle à cause… »

Et Julien fait deux cercles de ses pouces et de ses index arrondis et les met devant ses yeux.

« Il est fort en classe, tu verras, mais c'est rien qu'un sale lèche-cul. Faudra qu'on se démerde pour l'envoyer à côté de Pudu, ça lui fera les panards, et toi tu prendras sa place. Tiens ! Zieute le type qui vient de se faire prendre, celui qu'a une patte maigre et qui boite. Justement c'est l'Boiteux. Y compte pour du beurre. Il aurait été paralysé quand il était môme. Paraît qu'il veut se faire curé. Il est déjà enfant de chœur. Remarque, moi aussi, j'suis enfant de chœur.

— Toi ? Toi, tu es un petit curé ? Drelin ! Drelin !

— Ouais, mais moi c'est pas pour me faire curé, c'est pour rigoler et piquer le vin des burettes. Le Boiteux, il est pas marrant, mais c'est quand même mon copain, je t'expliquerai.

— Dis Julien, et ces deux-là, toujours ensemble, pourquoi qu'ils sont tondus ?

— C'est deux frangins. Y z'ont la boule à zéro à cause des totos, des poux quoi. T'en avais pas dans ton école ? Tous les mois Paille-de-Fer nous regarde la tête et si t'en as, crac ! tu passes à la tondeuse.

— À la tondeuse ? Comme les moutons ? Mais je veux pas, moi ! »

Pierre a l'impression que des mille-pattes velus lui courent sur la tête.

L'institutrice a frappé dans ses mains :

« En rang ! En rang !

— Merde ! Déjà », grogne Julien en se levant et en s'époussetant les fesses. Pour la rentrée c'est le même chahut. On passe au calcul. Paille-de-Fer inscrit des chiffres sur le tableau noir. Les crayons d'ardoise grincent, les doigts pianotent, des voix chuchotent. « On ne copie pas, on ne souffle pas », dit l'institutrice. Au signal, les ardoises s'élèvent au-dessus des têtes, des doigts claquent : « M'dame ! M'dame ! » Pierre, qui a repris place auprès de Pudu, constate que, si le Binoclard fait merveille avec les quatre opérations, le pauvre Julien est aussi lamentable en calcul qu'en lecture. S'il le pouvait, il l'aiderait, rien que pour leur faire voir que ceux de la ville sont les plus malins.

Entre deux opérations, Pierre désigne un graffiti à son voisin :

« Qui c'est Laurentine ?

— C'est ma bonne amie

— Et Pudu ? »

Pierre a posé la question d'un air innocent.

« Pudu, y t'emmerde », réplique l'autre en essayant d'effacer de son porte-plume l'inscription infamante.

Complètement à la dérive, Julien tente de copier sur l'ardoise de Binoclard, surtout pour ne pas paraître trop bête aux yeux de son nouveau copain, mais l'autre fait un écran de son coude. Derrière le paravent de son ardoise, Julien lui souffle :

« Toi, mon fumier, tu vas décamper et laisser ta place à mon copain. »

Binoclard écarquille des yeux apeurés, tout gros derrière la loupe des verres fêlés.

« Et si tu veux pas, c'est pareil. Allez, pousse-toi !

— Y a pas de raison, j'partirai pas, pleurniche le pauvre myope cramponné à son bureau.

— Si que tu fileras, insiste Julien en avançant la pointe de son compas vers la cuisse du gringalet qui gémit :

— M'dame… »

L'institutrice laisse sa craie en suspens, se retourne et désigne les deux perturbateurs :

« Julien et Jean-Marie, en voilà assez ! Si vous continuez à vous chamailler, je vais vous séparer.

— Chouette, grince Julien, qui ajoute à l'attention de Binoclard, toi, mon salaud, tu vas te faire châtrer, et pas plus tard que tout à l'heure. »

La séance de calcul a repris. Après chaque opération les élèves effacent leur ardoise. Les mieux organisés se servent d'une éponge humide, les autres ont recours à leur manche ou à un index imprégné de salive. Pudu envoie un coup de coude dans l'estomac de Pierre :

« Eh ! T'as vu mon système ? »

Il jette un œil en direction de Paille-de-Fer, puis, tout en rigolant, glisse son ardoise sous la table.

Il se déboutonne, fait couler un jet tiède et essuie sur sa fesse. Pierre hoche la tête et lui lance un regard méprisant :

« Toi, tu mérites drôlement ton surnom. Tu es un sacré dégoûtant et tu pues le bouc. Pudu ! Pudu-cul ! Pudu ! Pudu-cul ! »

Pierre se bouche le nez d'une main et de l'autre rythme ses injures en pianotant sur son bureau.

Midi. Les enfants prennent place autour des deux longues tables de la cantine. Dans la bousculade, Pierre et Julien ont réussi à s'asseoir face à face. Sur une toile cirée à carreaux rouges et jaunes, il y a devant chacun une assiette de faïence, un verre et une cuillère. Pierre repousse son couvert, regarde de droite et de gauche.

« Cherche pas. Y en pas, explique Julien, le couteau, il est dans la poche, chacun son sien, et la fourchette, à quoi qu'elle servirait ? En hiver t'as de la soupe de patates, et, quand c'est plus l'hiver, t'as une potée de patates. C'est pareil en moins liquide. »

Une grosse dame en tablier bleu apparaît dans un nuage de vapeur, portant un chaudron qu'elle dépose au bout de la table. Elle souffle sur ses doigts, les essuie sur ses fesses, disparaît, pour bientôt revenir chargée d'un second récipient qu'elle installe sur la seconde table.

« La Célie, annonce Julien, mais pour nous c'est Poil-aux-pattes, à cause… Mais tu verras bien. »

Armée d'une louche, la cuisinière préside à la distribution et aux allers et retours des assiettes.

« Hein ! Qu'est-ce que je te disais ? râle Julien en ramenant son assiette, des patates ! Elle nous fait chier la Célie avec ses patates. »

Pierre se penche en arrière, entre deux rangées de dos, pour juger de la véracité des dires de son copain. Par malchance, Poil-aux-pattes porte aujourd'hui des bas de laine qui ne laissent rien deviner. Il reporte son examen sur la tête de la cuisinière : on dirait un ballon de baudruche rouge qu'on aurait marqué de deux points noirs pour faire les yeux et d'un trait pour la bouche. Et cette figure, prête à éclater, dégouline de sueur jusque dans les marmites et les assiettes.

Pierre tourne ses pommes de terre et renifle sa cuillère. Cela sent plutôt bon. Il tâte du bout des lèvres : mais ça n'est pas mauvais du tout, c'est même très bon. Il mange, tout en observant ses plus proches voisins. À côté de Julien, un grand boutonneux ingurgite une cuillerée et renifle alternativement. Julien le pousse du coude : « Dis, l'Dolphe ! Tu fais chier, hein, mouche-toi donc ! » L'autre pince son nez entre le pouce et l'index, souffle et essuie ses phalanges sous la table. Près du Dolphe, un des tondus lui montre le dessus de son crâne qu'il ne cesse de gratter. Pourtant, aucune bestiole ne choit dans ses patates. En bout de table, Pudu scie l'angle de la nappe avec son couteau. Vu l'état de la toile cirée, ce dégoûtant doit s'être réservé cette place. Les cuillères heurtent la faïence, les têtes descendent très bas à leur rencontre. Un bruit d'aspiration et les cuillères cognent à nouveau. Cela fait : tac ! Cheuuu… Tac ! Cheuuu… On achève de vider l'assiette en l'élevant à deux mains à hauteur de la bouche et le cérémonial se termine par de rapides coups de langue donnés verticalement.

Sans qu'il en perçoive la transition, un peu comme lorsqu'il s'endort, Pierre retourne chez lui, à la ville. Sa mère ne cesse de l'enquiquiner : « Tiens-toi droit… Ne mets pas tes coudes sur la table… Moins de bruit en mangeant ta soupe… » Pour l'embêter, il renverse son verre sur la nappe brodée.

« T'est con ! Merde ! Fais attention » Pierre sursaute, l'air égaré. Du doigt, Julien trace une rigole sur la toile cirée pour dévier la course de l'eau. « Et finis donc de bouffer, t'es dernier. » Déjà, les assiettes s'empilent au bout de la table.

« À quoi que tu rêvais donc ?

— À des choses de chez moi.

— Tu raconteras ?

— À toi, oui, ça se pourrait… »

Du panier ou des musettes sortent des œufs durs, du jambon, du fromage, du pain, emballés dans des serviettes à carreaux ou du journal. Pierre bée d'admiration devant la panoplie de couteaux qu'exhibent ses compagnons de tablée : couteaux à manche de corne sculptée d'une tête de chien ou de cerf, couteaux à manche de métal doré décoré de scènes campagnardes, semeur au recto, faucheur au verso, couteaux 32, couteaux Opinel, couteaux à lames multiples… Julien tire de sa poche un Opinel dont il fait jaillir la lame en frappant l'angle du manche contre le rebord de la table et le tend à Pierre.

« J'ai rien…

— T'occupe. »

Julien fauche au Tondu une tranche de pain. Pierre la découpe en petits cubes, comme il le voit faire à ses voisins, et monte une petite pyramide qu'il dévore avec la moitié d'œuf dur que lui a donné le Dolphe. Sur le manche noirci du couteau, une pointe rougie au feu a tracé deux initiales maladroites réunies par un tiret : J - L. Pierre fait mine de réfléchir ; « J c'est Julien, sûrement, mais L ? Louise ? Lucie ?… » Julien récupère vivement son Opinel, passe chacune des faces de la lame sur sa culotte, et le fait disparaître.

En attendant la rentrée, ils ont regagné leur position d'observation au sommet des escaliers.

Julien poursuit les présentations : « Les deux portes Juste en face, c'est les chiottes. À main gauche, c'est le nôtre. Y rentre pas, y sont dégueulasses que c'est pas possible. T'as un gros tas en plein milieu… À main droite, c'est les chiottes à Paille-de-Fer… Fermés à clé. Notre chiotte, il est juste bon pour Pudu, lui y craint pas. Alors si t'as envie, tu gardes, tu fais dans ton froc, ou tu vas derrière le préau… La petite porte que tu vois là dans le mur du fond, c'est par là qu'on entre dans le jardin à l'institutrice. À la saison on lui fauche ses groseilles et ses cerises. T'ouvres avec une lame, j'te ferai voir. »

Julien met un doigt sur la bouche et fait signe à son copain de le suivre. Sur la pointe des pieds, ils descendent les marches et s'avancent dans le dos de Binoclard très occupé à se curer le nez et à examiner ses trouvailles à deux centimètres de ses carreaux. Julien souffle « Tu fais pareil que moi. » Aussitôt, il bondit et attrape le Binoclard par un bras. Pierre s'accroche à l'autre et le trio échoue derrière le préau.

« Mais quoi ?… Mais quoi ?… » proteste le gringalet. Le coin est un vrai dépotoir et sent le pipi. Des mouches fuient en vrombissant. « Tiens-le bien », intime Julien qui saisit à pleines mains les deux oreilles du Binoclard pour que sa victime le regarde bien en face.

« Alors, on veut toujours pas laisser sa place à mon copain ?…

— Aïe ! Aie ! gémit le malheureux, un bras tordu dans le dos, y a pas de raison… Aïe ! »

Julien, avec une lenteur calculée, sort son couteau, en déplie la lame, fait mine de se raser pour en montrer le bon aiguisage, puis l'abaisse devant la braguette du Binoclard.

« Alors je vais te châtrer.

— J'y dirai, j'y dirai, pleurniche le pauvre garçon.

— D'accord t'y diras qu'on t'as coupé les baloches. Zoom ! Comme à ton matou. Après, tu deviendras tout gros, tout mou, tout con, si c'est encore possible. »

De la main gauche, le bourreau abaisse la culotte de Binoclard qui, au comble de la terreur, ouvre et ferme la bouche sans qu'aucun son ne parvienne à en sortir. Légèrement inquiet, Pierre relâche sa prise :

« Dis, tu ne vas tout de même pas…

— Te fais pas de soucis, on lui laissera sa quéquette pour pisser. »

Binoclard en profite pour tenter de s'esquiver, mais sa culotte l'entrave. Ses lunettes voltigent dans l'herbe jaunie d'urine. Il se relève en larmes, remonte sa culotte et rechausse ses verres que lui tend Pierre. Julien glisse le pouce sur le tranchant de sa lame :

« Alors, hein ! T'as compris : tu laisses ta place a la rentrée ou alors… » Mais l'autre a déjà tourné l'angle en glapissant : « M'dame ! M'dame !… » Devant sa braguette, Pierre manie un couteau imaginaire :

« Dis, tu ne l'aurais quand même pas fait ?

— Mais non eh con ! qu'est-ce que tu crois. »

Et Julien remise son arme au fond de sa poche.

Resté planté derrière sa chaise, le Binoclard lève un index tremblotant :

« M'dame…

— Quoi donc Jean-Marie ?

— Heu… Heu…

— Eh bien, parle ! »

Le malheureux se tortille, épié par le regard mauvais de son voisin, avant de bafouiller : « M'dame, je… je voudrais changer de… de place et aller à… à côté de Pu… de Louis. » L'institutrice inspecte ces pauvres yeux rougis qui ne trouvent aucun repos derrière leurs verres de loupe, ces mains tachées d'encre qui cherchent à dissimuler leur tremblement sous le bureau.

« Et pourquoi veux-tu changer de place ?

— Heu…

— Et si tu nous disais la vérité, Jean-Marie ? »

Le gringalet baisse les yeux sur sa culotte : « Ils veulent me châ… me châ… » Les deux mains repliées devant sa figure, il éclate en sanglot sous un déluge de rires. Le Grand Zef trouve malin de brailler : « Les gars, on peut rien y couper, vu que c'est une gonzesse. » Paille-de-Fer frappe son bureau du plat de la main et se tourne vers Julien très affairé sur ses ongles. « Jean-Marie restera à sa place et son voisin cessera de l'ennuyer. Assieds-toi, Jean-Marie. » Le garçon pose un coin de fesse sur sa chaise qu'une main malveillante a tirée. Julien adresse à Pierre un geste d'impuissance auquel ce dernier répond en se bouchant le nez. Pourtant Julien n'est pas tellement mécontent de lui : il a vu un vague sourire flotter sur le visage de l'institutrice.

Cet après-midi, la géographie a succédé au calcul. Pierre avec bonheur retrouve l'Afrique, sa jungle et ses tam-tams. De sa règle, l'institutrice fait le tour des colonies françaises qui ont de si jolis noms : « Ici, le Sénégal, là le Niger, le Dahomey… Vous voyez, elles sont en rose, comme la France. »Pierre se demande comment un pays si minuscule peut diriger toute cette immensité africaine. Ils doivent être bien plus forts, bien plus nombreux ! Paille-de-Fer montre une série de gros points noirs qui sont autant de capitales :

« Rabat… Alger… Tunis… Vous voyez, Tunis n'est plus une très grande ville, mais autrefois, du temps des Romains, c'était une cité puissante…

— Carthage, M'dame. » Dans un raclement de chaises, toutes les têtes ont pivoté vers Pierre. La règle en suspens, l'institutrice questionne :

« Comment sais-tu cela ?

— C'est ma maman qui m'a lu l'histoire de Carthage et d'Hannibal, un général qui faisait la guerre avec des éléphants et qu'avait qu'un œil.

— C'est ma maman », singe Pudu d'une voix fluette.

Julien se dresse si brusquement qu'il en renverse sa chaise et hurle par-dessus les rires : « Sacré con d'Pudu ! Qu'est-ce tu lui veux à sa mère ? D'abord tu la connais pas, sa mère ! » Le Grand Zef, à demi dissimulé derrière le battant de son bureau, réplique narquois : « Toi, la tienne, on la connaît, hein ! » Il fait mine de sonner du clairon. Toute la classe, à son exemple, embouche un clairon symbolique et sonne la charge :

« Ta… ta…. ratata… ta…

— Salauds ! Tas de salauds ! vocifère Julien, le poing tendu, je vous casserai la gueule ! »

Abandonnant son estrade, Paille-de-Fer tape sur les bureaux à s'en briser les doigts :

« Silence ! Silence ! Tu seras puni, Julien, et toi aussi, Joseph.

— Fumier, grince le Grand Zef, ça se paiera, j'te jure.

— Fumier toi-même », renvoie Julien qui s'assied sans cesser de trembler de fureur.

Pierre n'a pas compris pourquoi son copain prenait si violemment la défense de sa mère qu'il ne connaît qu'à peine, pas plus qu'il n'a compris cette histoire de trompette.

Les deux paires de galoches claquent à l'unisson sur le bitume. Le temps fraîchit, le fond des vallons s'emplit de brume. Dans la nuit proche, des chiens s'interpellent de colline en colline. Julien, sans ralentir, exprime ses noires pensées : « Il est con, Pudu… » Pierre approuve de la tête. Julien après un temps, poursuit : « Il est con aussi, le grand Zef… » Nouvelle approbation silencieuse de Pierre. Un bruit lointain monte, monte pour surgir sous l'apparence d'une grosse moto qui les jette sur le talus. Au passage, une main s'est agitée, puis tout a disparu dans la brume, semant sur la route une odeur d'essence. À peine si Pierre a pu entrevoir un type coiffé d'un béret, le col remonté sur les oreilles. Il a surtout remarqué la soutane qui claquait autour du moteur.

« Qui c'est ce curé ?

— Le nôtre, pardi ! On voit bien qu'tu vas pas à la messe ni au cathé'. »

Julien descend du talus et reprend sa marche : « Un jour y m'a emmené sur son tan-sad pour servir une messe. À cent à l'heure qu'on allait. »

Au bord de la route, les peupliers vont lentement à la rencontre des deux enfants, les croisent et s'éloignent dans la brume. Au tour de Pierre de rompre le silence : « Oh, Julien ! Qui c'est Laurentine ? » Les yeux sur le bitume, Julien ne répond pas. On abandonne la chaussée pour un chemin de terre sur lequel s'étouffe le bruit des semelles de bois. Pierre insiste : « Parce que sur le bureau de moi et de Pudu, il y a gravé : "Laurentine, je t'aime." » Julien ne dit toujours mot, attaquant le raidillon d'un pas rageur. « Et même que Pudu m'a dit que c'était sa bonne amie… » Julien fait brusquement volte-face et postillonne à la figure de Pierre : « Menteur de Pudu, y t'a dit ça ? Parce que je vais te dire une chose : Laurentine, c'est ma bonne amie, pas la sienne, t'entends ! » Il donne un coup de godasse dans un débris de tuile qui s'en va voltiger dans l'herbe et répète : « Menteur de Pudu ! »

Ils poursuivent leur ascension dans la pénombre. Pierre souffle un peu, la sueur lui dégringole jusqu'entre les fesses. Mais il s'efforce de ne pas laisser filer Julien. D'abord pour montrer qu'il est costaud et surtout pour ne pas longer seul le petit bois où doivent se tapir des bêtes féroces. La lumière sur la colline, qu'il ne quitte plus des yeux, est là pour le rassurer : la cuisine, où sa mère doit allumer le feu et se faire du souci pour cette première journée d'école. Pierre revient à son idée :

« Comment sais-tu que Laurentine est ta bonne amie ?

— Ben parce qu'on s'attend sur le chemin, qu'on se regarde, qu'on se cause et puis…

— Puis quoi ?

— Puis, merde ! Parce qu'on s'est embrassé une fois. J'te montrerai où.

— Vous vous êtes embrassés en vrai ?

— Ben oui, tiens ! Pas comme si c'était ma sœur, idiot ! Son frangin, le Boiteux, y te dira que Laurentine c'est ma bonne amie.

— C'est pour ça qu'il est ton copain, j'ai compris… »

Julien, qui a mis un genou en terre pour relacer une galoche, lève le nez vers son copain :

« Et toi, à la ville, t'en avais pas une de bonne amie ? Allez, dis-y !

— Oui, bien sur, même plusieurs. Mais tu sais, j'aime mieux les copains. Les filles c'est tout bébête et ça chiale pour un rien. »

Les deux ombres longent le parc à cochons. Là-bas sous son hangar, la Marquise les interpelle joyeusement. Pierre a mal aux jambes. Ses lourdes galoches lui piquent les talons à chaque pas. Il a sûrement de belles ampoules, mais personne n'en saura rien. Ces godasses, c'est lui qui les a voulues, alors… Sous le tilleul, ils marquent une dernière pause. Très loin, en contrebas, les lumières du village. Dire que demain, il faudra y retourner.

La musette au côté, Julien s'est assis sur la grosse pierre, au pied du tilleul. Le jour est à peine levé. Là-haut, dans l'entrelacement ténébreux des branches où il n'a jamais pu grimper bruissent des quantités de voix. Tout autour de lui, des feuilles culbutent en faisant des figures de voltige. Du côté de l'étang, la vallée file des kilomètres de brume. On dirait la mer d'où les collines émergées seraient des îles et les cimes des bouquets d'arbres, des voiliers intrépides. Sur une des îles, une ferme étale ses toitures en désordre. « Salaud de Pudu », murmure-t-il. Délaissant son siège inconfortable, il se lève alors que le gémissement du portillon lui annonce la venue de Pierre. « B'jour. » « B'jour. » D'emblée Pierre a deviné que son camarade avait quelque chose à lui dire, car, au lieu de foncer sur le sentier, il se dandine sur place. Il se décide enfin :

« Dis, puisqu'on est en avance, on pourrait passer par les crêtes. C'est pas tellement plus long. On retrouvera l'Boiteux…

— Et Laurentine », complète Pierre avec une grimace moqueuse.

Au pas de course, ils longent la terrasse, puis s'engagent sur un chemin herbeux resserré entre deux haies où les premiers rayons font étinceler la rosée. La brise secoue les arbres, faisant choir sur la tête des gouttes d'eau glacée. Les deux garçons soufflent des geysers de brouillard. Une brûlure au fond de la gorge, Pierre sent à nouveau le cuir rêche lui frotter douloureusement les pieds. Tout en galopant, le jeune paysan présente son territoire « C'est mon chemin pour aller garder. Les prés que tu vois sont presque tous à nous : là c'est le pré pointu, à cause qu'il est comme ça, là-haut, c'est le pré derrière, parce qu'il est derrière chez nous… Ah ! Celui-là, c'est mon préféré, le parc qu'on l'appelle, parce qu'il est entouré de haies. Au milieu, mais tu peux pas y voir d'ici, y a une mare, on y joue à des tas de trucs. » Ils longent une barrière pourrie derrière laquelle dort un jardinet en friche d'où jaillissent des salades montées en graine. En contrebas, un toit de tuiles noircies et moussues annonce une demeure vétuste. « C'est chez ma grand-mère, la mère de mon père. Elle est vieille et à moitié cinglée. Des fois je lui porte du lait. J'y crache dans son puits pour l'emmerder. Au printemps, on lui fauchera ses groseilles, mais faudra te méfier, c'te vieille carne lance des pierres ! »

Avant de plonger vers le village, le sentier s'élargit pour desservir un hameau aux fermes cossues. Au pied d'un mur, Julien cueille une poignée de plantes qu'il écrase entre ses paumes : « Tiens, sens ! De la menthe sauvage. C'est ici qu'une fois… » Il s'interrompt. Deux silhouettes viennent de s'engager sur le chemin, à moins de cent mètres devant eux. Le jeune citadin a tout de suite reconnu la démarche du Boiteux. La fille, à ses côtés, doit donc être sa sœur Laurentine. L'écart s'amenuise peu à peu permettant à Pierre de voir les grosses chaussures montantes qui font paraître encore plus grêles les jambes du Boiteux, la droite surtout. À son bras gauche un gros cartable lui bat les mollets. À moitié replié, le bras droit rappelle à Pierre le cou d'un échassier. Il n'aperçoit de Laurentine qu'une nuque brune coupée d'une raie d'où partent deux lourdes tresses agrémentées de nœuds rouges. Dieu qu'il a envie de tirer dessus : Ding ! Ding ! Comme le conducteur des tramways… Sur des rondeurs déjà marquées, la jeune fille porte une veste de laine beige tricotée et une jupe de même teinte. Comme les jupes de la campagne descendent plus bas qu'en ville, Pierre n'entrevoit qu'un petit morceau de chair au-dessus des chaussettes montantes. Pierre pousse Julien du coude. Ses deux mains dessinent de chaque côté de sa tête des tresses imaginaires. « À côté du Boiteux, c'est Laurentine, hein ? » Pour seule réponse, Julien a rejoint la gamine dont il s'efforce d'adopter le pas menu. Resté en retrait, Pierre ne peut s'empêcher de comparer Julien et ses coudes déchirés, son béret troué, ses chaussettes reprisées qui font l'accordéon, avec Laurentine proprette et bien mise. Elle s'est vaguement retournée pour esquisser un bonjour, ou reluquer le nouveau. Pierre a dû admettre qu'elle était bougrement jolie, mais que ses yeux clairs ne vous regardaient pas en face.

Le frère de Laurentine s'est laissé rejoindre par Pierre qui n'arrive pas à calquer sa marche sur celle, imprévue, de l'infirme. De près, il le trouve encore plus moche, malgré son regard gentil et un peu ahuri de bigleux, et sa voix chantante.

« Alors le gars de la ville, on s'habitue chez les paysans ?

— Forcé, hein…

— Tu sais, nous on pue la bouse, on sait moins de choses, mais on n'est pas plus malheureux pour ça. »

Lui, pas malheureux ! Cela fait drôle à Pierre qui guette cette jambe atrophiée, ce pied qui ne s'appuie que sur la pointe et paraît monté sur ressort, et cette main… Pierre a envie de marcher comme son compagnon de route, pour savoir comment cela fait, de tenir sa main pareillement, les doigts tendus et serrés, le poignet cassé. Quand on est vieux, ou même seulement grand, ce n'est peut-être pas pareil, mais ne jamais pouvoir courir, monter aux arbres ou se bagarrer, cela ne doit pas être rigolo à douze ou treize ans. Pierre ne sait trop quoi lui raconter :

« C'est vrai que tu voudrais te faire curé plus tard ? »

Le frère de Laurentine rougit, bafouille :

« J'sais pas, moi… heu… c'est mes parents qui voudraient…

— À cause de ta patte folle et de ta main ? »

Pierre n'est pas méchant, mais il aime taquiner, c'est sa manie. En voyant l'infirme plisser les yeux et avancer les lèvres, il a soudain compris qu'il y a des choses qu'il ne faut pas dire. Alors, il s'est mis à parler de n'importe quoi : « Dis, tu crois que Julien et Laurentine vont se marier quand ils seront grands ? On serait invité à la noce. » Le Boiteux ébauche un haussement d'épaule, de la seule épaule gauche, car la droite ne suit pas.

« Peut-être… Peut-être pas.. Je crois que mes parents y voudraient pas.

— À cause ?

— À cause de rien. »

Comme ce doit être beau une noce. Pierre n'en a aperçu qu'au sortir des églises du quartier où l'on se disputait les dragées jetées à la volée. Il revoit sa mère étalant sur la table les grosses photos sépia, « Pierre, ne mets pas tes doigts dessus. » Sur sa préférée, on distingue, prenant la pause, une noce au grand complet. Au centre, un monsieur en habit sombre, faux-col et nœud papillon, avec une drôle de raie au milieu du crâne : son père. À sa gauche, une dame en longue robe blanche à col de dentelle, le front ceint d'une couronne de fleurs d'oranger : sa mère. Elle n'a guère changé, ses yeux sont toujours un peu tristes. Autour du couple, des personnages, au garde-à-vous, vous fixent droit dans les yeux. Sa mère les lui a souvent présentés : « Ce vieux monsieur, c'est l'oncle Ulysse, ton grand-oncle. » Pierre l'aime bien, il a une bonne bouille sous ses cheveux de neige et un bon sourire. « Cette dame, c'est ta grande-tante Joséphine… » Ah, non ! Cette bonne femme, il ne peut pas la souffrir. Ses lèvres pincées, ses sourcils froncés lui donnent l'air sévère, aussi passe-t-il tout de suite à la tante Amélie. Petite fille, elle tient à la main un cerceau. Elle est très jolie, la tante Amélie, avec ses anglaises et son col marin. Le dernier sur la droite est un cousin missionnaire, il est mort tragiquement au Natal. Pierre ne sait pas très exactement où se trouve ce pays de sauvages, mais chaque fois il frissonne à la vue de ce pauvre barbu qui a fini dans une marmite ou dans la gueule d'un crocodile.

Devant eux marchent Laurentine et Julien. Pierre imagine que Julien a endossé le costume de noce de son père et Laurentine, la robe de sa mère. Lui et le Boiteux sont les garçons d'honneur…

Le chemin passe devant une madone argentée, souvenir de mission. Laurentine et son frère se signent discrètement. Julien n'a pas bronché. Les premières maisons du village. Julien et la jeune fille n'ont pas échangé un mot. Lui se contente de sentir le frôlement de leurs épaules, de s'enivrer de son parfum de savonnette, une odeur de riches. Bien sûr, il aimerait lui prendre la main, rien que pour montrer à tout le village qu'ils sont promis. Il n'ose pas, et que dirait son frangin, le futur curé ? De loin, il a repéré Pudu au milieu d'un groupe d'élèves. Pourvu que l'autre l'ait vu accompagnant la jeune fille !

À proximité du monument aux morts, Laurentine leur fausse compagnie. Julien la regarde filer et disparaître derrière l'église. « Elle va à quelle école, ta sœur ? » interroge Pierre. Le Boiteux se plante sur son pied tordu, à la façon d'un héron. « À l'école libre, pardi ! Où voudrais-tu qu'elle aille ? Les filles qui vont à la laïque, c'est des rien du tout, des filles de voleurs.

— Mais nous on va bien à la laïque. Mes parents c'est pourtant pas des voleurs.

— Oui, mais les garçons, c'est pas pareil, et puis, d'abord, y a pas d'école libre de garçons, alors… »

Paille-de-Fer n'est pas encore descendue de son appartement, à l'étage au-dessus. Bien que quelques bancs de traînards soient encore inoccupés, la classe n'en résonne pas moins d'un beau tumulte. Dans l'allée centrale, le Grand Zef et le Dolphe lancent à tour de rôle, leur compas déplié sur une cible tracée à la craie sur le plancher. Les billes du Grand Zef filent, une à une, dans la poche de son adversaire qui a le triomphe bruyant. À cheval sur une chaise, les deux tondus font la course autour de leur bureau, encouragés par des parleurs. Pierre a repris place aux côtés de Pudu. Discrètement, il délace ses galoches pour soulager ses pieds douloureux et les quitte, assuré que son voisin ne risque pas de flairer quelque chose. D'un ton condescendant Pudu explique à Pierre un jeu de son invention : « La poule mouillée que ça s'appelle, regarde comme on y joue. » Il ôte son encrier encastré dans le bureau, le pose par terre, puis glisse son bras gauche à l'intérieur du meuble et fait apparaître le bout de son index à travers le trou. Dans sa main droite, il tient son Opinel, lame ouverte. À toute vitesse, il fait glisser la lame au ras de la table, ne retirant son doigt qu'à la dernière seconde. « T'as compris, hein. Bon, on va voir si t'es une gonzesse… J'ai droit à trois coups et après, c'est à toi. » Que ne ferait-il pas pour échapper à ce jeu stupide et terrifiant ! Et Paille-de-Fer qui n'arrive pas… Du tranchant de son couteau, Pudu enlève de minces copeaux sur l'angle de son bureau. « J'savais ben que t'avais pas de quéquette. » Une seconde, Pierre a devant les yeux les blessures de son père, ses décorations. S'il perd un doigt, ils seront pareils : des héros, des mutilés. Alors, il glisse son index dans le trou. « Une fois… Manqué ! Deux fois… Manqué ! » compte Pierre à voix haute. Au troisième passage, la lame attrape le bout de l'ongle. Pierre a eu envie de hurler sa peur. Triomphant, il annonce : « Et de trois… À moi. » Pudu le fixe d'un œil plein de mépris : « J'joue pas avec les cons d'étrangers, moi. » D'un geste théâtral, il referme son Opinel et l'empoche.

Un cri d'alarme annonce l'arrivée de Paille-de-Fer. Pierre tète discrètement son index au bout duquel perlent quelques gouttes de sang, puis le pose sur la déclaration d'amour : « Laurentine, je t'aime », en faisant non de la tête.

« Laurentine, c'est pas ta bonne amie, c'est celle de Julien.

— C'est la mienne, tu sauras, p'tit cul !

— Non, espèce de gros putois qui pue !

— Sale con d'étranger !

— Cul-terreux ! »

Pierre n'est pas mécontent de cette dernière injure qu'il a entendue en ville, elle sonne bien. Pudu, à bout d'insultes, trempe sa sergent-major dans l'encrier qui a réintégré sa place et la secoue à toute volée sur le cahier de son voisin dont la page blanche se crible d'étoiles. Au jugé, Pierre attrape sous le bureau une jambe nue. Entre le pouce et l'index, il tire d'un coup sec une pincée de poil. Le garçon hurle et se dresse dans l'allée, exhibant une paire de jambes maigres et velues. D'une main frémissante, il désigne son agresseur, au milieu d'une franche hilarité.

« M'dame ! Y m'a tiré les poils. Et je lui avais rien fait, parole.

— M'dame, il ment autant qu'il sent mauvais », se défend Pierre avec le visage de l'innocence.

Paille-de-Fer réussit à ramener un peu de calme dans les rangs. « Silence ! Vous deux, cela suffit ! À ta place Louis ! » Et Louis s'assied sur la feuille maculée d'encre fraîche.

IV

Décembre 1943

Les yeux levés vers les nues, les paysans rencontrés en chemin leur annonçaient : « Demain, y va pleuvoir, sûr… » Ou bien : « Demain, ça va souffler fort… » Comme ils se trompaient rarement, Pierre se demandait quel secret permettait à ces gens de lire dans le ciel. Il faut dire qu'en ville, on ne regardait jamais le ciel. La pluie ou le beau temps, au fond quelle importance ? On ne plantait pas des salades sur les trottoirs.

De son lit, Pierre regarde monter le jour derrière la fenêtre. La lumière est plus claire que d'habitude. Aucun piaillement ne monte de la terrasse. Rien qu'un silence feutré. Intrigué, il met ses pieds sur le plancher glacé. Les deux mains en œillère, le nez collé aux carreaux embués, il découvre une immensité de neige. Vainement, il cherche le tracé du sentier qui mène à la route. Disparu, comme ont disparu les murettes, les haies. Sur la terrasse, la pompe est devenue un bonhomme de neige et chaque montant de la barrière a mis un petit chapeau blanc. Sur le sol, Pierre tente de refaire le parcours des oiseaux dont les empreintes jouent à la tape croisée. En ville, la neige devenait tout de suite sale et laide. Ici, elle est toute propre, jusqu'à l'horizon. « Vous verrez, ma p'tite dame, la neige sera là dans pas longtemps », avaient assuré les paysans en hochant la tête. Et le ciel leur avait une fois de plus donné raison.

Pierre ne peut se retenir de réveiller sa mère pour lui annoncer la nouvelle et lui faire partager son émerveillement. « M'man, tu dors pas ? Viens voir dehors… » Grelottant dans sa chemise de nuit, elle s'est avancée vers la fenêtre : « Brrr… Mon pauvre enfant, tu n'iras pas en classe aujourd'hui, ce n'est pas possible. Alors recouche-toi. » Mon pauvre enfant… Comme si c'était un grand malheur de faire l'école buissonnière. Avec extase, il retrouve la tiédeur de son lit et s'endort, le nez sous l'oreiller.

Les galoches de Julien souillent de leur purin le duvet glacé de la cour. Encore mouillé de sueur, l'enfant frissonne, remonte le col de sa veste et enfouit ses mains sous les aisselles. Guidé par un appel familier, il se glisse dans l'enchevêtrement des machines et trouve sa Marquise qui geint et se contorsionne au bout de sa chaîne. Julien s'assied sur la terre battue sans chercher à esquiver le museau gelé, la langue vorace. À plein bras, il enserre le cou de la bête et plonge sa figure dans le rude pelage où il essuie son nez morveux. L'animal lui bave dans le cou. « Mais oui, mais oui, tu es mon chien… Rien qu'à moi, rien qu'à moi… » Dans l'aube glacée, ils échangent leur chaleur.

« Bon Dieu de merde ! Julien ! Julien ! » La voix du père éclate, encore plus sèche, plus déplacée dans ce matin ouaté. Il a pris l'habitude d'interrompre ses rêves sous les beuglements de son vieux. Sans hâte, Julien se relève, brosse de la main la paille qui lui colle aux fesses et, après une dernière caresse entre les oreilles de Marquise, il va vers la lumière, enjambant une poule frigorifiée.

Ses yeux clairs blessés par la neige, Julien, en poussant la porte de l'écurie, a l'impression de pénétrer dans un tunnel brûlant. Au bruit saccadé du lait giclant dans le seau de métal, il devine que son père a commencé de traire. Oui, c'est bien sa manière : deux coups… Psss… Psss… Main gauche, main droite. Un temps d'arrêt, puis à nouveau les deux coups. Psss… Psss… Sa mère ne trait pas de la même facon : c'est régulier, sans la moindre pause. Psss… Psss… Psss… Julien longe le caniveau et l'alignement de croupes malpropres, un tabouret d'une main, un seau de l'autre. Entre deux bêtes, il devine la silhouette paternelle courbée contre un flanc, une jambe repliée, l'autre tendue. Sans interrompre le mouvement de ses avant-bras, il a marmonné : « La Bardée, cré bordel ! » La Bardée, bien sûr… Pour lui, la plus vicieuse, la plus garce. Au bon moment, elle vous balance un méchant coup de queue dans les yeux, ou un coup de sabot dans votre seau quand il est à ras bord. Avec une ficelle, Julien lui attache la queue à une patte arrière et s'assied sur son trépied, le récipient calé dans l'étau de ses cuisses. Il cherche sur le flanc de la Bardée un morceau de pelage pas trop crasseux pour y appuyer son front. En hiver, ce n'est pas commode, les bêtes se couvrent de croûtes de bouse qui ne tomberont qu'au printemps, avec le retour à l'air libre.

Bercé par le chuintement des pis, Julien glisse dans une somnolence peuplée d'images de bonheur où apparaît et réapparaît sans cesse une belle dame aux cheveux longs, au sourire triste. « Julien… Julien… », murmure-t-elle de sa voix ineffable en lui effleurant la joue de ses doigts. Il frotte la cicatrice de sa joue contre le ventre de la Bardée… La dame s'en va puis revient. Elle n'est plus seule… Un enfant brun au tricot blanc lui donne la main… Vite, il efface l'image. Il rattrape de justesse le seau qui a glissé entre ses genoux. Un pis braqué vers le haut, il s'expédie dans la bouche une giclée de lait bourru et s'essuie la bouche du dos de la main. Il écoute traire le père, deux trois stalles plus loin. Il tente de suivre sa cadence heurtée. Le jour lui découvre, à travers les vitres encrassées, un ciel bas et le sommet du tas du fumier sur lequel viennent mourir les flocons. Il en a fini avec cette saleté de Bardée. Il se hisse sur ses jambes, lasses d'avoir étreint le seau. Il en verse le contenu dans une grande biche, puis il se déboutonne et urine parmi les brins de paille, sous le nez de la Grise. Elle adore le sel.

Du plat de ses galoches, Pierre joue à donner des coups contre le tronc de l'arbre enneigé de la terrasse, essayant chaque fois d'esquiver l'avalanche. Parfois, il reçoit dans le cou de gros paquets de neige et hurle : « M'man, c'est froid ! » Mais il ne cesse que lorsque toutes les branches ont perdu leur chargement. Sur le mur, il ramasse une poignée de neige, la presse entre ses mains nues et la jette aussi haut qu'il le peut contre le tilleul que le froid a habillé de dentelles. Le projectile y fait une vilaine déchirure et déclenche une succession de cascades poudreuses.

Alors qu'il prend un nouvel élan, sur sa gauche a jailli une boule qui s'en va, tout près de la cime, provoquer une cataracte. De l'autre côté du mur apparaît un béret marron. « Entre, Julien. » Le jeune voisin pousse la barrière qui raye la neige de ses montants. Julien balaie une poignée de neige autour de la pompe, la serre à s'en blanchir les phalanges et l'expédie, avec un han ! par-dessus la cime de l'arbre. La boule, sans un bruit, échoue dans le parc à cochons. Le dépit aux lèvres, Pierre, sans reprendre haleine, jette ses boules contre le tilleul. Ses doigts lui font de plus en plus mal, pourtant il s'acharne jusqu'à ce que Julien décrète finalement :

« Tu vois, je suis plus fort que toi.

— C'est parce que j'ai froid aux doigts, larmoie Pierre.

— Moi, j'ai pas froid. Mais toi t'es douillet comme une fille. »

Pierre envoie une brassée de neige contre Julien qui esquive et répète : « T'es rien qu'une fille. » Pierre trépigne de rage, éclate en sanglots. Il se précipite dans sa maison en claquant la porte. Julien se retrouve seul. De la pointe de ses galoches, il fait gicler de la neige en direction de la porte close en scandant goguenard : « Oh la fille ! Oh la fille ! Oh la fi… » Le garçon reste figé un pied en l'air. La dame est sur le pas de la porte : « Entre, Julien, ne reste pas au froid. »

Décembre 1943

Après avoir cogné ses galoches contre le mur, le jeune paysan s'est glissé dans la cuisine. Dos tourné, les épaules hoquetantes, Pierre fait tremper ses mains dans une bassine fumante. Julien contemple, impuissant, le désastre : ses chaussures maculées de neige, de boue et de fumier, laissent échapper sur le carrelage des ruisselets noirâtres qui s'en vont former un petit lac. Il voudrait ôter ces maudites galoches, mais ce n'est pas possible, son copain, et surtout la dame, se moqueraient de ses chaussettes trouées. En bougeant les orteils, il en sent les déchirures. Elle s'est rapprochée du jeune garçon rivé à la porte.

« Et toi, tu n'as pas froid aux mains ?

— Non, M'dame » Julien a caché ses mains dans son dos. Elle insiste : « Allons, fais voir ! » Il tend en hésitant deux paumes rouges, crevassées que la dame enferme dans les siennes.

« C'est souvent, mon garçon, que la neige vous empêche de descendre au village ?

— Des fois, M'dame, y a des hivers… »

Il voudrait s'arracher des mains de la dame. Il se sent bizarre, un peu chaud de partout. Pierre a sorti ses mains de l'eau. « M'man, un torchon ! » Elle fait mine de ne pas avoir entendu. « Puisque vous ne pouvez pas aller en classe, je vais faire travailler Pierre. Veux-tu venir, ça l'encouragera. » Julien ne déteste rien autant que l'école, les livres, les cahiers, pourtant, il s'est entendu répondre : « Oh oui, M'dame ! » En se sauvant, il a été suivi par les cris de Pierre : « M'man, un torchon ! J'ai froid, moi ! »

La fenêtre étroite de la salle commune ne dispense qu'une lumière étriquée sur la baratte à beurre. Agrippé à la manivelle, Julien décolle les talons à chaque tour et perçoit une douleur dans son dos. Un floc-floc monotone, nauséeux, rythme les rotations de la machine. La mère fait son apparition. Cramponné de toutes ses forces, Julien ralentit et arrête la baratte. Elle ouvre le couvercle, plonge le bras, ramenant au bout des doigts une pâte grumeleuse, blanchâtre qu'elle malaxe longuement avant de la rejeter avec une grimace de dénégation. Elle suce ses doigts, referme et ordonne : « Continue ! » Comme un cheval fouetté, le garçon s'arc-boute contre la manivelle et le floc-floc reprend sa cadence humide. Les bras se font lourds, terriblement lourds, et ce maudit beurre qui ne prend pas. Exprès ! Les yeux dans le vague, il s'hallucine pour oublier sa fatigue… Assis devant une table couverte de livres et de cahiers, il s'applique en tirant la langue. La dame se penche sur lui : « Tu as bien travaillé, Julien, bien mieux que Pierre. » Quand elle parle, son haleine lui chatouille les oreilles. Elle sent bon, la dame… Mais non ! Ça pue ! Ça pue le petit-lait. « Goûte ! » Sa mère lui tend son gros index boudiné, tout barbouillé de beurre. « Allons, goûte ! » Il détourne la tête : « J'en veux pas, merde ! » Il a envie de la tuer.

À pleines mains, elle vide la baratte, élevant sur la table une colline jaunâtre qu'elle tapote du plat de la main. Du petit-lait lui ruisselle entre les doigts. « M'man, la dame d'à-côté voudrait me donner des leçons avec son fils… » Elle continue de lisser sa motte. Cette odeur écœurante… « Dis, M'man, insiste Julien, j'peux… » Elle renifle et cogne sur le tas de beurre qui éclabousse. « Des feignants ! Des riches ! Des prétentieux ! »

Le père est entré. Il a posé ses sabots et craché sa chique dans l'entrebâillement avant de refermer la porte. La mère montre la fenêtre d'un mouvement du menton : « L'Julien, y veut aller étudier chez les ceusses d'à-côté. » Le père s'affale devant la grande table, ouvre le tiroir sur son ventre et se cure les dents avec son couteau. Tout en fourrageant entre ses dents, il semble s'adresser au mur d'en face : « Pour aller au cul des vaches, il en sait bien assez, l'Julien ». Le père range son couteau et referme le tiroir. Julien a hurlé dans sa tête : « C'que j'vous déteste tous les deux ! C' que j'vous déteste ! »

« M'man, tu crois qu'il viendra le petit voisin ? » interroge pour la vingtième fois Pierre qui ne cesse d'ouvrir ses livres, ses cahiers et d'aller jeter un coup d'œil par la fenêtre. Il déchire une feuille de brouillon qu'il se met à gribouiller en poussant de petits gloussements satisfaits. « M'man, regarde mon dessin. » Au crayon noir, Pierre a esquissé la silhouette d'un bonhomme dont la tête est prise dans une sorte de sac d'où s'échappent des rayons. De la pointe de son crayon, il explique : « C'est Julien avec son béret… J'ai pas de marron, alors je l'ai fait en noir… Ces trucs tout droits, ce sont ses cheveux qui sortent par les trous. Oh, attends, M'man, j'ai une idée marrante. » Au milieu des bras du personnage, il trace deux ronds. « Les déchirures de ses manches… » La maman de Pierre achève de compter à haute voix les mailles de son tricotage, puis, les yeux sur son fils, elle dit en rejetant ses cheveux derrière les oreilles :

« Tu vois, Pierre, je ne te savais pas méchant.

— Il n'a qu'à pas venir à la maison ! Il n'a qu'à pas te regarder avec son air idiot ! »

Il roule son dessin en boule et le jette rageusement contre la porte d'entrée.

« Ramasse, Pierre !

— Non !

— Ramasse, pour la dernière fois ! »

La voix s'est faite cassante, obligeant l'enfant à obéir. À l'aide du pique-feu, il soulève un rond de fonte et lance sa boulette de papier dans les flammes. « J'm'en fiche, j'en ferai un autre encore plus méchant, rien que pour t'embêter ».

Décembre 1943

La barrière a grincé. On a frappé. Julien racle soigneusement ses galoches sur le seuil. « Ton béret », intime Pierre. L'autre obéit en murmurant un vague « Bonjour, m'sieu-dames… » « Va t'asseoir, mon garçon. » La dame, du bout de ses aiguilles, lui désigne une chaise près de la table. Raide, les cheveux en bataille, il tire de sa musette un cahier froissé, qu'il lisse du plat de la main, un morceau de crayon mâchouillé et un porte-plume, dont il gratte la sergent-major d'un ongle endeuillé. Avec ostentation, Pierre puise une plume neuve dans un beau plumier laqué. Sur le couvercle, qu'il claque plus que nécessaire, des patineurs jouent sur un lac gelé.

« Mes enfants, nous allons commencer par une dictée ».

— Les dictées, c'est la barbe », décrète Pierre en ouvrant un cahier, tandis que Julien trempe dans l'encrier une plume tremblotante. « C'est un extrait de Montherlant… » Elle lit lentement, détache chaque mot, appuie sur les liaisons : « "Vous entendez le petit toc-toc de la chaise sur le carreau. C'est la chatte qui se gratte… La table craque ; on dirait qu'elle étire ses pieds…" Bon, je répète : "Vous entendez le petit toc-toc…" » Les plumes grattent le papier, sonnent dans l'encrier. Pierre soupire à fendre l'âme, ironise. « Vous avez déjà vu une table s'étirer, vous ? » Julien se tait. Il s'applique tant que sa langue bave sur sa copie.

La couverture remontée sur le nez, Julien cherche au plafond son ami le géant que la lune enrobe d'une lumière triste. « Pour aller au cul des vaches, l'Julien il en sait bien assez. » Sûr qu'il a raison son vieux. Dix-sept fautes à sa dictée, une dictée de vingt lignes ! Pierre n'en a fait que quatre et la dame doit maintenant savoir que cet imbécile de petit paysan est incapable de passer le certif'. Pourtant, il s'était appliqué, mais rien à faire avec ces maudits participes et ces doubles lettres, même le hasard avait été contre lui, totalement. Et cette vache de Pierre qui ricanait chaque fois que sa mère soulignait une faute. « À la maternelle ! À la maternelle ! » Il s'est enfui, certain qu'il ne remettrait plus jamais les pieds chez les étrangers. « Pour aller au cul des vaches… » En vain tente-t-il de s'inventer des histoires. Il remonte la couverture par-dessus sa tête et se met à pleurer, tandis qu'au plafond, la sorcière chevauche son balai et fait la nique au bon géant.

Pierre tourne et retourne dans l'obscurité de son alcôve. Il s'était bien promis… Mais non, il a fallu qu'il soit méchant, injuste avec sa mère, avec ce pauvre Julien, qui doit déjà être très malheureux. Il a envie de se lever, d'aller embrasser sa mère, de lui dire qu'il ne recommencera jamais… Elle doit dormir, alors il remet la chose à demain.

À Lyon, malgré les restrictions de chauffage, leur minuscule appartement, coincé entre les murs des voisins, était relativement chaud. Ici le vent entre partout, quand ce n'est pas la neige. Quant au fourneau à bois, il dispense plus de fumée que de calories. En dépit des exhortations maternelles, Pierre limite au minimum sa toilette du soir : un peu d'eau sur la figure et sur les bras, pas plus haut que les coudes. Il a du reste des arguments sans réplique : « Mes copains d'école en font encore moins, et c'est pas pour ça qu'ils sont malades. » Le souper terminé, elle sort du four une brique chaude, l'enveloppe de papier journal et la teste contre sa joue avant de la confier à Pierre. « Monte, je finis de ranger et je monte dans cinq minutes. »

Pierre joue à se faire peur. Au bas des escaliers, il gratte une allumette et se hâte de monter, protégeant la flamme de sa paume. Il ne dépasse jamais le milieu de la chambre. L'allumette lui brûle les doigts et il lui faut la souffler. Dans l'obscurité, il part à la recherche de la table de nuit. Et pendant qu'il essaye de trouver le bougeoir et les allumettes, il attend, le souffle court, que le loup lui saute sur le dos, toutes griffes dehors. La flamme salvatrice met en fuite la bête féroce qui, tous les soirs, en est pour ses frais. Pierre aime cette clarté de bougie qui rétrécit la pièce, la réchauffe, la fait vivre de ses tremblements, de son odeur, et anime les papillons qui plaquent leurs ailes de velours sur les fleurs de la tapisserie. Poussant sa brique des pieds, Pierre, engoncé dans ses vêtements, se glisse à l'intérieur de draps si froids qu'ils en paraissent mouillés et lui arrachent des cris. Aux rumeurs qui lui parviennent, il devine les tâches auxquelles se livre sa mère : ce grincement sur le carrelage, c'est le balai de genêts, ces coups sont ceux du pique-feu qui gratte les cendres, ces tintements annoncent qu'elle met la table pour le petit déjeuner. Il voit, se faisant face, le bol à rayures jaunes qui est le sien et celui de sa mère, à guirlandes bleues. Combien il préfère cette vaisselle lourdaude, dépareillée, où la nourriture même semble meilleure, à celle de la ville, triste dans son uniformité. Il n'a pas manqué de lui reprocher : « M'man, pourquoi tu ne montes pas » et elle n'a pas manqué de lui répondre « J'arrive… »

De son lit, il s'amuse à souffler à pleins poumons en direction de la bougie, plus baveuse qu'un escargot. La flamme oscille, se couche comme une bête blessée, puis reprend son essor. Un bruit de pas sur les marches, une lumière qui envahit la chambre, glisse le long du mur et estompe la lueur du bougeoir, annonce, enfin, l'arrivée de la maman de Pierre. Elle porte à deux mains une grosse lampe à pétrole, au ventre de verre facetté, qu'elle installe sur la table de nuit à côté de la bougie dont elle souffle la flamme. Déjà l'enfant réclame : « M'man, tu continues l'histoire. » Sa mère se déshabille dans la pénombre, de l'autre côté du lit. Il n'en aperçoit que la chevelure et le haut des épaules. Elle se couche, règle la flamme en tournant la petite roue, prend sur le meuble une pile de journaux et cale son dos contre un oreiller carré. Dans la lumière qui exagère les ombres, il trouve que sa mère ressemble à ces statues de pierres qu'on trouve accrochées aux piliers des églises ou debout sur les autels. Puis soudain, la voilà qui devient une morte allongée dans son suaire, la lampe, un cierge et les papillons, des mouches vertes. Pourquoi cette obsession, alors qu'il n'a jamais vu d'autres cadavres que ceux de 14-18, au bord d'un trou d'obus ou ficelés dans leurs barbelés ?

« M'man, tu continues l'histoire, s'impatiente l'enfant.

— Oui, attends, je cherche où j'en étais… Non, cela, je j'ai déjà lu… »

Elle déplie et replie des journaux au titre bizarre *Gringoire* que l'âge a fortement jaunis.

« Ah ! Voilà, j'y suis. » Elle se racle la gorge et attaque d'une voix encore chantante d'un passé méditerranéen. Les yeux fermés, Pierre est déjà parti aux antipodes. La forêt amazonienne et le grand fleuve sont le décor d'une aventure fantastique qu'il vit, soir après soir, pendu aux basques d'une poignée d'explorateurs intrépides. Avec eux, il a échappé aux caïmans, aux piranhas, aux serpents-minute, aux anacondas, avec eux il a failli tomber entre les mains des Jivaros, réducteurs de têtes, qui lui ont donné des cauchemars. Il voyait, perchée au sommet de son cou, sa tête devenir petite, toute petite, comme une boule de croquet. Parfois la voix se tait. Pierre proteste : « M'man, lis-moi encore un peu… » La voix repart et l'enfant rejoint ses amis pataugeant dans les miasmes d'une jungle marécageuse. La voix se tait à nouveau. Pierre se cramponne à ses fantasmes qui fuient, fuient.

« M'man… M'man…

— Non, c'est tard, nous continuerons demain. »

C'en est fait de son voyage. Il ouvre les yeux sur un décor de poutres et de barreaux entrelacés. Sa mère a soufflé la lampe apportant une nuit soudaine, imprégnée d'odeur de pétrole. Les croisillons de la fenêtre se dessinent peu à peu. Une étoile fidèle s'éclaire et s'éteint derrière les branches de la terrasse.

Une odeur de pommes de terre germées stagne dans la cave. Fixée sur une table imbibée de lait et de cambouis, l'écrémeuse ronronne doucement. Par un bec s'écoule lourdement la crème, par un autre gicle le lait écrémé. De temps à autre, Julien lâche sa manivelle, grimpe sur un seau renversé et vide le lait fraîchement trait dans le réservoir ventru. Tout en travaillant, il écoute Pierre, assis sur l'établi, lui conter les dernières aventures des explorateurs de l'Amazonie. Est-ce possible qu'il existe de par le monde un pays où il n'y aurait ni champs, ni prairies, un pays où il n'y aurait rien que de l'eau et des forêts, un pays peuplé de crocodiles, de serpents, de papillons bleus, grands comme des cerfs-volants ? Sans parler de ces poissons, dont il a oublié le nom, qui vous bouffent une vache en moins de cinq minutes. Le silence de Pierre, au bout de son épisode, n'interrompt même pas le rêve des deux enfants. Le ronron de l'écrémeuse n'est-il pas celui du bateau remontant le fleuve ? L'odeur de la cave, celle des marais hostiles ? Entre les poutres, une araignée s'affaire à tendre son piège. Elle enfle, enfle jusqu'à devenir une redoutable mygale. Pierre lui jette un boulon rouillé qui rebondit sur une ferraille et les ramène au fond de leur cave.

« Dis, Julien, tu n'aurais pas envie de voir ce pays, en vrai ?

— Tu parles, c'que ça serait bath'

— Alors, si on partait sans rien dire à personne ?

— Pas même à ta mère ?

— Tu penses, elle ne voudrait pas, alors il vaut mieux filer en douce. Je prendrais ma carabine à plombs.

— Et moi mon lance-pierres.

— On irait jusqu'à Marseille et là on monterait sur un transatlantique.

— Mais on n'pas l'rond.

— Ne t'inquiète pas, on se cacherait dans la cale, c'est toujours là qu'on se cache dans les histoires que j'ai lues... Ou alors, on s'engagerait comme mousse. Plus tard, on reviendrait célèbres... Tu te rends compte. »

Julien lâche brusquement la manivelle de son écrémeuse et tend sa main droite, paume en l'air, vers son camarade.

« Pas chiche de partir !

— Chiche !

— Sûr que tu te dégonfles !

— Sûr que non ! »

Pierre a claqué sa paume contre celle de Julien qui ordonne : « Maintenant tu dois cracher par terre. » Pierre trouve que c'est malpropre, mais il s'exécute entre ses pieds et essuie sous le bois de ses semelles.

Pierre a promis, et le voilà bien embêté. Il se demande comment il fera pour quitter ses parents.

Pour Julien ce sera facile. Mais les siens ne lui ont rien fait, au contraire. Ils auront de la peine, sa mère pleurera. Et puis, les gendarmes les rattraperont et les mettront en prison. Les barreaux, la cruche et le pain sec... Le gros rat blotti dans un coin d'ombre attendant que vous dormiez pour vous mordre. Les crocodiles, les piranhas, passe, mais les rats, jamais ! Il a promis. Bah ! D'ici à ce qu'ils partent…

Julien, quant à lui, est resté dans la forêt tropicale, heureux et libre, enfin. Finies les gueulantes du père, les saouleries de la mère. Libre, il est libre ! L'écrémeuse tourne plus vite et son ronron se fait joyeux.

« M'man, il n'y a pas de cheminée. Où est-ce que je mets mes souliers ? » La maman de Pierre compte à voix haute les mailles de son ouvrage : « 25, 26, 27… Attends, tu vas me faire tromper. Mets-les devant le fourneau. » Le pull-over est presque achevé. Il sera prêt pour les grands froids. Plusieurs fois, sans en ôter les aiguilles, elle l'a plaqué sur le dos de son fils. Pierre se plaît à regarder et à écouter travailler sa mère. Avec leur cliquetis, ses bras deviennent ceux de spadassins croisant le fer au détour d'une ruelle mal famée, à moins que ce ne soit le capitaine Fracasse ferraillant avec le sinistre duc de Valombreuse, pour les beaux yeux d'Isabelle. Une belle aventure, celle du capitaine Fracasse qu'il a vécue avant celle des explorateurs. La mort de Belzébuth lui a un peu gâché son plaisir, bien qu'elle ait apporté la fortune au pauvre baron. « M'man, je mettrai mes galoches devant le fourneau, le père Noël pourra y fourrer plus de choses. » Et le garçon d'ajouter d'un air entendu : « Dis, il faudra pas oublier d'ouvrir la clé du tuyau pour qu'il puisse passer. » Il n'a jamais tellement cru à ce vieux barbu. À Lyon, devant le Grand Bazar ou les Galeries Lafayette, on en voyait souvent plusieurs à la fois, c'est donc qu'il y en avait nécessairement de faux. Même qu'un jour, il avait reconnu l'un d'eux qui, d'habitude, un sac de jute sur l'épaule, un crochet à la main, faisait les poubelles de son quartier.

Pierre astique ses galoches dont le cuir rouge s'est écorché vers les pointes. « M'man pourquoi que papa ne viendrait pas pour Noël, ça serait chouette. » Le cliquetis des aiguilles s'est suspendu, Fracasse a dû embrocher Valombreuse. « C'est la guerre, mon chéri… Les transports sont difficiles et bien chers… Tu sais, ce sera un Noël de peu de choses. » Il n'aime pas qu'elle prenne ces yeux-là. Il voudrait lui sauter au cou. Vite, il invente un mot pour effacer ces vilains plis. « Tu sais, M'man, que Julien, il est petit curé ! » Elle hausse les sourcils. « Mais oui, quoi, il soulève la robe du curé et secoue la sonnette. Même qu'il m'a dit qu'il servait la messe de minuit. » Pierre agite une galoche, dans laquelle il a glissé la main, en faisant « Dreling ! Dreling ! », lui crache dessus et frotte de plus belle. « Dis, M'man, pourquoi qu'on ne va jamais à la messe ? » N'obtenant pas de réponse, il s'obstine : « J'aimerais bien qu'on descende à la messe de minuit… On verrait Julien en fille, ça serait marrant non ! » Distraitement, elle approuve : « Si tu veux, nous irons… » Mais Pierre sent bien qu'elle n'est plus là.

Tenant bien haut une grosse lampe de fer forgé dans laquelle brûle une bougie, Julien ouvre la marche. Derrière, dans le halo étroit, Pierre et sa mère, côte à côte, gardent difficilement le contact sur le chemin plein d'embûches, mais dès le goudron les pas se font plus assurés et se mettent à l'unisson. C'est un Noël sans neige. La nuit est fraîche et claire. Aucun vent n'agite la cime des peupliers. Pierre lève les yeux vers le ciel ou brûlent des milliards de bougies :

« Tous les trois ce soir on suit l'étoile, on est les Rois mages et on va à Bethléem. Toi, M'man, tu serais Baltazar, moi, je serais Gaspard et lui, il serait Melchior, le nègre. »

Tout en marchant, Julien se retourne à demi et braque sa lanterne sur Pierre

« Et pourquoi que ça serait moi, l'nègre, et pas toi ?

— Ben, parce que t'as la peau à moitié noire avec tes taches de son et parce que tu es vilain comme le bonhomme Kilvoufo de l'épicerie. Kilvoufo ! Kilvoufo !

— Kilvoufo, toi-même ! Et puis dis, con, t'as déjà zieuté des nègres qu'étaient blonds ? Alors, le nègre c'est toi. »

La maman de Pierre attrape chacun des garçons par le bras et dit, sans élever la voix : « Mes enfants, il ne faut pas dire des choses pareilles, surtout pas un soir de Noël. Des blancs, des noirs, des jaunes, il y en a des beaux et des laids. Et pourquoi dis-tu à ton camarade qu'il est vilain ? » Elle a fait mine de s'adresser à son fils auquel elle ajoute sur le ton de la confidence : « Tu sais, il a de jolis yeux, Julien, peut-être encore plus beaux que les tiens. » Entraînant les enfants dans une marche sautillante, elle conclut d'un air moqueur : « De toute manière, ce n'était pas Melchior qui était noir, c'est Baltazar, alors le noir ce sera moi... Allons, suivons l'étoile ! ». Elle lâche un instant le bras de Julien pour montrer l'horizon scintillant :

« Regardez, mes enfants, juste à droite du clocher, cette étoile, plus brillante que les autres : c'est l'étoile du Berger.

— M'man, j'ai lu sur un thermomètre à Lyon : Midi, sept heures, l'heure du Berger. C'est à cause d'elle ?

— Mais non, nigaud ! »

Julien n'écoute plus. Non, personne ne lui avait dit qu'il avait de beaux yeux. Ce soir, il est heureux comme il ne l'a jamais été. Une petite étoile brille dans sa tête.

Déjà, beaucoup de monde se presse dans l'église. Julien monte par l'allée centrale jusqu'au chœur, plie un genou et disparaît par une porte latérale : « Que peut-il bien y avoir derrière ? » s'interroge Pierre, assis aux cotés de sa mère, au fond de l'édifice. Devant eux, des chaises basses sont tournées à l'envers.

« M'man, tu as vu les drôles de chaises.

— Ce sont des prie-Dieu.

— Il y a des noms dessus. »

Sur des plaques de cuivre, le garçon épèle :

« De... join, Dejoin ! Et toi, c'est Su... brin, Subrin ! C'est le même que celui de Laurentine, la bonne amie de Julien. Laurentine Subrin...

— Chut ! »

Pierre affectionne cette odeur d'église, ça sent l'encens, la cire fondue. Sans gêne, il dévisage la foule des fidèles qui emplit la nef. À Lyon les foules tiraient sur le bleu, ici, elles sont carrément noires, piquées de quelques tâches grises ou beiges. Sur la droite, dans une petite chapelle, Sainte-Catherine, son nom est marqué sur le socle, se chauffe les petons au-dessus d'une forêt de cierges allumés, dont certains, sous l'effet de la chaleur, penchent dangereusement. Avec un peu de chance, estime Pierre, il en tombera bien un d'ici la fin de l'office.

C'est si joli un incendie. Il détaille, une à une, les statues de plâtre colorié, plaquées, à mi-hauteur, contre les piliers de la nef. L'abbé Vianney... Que peut-il bien avoir fait d'extraordinaire ce curé, auquel il trouve quelque ressemblance avec Buffalo-Bill, trop pauvre pour s'offrir le coiffeur. Jeanne d'Arc... Il connaît. L'étendard dans la main gauche, l'épée dans la droite, que peut-elle guetter au plafond ? Au fait, pourquoi les Anglais qui l'ont brûlée, sont-ils nos amis et tapent-ils avec nous sur les Boches ? Cette jolie sœur vêtue de brun devait aimer les fleurs, elle renifle une grosse brassée de roses qui doivent rudement lui piquer les nénés. Qui cela pouvait-il être ? Saint-Antoine, un tronc noir sous les pieds, porte un petit garçon en équilibre sur son livre. Pierre tire sa mère par la manche : « Dis, M'man, tu as vu le gamin, il va sûrement se casser la figure. » Elle paraît revenir de très loin et esquisse un sourire : « Allons ! Veux-tu être un plus respectueux avec les saints du paradis. » Il est content de l'avoir fait sourire.

À quelques mètres devant lui, Pierre a remarqué un banc fermé de tous cotés par une cloison de bois ciré munie, ô merveille, d'un minuscule portillon. Une vraie maison de poupée ou il aimerait bien entrer. Quelques personnes âgées, raides comme des parapluies, y semblent parquées.

« M'man, pourquoi ces gens ne sont pas avec les autres ? Pourquoi sont-ils enfermés ?

— Parce que ce sont des notables.
— C'est quoi des notables ?
— Des gens au-dessus des autres
— Et pourquoi qu'ils y sont ? »

Elle met un doigt sur ses lèvres : « Chut ! On en reparlera. »

Dans un brouhaha de chaises raclant les dalles, les fidèles se lèvent tandis que le prêtre fait son entrée escorté de ses enfants de chœur. Dans cette meute rouge et blanche, Pierre a repéré Julien, la calotte crânement rejetée sur la nuque, chargé d'un encensoir qu'il agite, au bout de ses chaînes, à la façon d'un yoyo. Au claquement des chaussures sur le carrelage, Pierre devine que, sous les robes de dentelle, son copain n'est pas le seul à porter des galoches. Pierre regarde ses pieds chaussés de cuir rouge et de bois. Il songe aux Noël d'avant, quand il était petit et mettait ses vernis à boutons devant la cheminée… Dreling ! Dreling ! Pierre se serre frileusement contre sa mère. Trois messes… Ce sera long !

Seul dans la sacristie, Julien pose soigneusement sa défroque de dentelle dans une armoire. Sur un vieux coffre est posé un plateau argenté, bien astiqué pour l'occasion. Il l'élève au niveau de son visage. Dans ce miroir de fortune, il observe avec attention ses yeux clairs et se prend à sourire à son image.

V

Janvier 1944

LE FROID fait craquer l'herbe sous les galoches. Balayant les chaumes alentour, le vent de la nuit a comblé les ornières du sentier. Les arbres du petit bois, alourdis de givre jusqu'au bout de leur brindilles, tendus de fils d'araignée, baissent les bras sous l'hiver. L'étang dort sous une épaisse couche de glace d'où émergent quelques bouquets de joncs frigorifiés. Au passage, les deux garçons ont jeté leurs cailloux, mais au lieu de faire plouf, ils ont glissé et sont allés se perdre dans le labyrinthe des plantes aquatiques sans éveiller la moindre agitation. Où sont donc passées les libellules ?

Pour se réchauffer ils galopent sur la chaussée verglacée. Pierre, malgré sa pèlerine et son capuchon de gros drap noir, a l'impression qu'on lui pince le nez et les oreilles. Ses yeux sont brouillés de larmes. Comme il n'a pas le courage de sortir les mains et de se moucher, il renifle une morve tenace qui s'obstine à dégouliner sur son col qu'elle zèbre de rayures brillantes. Julien a enfoui sa tête entre son béret, déroulé sur les oreilles, et une écharpe de laine mauve. De temps à autre, il tire rapidement les mains de ses poches de culotte, frictionne son nez ou ses genoux bleuis et les replonge aussitôt. Il cadence sa course d'une voix chevrotante : « Un, deux, cré Dieu, j'ai froid ! Un, deux… »

La campagne est déserte, hormis quelques corneilles qui tournent au-dessus d'un bois de châtaigniers en poussant leurs cris de détresse. Elles s'abattent dans un champ de neige tout près de deux arbres morts. Ces oiseaux en deuil, ces arbres-potences font imaginer à Pierre un festin de pendus. Ses cris, ses envolées de pèlerine les laissent indifférents. Sous l'ample drap noir, il songe soudain que, de loin, il doit ressembler à un de ces sinistres volatiles. Il court devant Julien, bras écartés : « Croa-Croa ». Julien, de ses deux bras, mime le geste du tireur : « Pan ! Pan ! T'es mort ! » La masse charbonneuse oscille de droite et de gauche avant de s'écrouler, inerte, sur le matelas de neige.

En abordant le village, Julien tapote sa musette :

« Faut pas que j'oublie le beurre pour le bistrot. Y risque pas d'avoir fondu, comme des fois.

— Le café d'en haut ou celui d'en bas sur la place ?

— Celui d'en bas, chez Boinon.

— Si tu veux, je t'accompagne.

— À cause de la fille, hein.

— Idiot, va ! et d'abord, proclame-t-il en prenant le large, c'est Laurentine, ma bonne amie. »

Il se sauve à toutes jambes, évitant de justesse le coup de musette. L'un poursuivant l'autre, ils manquent de renverser, à l'angle de la grande rue, le vieux facteur, dont le nez carminé, piqueté comme une grosse fraise, l'annonce pourtant de loin.

« Salut facteur !

— Salut les gamins ! Alors on va s'instruire…

— Tu parles ! »

Le bonhomme a enfilé une pèlerine par-dessus sa caisse de métal. Elle doit être sacrément lourde, cette boite, car la silhouette cabossée du préposé s'en va de travers, comme une écrevisse.

Le bistrot se serre entre la poste et la mercerie, à deux pas du tilleul. Sa façade, où l'on peut lire de très loin CAFÉ BOINON, s'orne d'un curieux portique grec de calcaire jaune, fantaisie de quelque maçon poète. Passée la double porte, les deux enfants ont tout de suite aperçu la fille de la maison assise au bout d'une rangée de tables. Elle trempe ses tartines feignant de ne pas les avoir vus. « Ah ! Mon Julien, t'as pas oublié ma commission. » La voix fluette précède l'entrée en scène d'une dame plantureuse, souriant aimablement sous un chignon prêt à choir. Elle frotte ses mains sur son gros postérieur avant de s'emparer du paquet que Julien a extirpé d'entre ses cahiers et ses livres. Pierre s'interroge : pourquoi les bonnes femmes de la ville ont de petites fesses et celles de la campagne, de grosses ? « Mes pauvres enfants, mais vous êtes gelés. Vous boirez bien un jus avec la Francine, j'en ai au chaud. » Les deux garçons protestent sans conviction et prennent place en face de la gamine. Pierre l'a déjà aperçue dans les rues de Sainelonge, toujours de loin. Dix… Onze ans… De jolis yeux, Francine ; elle le sait et elle en joue. Tout en mouillant son pain, elle inspecte le jeune citadin, à travers le rideau de ses boucles châtain, d'un air un peu effronté. Gêné, Pierre fait mine de s'intéresser à une peinture qui décore le mur derrière Francine : un affreux paysage marin dans lequel nage un voilier rouge sur un fond de collines mauves. Et cette vache de Julien qui lui donne des coups de galoche dans les mollets, en pouffant bêtement. Pierre n'aime guère le café, surtout quand il a traîné sur le fourneau et qu'il n'y a rien à tremper. Bon comédien, il avale sans la moindre grimace.

Le clocher proclame huit heures à tous les vents. À peine a-t-il jeté son tintement fêlé que tout le monde est debout : « L'école ! » Les deux garçons se sauvent avec un : « Au revoir, M'dame ! Merci, M'dame ! » Au beau milieu de la place, Julien, les bras en croix barre le passage et scande, provocateur : « Franci… ne ! Franci… ne ! » Pierre fait face avec un : « Laurenti… ne ! Laurenti… ne ! » puis se rue en faisant tournoyer son cartable. Julien esquive, s'enfuit en riant, tourne autour du tilleul : « Franci… ne ! Franci… ne ! » Il dévale la rue de l'école toujours poursuivi par les tourniquets du cartable. Le second coup de huit heures… Hors d'haleine, ils s'engouffrent dans le couloir, manquant renverser Paille-de-Fer qui s'apprêtait à fermer la porte.

« B'jour, M'dame !

— B'jour, M'dame !

— Sauvages ! »

À l'entrée de la classe, Pierre tente de faire un croche-patte à Julien mais le rate. Toute une bande d'écoliers fait cercle autour du père Goux. À coups de pique-feu, il tente de ranimer la flamme du vénérable poêle. Un cercle d'yeux pleurards mal réveillés, de nez morveux, de lèvres gercées, de mains violacées. Et tout le monde tousse, éternue, renifle à l'envie. Cela rappelle à Pierre cet immense dépôt de tramways proche de son école où, l'hiver, brûlait un brasero auprès duquel, de temps en temps, les mécanos venaient réchauffer leurs mains engourdies. Combien de fois ses copains de la ville et lui avaient-ils fait un rond semblable à celui d'aujourd'hui ! Mais là-bas, il y avait toujours un rigolo pour jeter dans le foyer une poignée de gros sel. Ça pétait ! La débandade ! Il montrera le truc à Julien. Le vieux verse un seau de boulet, faisant monter au plafond des myriades d'escarbilles. Un morceau de charbon tombe sur le plancher. Dix pieds s'en emparent, et improvisent une partie de ballon entre les tables et les chaises.

« Ils sont aussi cloches qu'au *patro*, estime tout haut Pierre.

— Allons mes enfants ! mes enfants ! À vos places ! »

Pierre regarde partir le vieux père Goux. Son dos est tellement courbé que son univers doit se limiter au devant de ses sabots. Ce doit être triste de ne jamais voir le ciel, c'est presque comme si on était aveugle. Au-delà d'une fenêtre passe, très haut, un vol de corbeaux, une procession pesante, silencieuse, où ne manque que le corbillard.

Pudu pousse son voisin du coude. « Eh ! L'cita-din, zieute un peu ! » À l'abri de son bureau, il sort de son cartable un énorme révolver à barillet qu'il braque sur le ventre de Pierre. « Et même qu'il marche, écoute. » Il appuie sur la gachette. Le barillet tourne en faisant clac ! clac ! L'arme est piquée de rouille, le bois de la crosse est pourri, quant au canon, il dévie nettement sur la droite. Pierre n'en est pas moins impressionné d'autant que le révolver ressemble drôlement à ceux que dégainaient les héros de ses westerns.

« Où l'as-tu trouvé ?

— C'est pas tes oignons, p'tit con, mais si tu veux savoir, c'est sur le tas de ferrailles qu'on ramasse pour la guerre.

— Celui qui est à côté du monument aux morts ?

— Ouais, mais pour te le prêter, ceinture ! »

Et Pudu se passe le tranchant de la main sur le ventre.

Les yeux sur le tableau noir qu'il ne voit plus, Pierre est de retour dans sa ville, dans sa classe. Les claques s'abattent sur son protégé, le *Toufou*, comme on le nomme parce qu'il est tout bébête et n'apprend rien. La figure cachée derrière ses bras, il hurle sous les coups, et plus il hurle, plus l'instituteur le frappe, le frappe. Alors, Pierre se lève, sort de sa ceinture le gros révolver et tire, tire, sans viser, comme il l'a vu faire. Le méchant tressaute sous l'impact et s'écroule en renversant deux ou trois chaises.

Clac ! Clac ! Clac ! Pudu fait manœuvrer le chien. Pierre tend la main :

« Allez ! Prête-le moi.

— Mon cul ! »

Et l'autre remise l'arme au fond de son cartable qu'il pose par terre et serre entre ses pieds. Pierre fait mine de se désintéresser de l'affaire, mais déjà, il échafaude mille plans aussi ingénieux qu'imparables pour récupérer le révolver. À la récré, il en parlera à Julien.

Devant le tableau noir couvert de chiffres, Paille-de-Fer s'épuise à initier les enfants aux mystères de la règle de trois. Elle ânonne un raisonnement : « Si un kilo de pain vaut… », l'écrit blanc sur noir et fait face à la classe : « Alors cette fois, c'est bien compris ! » Silence. Des bouches ouvertes, des yeux ronds, des hochements de tête, lui indiquent que, pour la énième fois, tout est à refaire. L'éponge humide trace des routes sur le tableau, le grincement, le tapotement de la craie, accompagnent la voix de l'institutrice qui ne marque nulle impatience. « Jean-Marie, au tableau ! » Le jeune voisin de Julien se lève et pousse un cri.

« Qu'est-ce encore ?

— C'est Ju… c'est rien, M'dame. »

Le Binoclard se frotte la fesse en lançant, derrière ses lunettes, un regard mauvais vers Julien qui s'est empressé de dissimuler son porte-plume entre ses cuisses et exhibe deux mains grandes ouvertes. Le Binoclard se sort brillamment d'un problème de pourcentage de pommes de terre et de topinambours. Au « C'est bien, Jean-Marie », répond un commentaire anonyme : « Oui, c'est bien le plus lèche-cul… » Paille-de-Fer promène un regard sur la meute de têtes baissées et faussement affairées. « Au suivant… Voyons… Voyons… » Dans l'attente de l'abominable verdict, chacun tente de se faire oublier. « Eh bien, c'est à Pierre… Au tableau ! » La catastrophe. Il n'a pas suivi une seconde cette affaire de légumes. D'abord, l'arithmétique n'a jamais été son fort, et puis, il était bien trop absorbé par ses propres problèmes. Le révolver, quand il l'aura fauché à Pudu, il le passera à Julien, il saura sûrement le réparer. Sous le sceau du secret, il le montrera au Boiteux et aussi à Francine… Elle a de chouettes mirettes, Francine, de petits nénés. Il aimerait bien la revoir et peut-être… l'embrasser, comme il l'a vu faire au ciné. « Alors, Pierre ! C'est pour aujourd'hui ? Au tableau ! » Il n'en finit plus de se lever et d'aller au supplice. Il en revient nanti d'un zéro, aggravé par les commentaires de Pudu : « Pas la peine de crâner ! Les péquenots y sont moins cons que les ceusses de la ville », et par la langue que lui tire, de loin, cet insolent de Binoclard.

L'institutrice délaisse enfin son tableau noir, feuillette un livre et annonce : « Avant la récréation, nous avons le temps de faire une dictée. » Insensible aux soupirs, aux protestations, elle poursuit : « Vous avez tous vos cahiers, vos plumes… Bon, je dicte… Écoutez attentivement. » Dès la première syllabe, elle reste en plan, un doigt en l'air, la bouche ouverte. On a frappé à la porte. Vingt voix répondent : « Entrez ! » Déjà l'institutrice a disparu dans le couloir. Des têtes se penchent par-dessus les tables.

« Vous voyez quelque chose ? Qui c'est ?

— Non, on voit rien. »

Des bruits de conversations leur parviennent.

« Vos gueules, merde ! clame le Zef, on peut rien entendre.

— Chut ! Chut ! ».

Des mains ramènent les oreilles en cornet. En vain. Une flèche de papier termine une course éphémère sur l'estrade, tandis qu'une gomme vole de table en table : « La passe ! La passe ! » Des bruits de pas, des voix qui se rapprochent, ponctués par un cri d'alarme « Faites gaffe ! La v'là ! », recréent un semblant de discipline.

Paille-de-Fer apparaît tenant par l'épaule un garçon d'une dizaine d'années, tout petit et tout rond. Ses cheveux plats, bien ordonnés, sont aussi noirs que ses yeux qui éclatent au milieu d'un visage d'une pâleur maladive. L'institutrice lui désigne une place restée libre aux côtés du Boiteux. « Mets-toi là, mon grand… Oui, François, j'aime mieux qu'il soit près de toi. » Ainsi le Boiteux se prénomme François. Pierre l'ignorait. Le ton de Paille-de-Fer est étonnamment doux, bienveillant. Le nouveau s'installe timidement, en s'efforçant de ne pas faire racler sa chaise.

« Je crois que tu te prénommes David, c'est cela ?

— Oui, Madame. »

La gamin a une voix nasillarde, à peine audible. « David… David… David. » Le prénom déclenche les rires, les ricanements.

« Mes enfants ! Mes enfants ! David c'est un prénom que vous connaissez… David Copperfield… aussi joli que Joseph, Jacques ou Jean-Marie. Et ton nom, mon grand, je ne l'ai pas très bien compris.

— Ginsberg, madame… G.i.n.s.b.e.r.g. ».

Le nouveau l'a balbutié, puis épelé avec réticence, comme s'il en avait honte. Le nom subit un sort identique au prénom. L'institutrice ramène un semblant de calme : « Allons, mes enfants ! David est, lui aussi, un petit réfugié, alors, vous m'entendez, je compte sur vous pour être gentils avec lui. »Pierre se demande pourquoi ce petit gros est mieux accueilli qu'il ne l'a été. Paille-de-Fer n'a pas demandé à ses copains d'être gentils avec lui…

Julien observe avec insistance le jeune nouveau abîmé dans la contemplation de ses mains posées sur le bureau. Il lui trouve l'air inquiet d'une bête traquée. Ne regarde-t-il pas, sans cesse, du côté de la porte ? D'habitude, les petits gros sont rigolos, pas lui. Sans bien comprendre il se sent soudain proche de David, il a envie de lui parler, de le rassurer, d'être son ami. Par hasard, le regard clair et le regard fiévreux finissent par se croiser. David ébauche un sourire, Julien lui dédie une grimace amicale.

L'institutrice a retrouvé les pages de son livre. « Bon ! Nous reprenons notre dictée. Pour aujourd'hui, David, tu te contenteras d'écouter. » Entre deux phrases, le Grand Zef, tourné vers le fond de la classe porte deux mains en éventail derrière ses oreilles : « Eh, les gars ! Les feuilles au nouveau ! » Des rires fusent. « Allons ! Un peu de silence ! Je continue… » À la dernière table, Momo, on se demande bien pourquoi puisqu'il se prénomme Georges, désigne au Grand Zef la nuque du nouveau, puis il attrape son nez dans son poing serré et le prolonge d'un appendice imaginaire, long et busqué. Le Grand Zef s'esclaffe et reprend la mimique à son compte en ayant soin de ne jamais faire face à l'institutrice.

À la récré, un cercle s'est formé sous le préau. Il y a là Pudu, le Binoclard, Zef, le Dolphe, Pierre et les deux Tondus.

« Dites, le nouveau, vous avez entendu son nom ! David Gins… berg, avec un g à la fin. D'où qu'il peut bien sortir çui-là ? interroge le Grand Zef.

— Et sa tête, vous l'avez vue ? Son pif, ses feuilles ? poursuit Pudu.

— Et son derche ? croit utile d'ajouter le Dolphe en écartant largement les mains de son postérieur, oui, comme ça son derche !

— Des fois que ça serait un Alsacien, propose un des frères Tondus, ils ont des noms qui font étranger. »

D'un geste de la main, Pudu rapproche les têtes et prend le ton de la confidence.

« Dites ! Et si ses vieux c'étaient des espions allemands, hein… pour dénoncer les résistants du patelin ?

— Je le saurais, moi, puisque mon père…

— Zef, tu nous les casses avec ton père », l'interrompt le second des Tondus.

Pierre vrille son doigt contre sa tempe :

« Vous êtes des idiots ! Moi, je crois que c'est un Juif…

— C'est quoi, c'te bête ? questionne le Dolphe.

— Ce sont des gens qui ont des noms comme ça. Et puis, vous n'avez donc jamais vu leur binette dans les journaux ou sur les affiches ? À Lyon, c'en était plein, même que pour se moquer d'eux, on les appelle les *Youpins*.

— Youpin ! C'est marrant, faudra l'appeler comme ça, le David, pour le faire chier, propose le Grand Zef.

— Et c'est pas tout, continue Pierre, vous saurez que les Juifs on les poursuit.

— Pourquoi qu'on les poursuit, s'informe le Binoclard, c'est des voleurs ? »

Pierre hausse les épaules :

« Ça ? Je sais qu'on dit que c'est à cause d'eux qu'on a la guerre, qu'ils ont beaucoup de sous et qu'ils mangent de la viande crue… ou quelque chose dans ce genre. »

Momo s'écrit soudain, battant le rappel :

« Écoutez ! Écoutez tous ! C'que le citadin a dit me rappelle un truc que mon père a raconté sur les Juifs… à moins que ce soit sur les Arabes… Y z'auraient quelque chose de coupé au bout du machin.

— Au bout du machin ? » s'étonne un chœur.

Rigolard Pudu propose :

« Ben, y a qu'à aller y voir.

— Oui, mais si on ne sait pas ce qu'y faut voir », conteste Binoclard, toujours logique.

David s'est assis sur les marches, entre Julien et le Boiteux. Un moment, ils observent la cour, ses jeux, ses conciliabules, ses disputes. Puis Julien, après un silence forcé, se jette à l'eau, il voudrait trop savoir…

« D'où qu'tu viens, David ? T'es sûrement de loin. »

L'embarras du nouveau n'échappe pas à Julien.

« J'habite un peu partout… On change souvent.

— Alors, tu vas pas rester ici ?

— Je sais pas… Peut-être que si…

— C'que ça doit être chic de voyager. Moi, tu vois ces montagnes, Julien désigne l'horizon par-dessus le toit du préau, eh bien, je sais même pas ce qu'y a derrière, t'imagines. Mais à toi, je vais dire un secret : avec mon copain Pierre, celui-là qu'est bien habillé et qu'est un étranger comme toi, tous les deux on va se tirer en Amérique, en Amazonie, même, si tu veux savoir. On a tout prévu. Dis ! T'aimerais pas venir avec nous ? »

David se contente d'un sourire crispé. Il semble ailleurs. Julien insiste, curieux :

« Si ça se trouve t'as peut-être, comme moi, des emmerdes avec tes parents… »

L'autre a un mouvement violent de dénégation :

« Oh non ! Mes parents, ils sont très gentils.

— Tu sais, assure le Boiteux, si quelqu'un te veut du mal, nous on te défendra. »

Il cache sa main déformée sous son bras valide.

« Sûr, oui, qu'on te défendra, approuve Julien en brandissant devant David son poing criblé d'encre, tiens, fais voir ton poing à côté du mien. »

David serre de toutes ses forces une menotte potelée et plus décolorée encore que ses jambes ou sa figure. La couleur des germes de patates qui poussent dans les caves. Il doit sûrement venir d'un pays où il n'y a pas beaucoup de soleil...

Pendant des jours et des nuits, la brise, inlassable, a couru les collines et les vallons, sauté les haies et les murettes, contourné les bois, amassant de profondes congères sur le chemin qui conduit au hameau. Les deux garçons font l'école buissonnière. Par bonheur, ce n'est pas demain la veille que cette barrière de neige, plus haute qu'un homme, leur livrera le passage. D'autant que le froid de janvier, en dépit d'un soleil étincelant, se fait de plus en plus âpre. Tant pis s'il faut remplacer le pain par des patates, aller chercher l'eau à la pompe, s'enfumer devant le fourneau qui tire mal à cause de la neige sur la cheminée, c'est quand même mieux que l'école.

Souvent, l'après-midi, la maman de Pierre improvise un cours autour de la table de la cuisine.

Julien, après la honte de sa première dictée s'était bien juré… Mais il ne peut plus se passer de ces éclairs de bonheur lorsque la dame le regarde ou se penche sur lui, lui faisant sentir l'odeur de sa peau ou de ses cheveux. Pierre proteste à tout propos, contre les dictées trop longues, contre cette grammaire bourrée d'exceptions, contre ces trains qui se croisent ou se poursuivent exprès pour l'embêter. Julien se tait, attentif, dévorant alternativement ses ongles et son porte-plume. Histoire de s'accorder un répit dans sa dictée, Pierre claque les doigts :

« M'man, je ne t'avais pas dit, il y a un nouveau en classe. C'est un réfugié comme nous, mais il paraît que c'est un Youpin.

— Un Juif, veux-tu dire, corrige sa mère en fronçant le sourcil.

— Il se prénomme David, intervient Julien, il est gentil.

— Oui, mais c'est un Juif, objecte Pierre.

— N'empêche, c'est quand même mon copain et celui du Boiteux. Et puis, il a l'air malheureux d'un clébard qu'on aurait tapé. Les Juifs, M'dame, y z'ont tous le même air ? »

Elle a posé le livre sur ses genoux, en gardant la page de son index.

« Julien c'est la guerre… Il y a des gens méchants qui les pourchassent pour les envoyer en prison on ne sait où…

— À l'école, dit Pierre, c'est ce que j'ai dit aux copains, les affiches, les journaux…

— Alors, interroge Julien, c'est la cause qu'il a l'air comme ça ?

— Cela se pourrait, oui, mes enfants… »

Le jeune paysan réfléchit en crachant ses rognures d'ongles, mais cela ne le mène nulle part.

La nuit venue, on a allumé la lampe à pétrole. Pierre jette contre l'abat-jour une boulette de papier qui relance la sarabande des papillons, puis va tendre ses mains au-dessus du fourneau. Le vent, par à-coups, fait jaillir la fumée par le trou central où l'on glisse le pique-feu. On dirait que le poêle fume la cigarette. « Brrr… Brrr… J'ai froid ! J'ai froid ! » Pierre prend une voix chevrotante et frissonne plus qu'il ne le faudrait. On rapproche la table du fourneau. La dame sort deux briques du four et les pose, côte à côte, sous la table. « Les enfants, mettez-ça sous vos pieds. » Elle jette sur les épaules de son fils sa pèlerine de gros drap noir qu'il ajuste en bougonnant, puis va à l'armoire, y cueille le beau tricot de laine blanche à peine achevé qu'elle examine à la lumière de la lampe en le tenant à bout de bras.

« Julien, veux-tu ôter ta veste ? »

Il regarde, la bouche ouverte.

« Allons, ôte ta veste ! »

Il obéit.

« Mets-ça, tu as froid. »

Elle tend à Julien le tricot de laine blanche.

« Mais c'est le mien ! »

Pierre s'est levé si brusquement qu'il a heurté la table et fait éclabousser l'encrier sur la toile cirée. Elle a enroulé le tricot et l'a passé par-dessus la tête de Julien. Elle tire sur une manche, sur la taille, se recule pour juger et conclut, satisfaite :

« On dirait que je l'ai fait pour toi. »

Pierre, avec véhémence, revient à la charge. À deux mains, il a attrapé le bas du vêtement et tente de le remonter. Il hurle :

« C'est le mien ! C'est le mien !

— Pierre ! Ça suffit ! Tu m'entends, ça suffit ! »

Elle l'a repoussé, elle a crié à en faire chavirer la flamme sous son verre. Bras ballants, Julien regarde la dame. Il ne l'a jamais entendue crier, il ne lui a jamais vu ces yeux, méchants comme ceux de son père.

« Pierre, tu ne penses qu'à toi ! Tu oublies ceux qui ont bien plus froid que toi, en Russie, dans les camps, les Juifs… »

Ses mains sans repos laissent ruisseler ses cheveux devant les yeux. Sa voix est devenue sourde, désemparée :

« Tu oublies Julien… Il n'a rien, lui… Il n'a jamais rien eu, ni personne ! »

Elle attrape Julien et, d'un geste presque trop violent, elle le presse contre elle. Et lui n'entend plus les litanies de son camarade. « Je veux mon pull ! Il est à moi… » Il n'entend que le cœur de la dame qui tape, tape, contre son oreille. Elle l'embrasse dans ses cheveux laineux, parmi ses mèches folles, et le repousse aussi brusquement. « Allons ! Rentre chez toi, tu reviendras demain. » Julien esquisse un geste pour se défaire du tricot, mais la dame lui fait un signe muet de dénégation. En sortant, il se tourne vers Pierre. L'autre lui montre son dos frémissant, sans doute pour ne pas laisser voir les grosses larmes qui filent sur ses joues en feu.

À peine couchée, elle a soufflé la lampe à pétrole. Pierre, sans conviction, a bien réclamé :

« Tu ne lis pas ce soir ?

— Non, pas ce soir… Demain, on verra. »

Il n'a pas insisté. Dans le noir de la chambre, à peine troublé par la respiration de sa mère, les grincements du sommier, un flot de pensées, grossi par la nuit, le poursuit et le gonfle de sanglots. Julien revêtu de son propre tricot. Julien que sa mère embrasse et serre contre elle, Julien… Julien… Assez de Julien ! Il a envie de quitter cette maison, ce sale bled, ces pouilleux, il a envie de retourner chez lui, de revoir son père, parce que lui, au moins, ne lui préfère pas un petit paysan ! Il met sa bouche dans l'oreiller pour qu'elle n'entende pas ses pleurs de fille.

Au moment de se glisser dans son lit, Julien n'avait guère envie de quitter son beau pull dans lequel il se sentait si bien, si protégé. À regret, pour ne pas l'abîmer, il l'a ôté, puis l'a passé et repassé contre sa joue avant de le poser délicatement à cheval sur le bois du chevet.

Au sortir de l'étable, Julien marque un temps d'arrêt, saisi par un froid cinglant. Les étoiles brillent sans cligner leur œil blanc. « Putain de nuit, ça va cailler dur ! » Il rentre la tête dans les épaules, serre à deux mains le col de sa veste et grimpe la cour, en faisant sonner ses semelles sur le purin gelé. Un gémissement l'immobilise en équilibre sur deux pierres. Cela monte du hangar. « Marquise », appelle Julien d'une voix contenue. Le gémissement reprend, triste, douloureux. « Marquise », répète l'enfant en se glissant entre les véhicules. La chienne est lovée dans un nid de terre et de paille, la truffe entre les pattes arrière. Seul son panache noir et blanc s'anime et lui balaie le museau. Elle lève vers l'arrivant un regard si désespéré que l'enfant s'agenouille et pose le plat de sa main sur ces yeux qui ne veulent pas le quitter et lui font mal. Marquise s'est tue. Doucement, il lui gratte les oreilles, le dessus du museau, effleure son pelage hérissé. « T'as froid, ma bête. Moi aussi, tu sais, j'ai froid. » Il sent son corps s'engourdir et lorsqu'il se relève, ses genoux, son dos lui font mal. Il libère l'animal de sa chaîne. « Allons Marquise ! Viens ! Viens ma chienne. » Elle semble hésiter, se dresse avec effort sur ses pattes avant, raides et tremblantes, mais l'arrière-train ne veut pas suivre. L'animal retombe lourdement. « Marquise ! Lève-toi ! Allons, lève-toi ! » Mais cette fois, elle demeure le nez dans la paille, les yeux clos, avec au fond de la gorge une longue plainte. Julien s'accroupit et soulève son fardeau dans le berceau de ses bras. « T'es lourde, tu sais. » Les reins et les bras cassés, il retourne vers l'écurie. Ne pouvant voir à ses pieds, il s'avance à tâtons. Une plaque de glace, le fait trébucher et cogner un genou. Il a crié de douleur, mais il n'a pas lâché sa chienne. Du dos, il pousse la porte de l'écurie restée entrebâillée. Il y a encore de la lumière. Dans la tiédeur retrouvée, il se défait de son fardeau sur un tas de paille.

« Cré bordel ! Fous-mois c'te charogne dehors », a gueulé le père, derrière l'écran d'une croupe. Il saute le caniveau sur sa jambe valide et apparaît, brandissant à deux mains une fourche à fumier. Julien a peur, il se sauverait s'il n'y avait sa chienne couchée entre eux.

« L'Julien ! Fous-moi ça dehors, j't'ai dit ! Elle peut affoler une bête et demain on la trouve étranglée dans sa chaîne ; ça serait pas la première… Allez, dehors !

— Mais regarde-la... Elle est malade, ma Marquise... » tente de plaider l'enfant.

Le paysan applique les dents de la fourche sur le flanc de l'animal qui ne réagit même pas. « Dis ! T'as entendu, oui ou merde ! Dehors ou gare... »

Les deux regards se défient, plus haineux que mille insultes. Julien capitule. Il recharge l'animal dans ses bras et sort dans un froid qui s'est encore durci. « Moins dix... Moins quinze, peut-être... » estime mentalement Julien.

Indécis, il fait quelques pas en direction du hangar, hésite, puis se dirige vers la maison. Il grimpe l'escalier en sondant du pied les marches verglacées. Prudemment, il pousse la porte... Sa mère est là, vautrée contre la grande table. Entre ses mains, fume un bol qui dégage une écœurante odeur de vinasse. « Faut que je me réchauffe... » explique-t-elle en levant vers Julien un regard noyé. Que sa mère se saoûle, qu'elle en meure même, il s'en fiche éperdument. Ce qui l'embête, c'est de ne pouvoir cacher la Marquise dans sa chambre, le père le saurait. Dans l'âtre survivent quelques cendres. Julien pose la bête sur le glacis, puis il fouille le foyer de la pointe d'un pique-feu. La mère vide son bol à grandes gorgées et rote derrière sa main. Elle montre la chienne : « L'Ju-lien... sors-moi c'te... c'te saleté... de... de là... L'est pleine de vermine... T'entends ! » Sans prêter attention aux invectives de la mère, le jeune garçon dépose quelques bûches dans le foyer et tend ses mains frigorifiées au-dessus des flammes. La mère a repoussé son bol vide et braille en essayant vainement de se mettre debout : « Putain ! Sors c'te bête, j't'ai dit... ou... ou j'appelle le père. » Les yeux sur le foyer, Julien a murmuré, pour lui-même, pour sa chienne, ou pour personne : « Fais chier... Merde... » La femme a gueulé : « Julien ! » Le bol de faïence a éclaté sur le glacis, près de la cheminée. L'animal a hérissé son poil. Julien a tourné vers l'ivrogne un regard féroce, si féroce qu'elle a baissé le nez en faisant avec sa bouche des bruits incohérents. Les débris de faïence blanche se sont éparpillés sur la dalle obscure. « On croirait des étoiles, songe Julien en jetant dans le foyer un éclat tombé sur le dos de sa chienne, les étoiles, le ciel... c'est bien tout ce qui nous reste. » La bête contre sa poitrine, il est sorti sans refermer la porte, exprès pour qu'elle crève aussi, sa vieille.

La boucle est bouclée. L'abri précaire du hangar les absorbe à nouveau. Il a glané tout ce qu'il a pu de paille et de foin. Allongé contre sa chienne, il perçoit le mouvement de sa respiration et, dans ses oreilles, le bruit d'un cœur qui se hâte. Est-ce le sien ?

Il rêvasse, les yeux sur la toiture trouée d'où pendent des fils d'araignées chargés de poussière. Des cheveux d'ange, comme il en a vus sur les sapins de Noël. Pas chez lui, bien sûr, à l'église où il aidait le curé à dresser son arbre dans une chapelle latérale. La chienne, longtemps silencieuse, a repris sa triste mélopée, le regard fixé sur la roue d'un tombereau. Elle n'a pas bronché quand son maître lui a posé sa veste sur le dos ne laissant dépasser qu'un bout de museau. Il est allé pisser sur le timon d'une faucheuse, celle de son salaud de père. Il se sent bien trop las pour tenter de se réchauffer en courant la campagne pour leur chercher un meilleur abri. Le froid est maintenant si vif qu'il ne le sent plus, comme anesthésié. Il s'allonge à nouveau sur la litière. Les yeux clos, il part en quête des étés passés… À plat ventre sur l'herbe drue, il tend son béret empli de mûres, bien noires, encore brûlantes de soleil. Marquise glousse de plaisir en lapant les fruits. Julien, les yeux fermés, écoute attentivement le bruit que font les vaches en déchirant l'herbe tout autour de lui. Elles ont chacune leur manière… Il joue à deviner : « Ça c'est la Grise. » Il ouvre un œil : « Gagné ! ». Puis il s'amuse à fixer le soleil jusqu'à ce que l'astre vire au bleu et se mette à tournoyer. Pour compliquer le jeu, il observe longuement un arbre, une branche, à contre-jour, puis derrière ses paupières, il cherche à retenir l'image en ombre chinoise.

Il a dû s'assoupir, car le soleil, déjà clair, allume à travers les tuiles des étoiles de fantaisie. Un chien, dérangé par quelque passant matinal, aboie furieusement. Le chant enroué d'un coq, le piaillement d'un martinet saluent cette nouvelle aube. « Marquise… » Il se penche sur la bête. Elle n'a pas bougé. Son œil, toujours rivé sur le tombereau, s'est fait trouble. Un peu de vomissure souille la terre. Julien arrache la veste, pose sa main sur le pelage. Un cri, comme s'il s'était brûlé. Il a touché quelque chose de dur, de glacé. Il a touché la mort. La mort lui fait terriblement peur, paradoxalement, elle est un être vivant qui peut lui faire très mal, le tuer.

Il fuit, la panique aux trousses, heurte une roue de métal, s'entrave dans un timon, chute et fuit de plus belle, n'arrêtant sa course qu'au sommet de la cour, sur la dernière marche des escaliers. Là, il ose se retourner. La cour est vide, la mort ne l'a pas poursuivi, elle est restée dans le ventre de sa chienne. Il se laisse tomber sur les marches givrées, enserre dans ses bras ses jambes repliées et pose son menton sur ses genoux. Il n'a pas une larme, pas une plainte, tant est ferme sa décision de mourir, de mourir de froid comme sa Marquise. Le jour est en train de surgir, il doit se hâter. Il se dépouille du beau tricot blanc, le pose sur ses genoux. En bras de chemise, la fin sera plus rapide…

Une mauvaise toux le secoue, amenant dans sa bouche un goût de sang. Il crache sur le dos de sa main. Ce n'était qu'une illusion. Descendues de leur perchoir, les poules s'ébrouent, des vaches cognent les mangeoires de leurs cornes. Et cette mort qui ne veut pas venir ! Une porte qui grince, un raclement de sabots. « L'Julien ! Cré bordel ! » Son père. Le corps, l'esprit complètement engourdis, il se met sur ses jambes en s'appuyant des bras. « Me v'là ! J'pissais un coup sur la terrasse. » Qu'elle est loin cette porte d'entrée quand on a mal de partout, qu'un couteau vous rentre dans les côtes à chaque respiration. Il s'affale sur son banc, en faisant mine de se reboutonner. Recroquevillé, cramponné à son bol glacé, il attend, le regard sur la louche, si loin, si lourde. Au fond d'un puits, il entend résonner la voix de sa mère : « L'Julien, t'es malade, ou quoi ?… » et celle de son père : « T'inquiète pas, y fait des manières, le gars. » Dieu qu'il voudrait trouver une once de force, de courage pour se lever et leur cracher à la figure : « Salauds ! Vous avez tué ma Marquise, vous le paierez ! Assassins !… » Mais c'est impossible, car, invinciblement, il se sent glisser, glisser…

« Il exagère, grogne Pierre qui s'impatiente et se gèle au pied du tilleul, on va être en retard ». Sans compter que ses pieds commencent à fourmiller douloureusement au fond de leurs galoches. Il cogne ses semelles l'une contre l'autre. « Mais qu'est qu'il peut bien fabriquer ? » Sur la route apparaît la silhouette cabossée du facteur. D'habitude, ils le rencontrent juste à l'entrée du patelin. Pierre grimpe le petit raidillon et glisse un œil entre les battants disjoints du portail. La cour, qu'il découvre jusqu'au pied des escaliers, est vide. Pierre retourne près de l'arbre. « Julien ! Julien ! » appelle-t-il. Personne. « Je compte jusqu'à dix et je file », annonce-t-il tout haut. Du plat de la main, il frappe l'écorce du géant : « Un… Deux… Trois… »

Pour la première fois, Pierre dévale seul le sentier.

VI

Février 1944

UNE QUINTE DE TOUX, une douleur au côté ont réveillé Julien. Le jour éclaire au plafond ses personnages familiers. Il ne se souvient pas s'être couché. Dommage qu'il ne soit pas mort comme sa Marquise, cela va peut-être venir, cette douleur qui surgit à chaque respiration, ça doit être grave. Il ferme les yeux avec l'espoir insensé d'effacer ce cauchemar et de s'éveiller sur un jour pareil aux autres.

Le grincement de la porte lui fait tourner la tête et découvrir sa mère, son éternel bonnet de laine vissé sur ses mèches en désordre, un fichu à franges sur les épaules, un bol à la main. À l'odeur, il devine un mélange de tilleul et d'eau-de-vie. Ce doit être de bonne heure, car l'œil de sa mère est encore lucide. Elle tourne une cuillère dans le récipient fumant, l'égoutte d'un coup sec au-dessus et dit :

« Faudra toujours que tu nous embêtes, toi… Tiens, bois !

—J'aime pas ! »

Julien détourne la tête. Cette puanteur lui rappelle trop l'haleine empestée de sa mère.

« Bois ! J'y ai mis du miel.

— Non ! »

Il ramène sur sa figure le drap mouillé de sueur. Elle pose le bol par terre, essuie sur le devant de sa blouse son pouce qui a fait trempette : « Après tout, hein, c'est pour toi. » Derrière son drap, Julien l'entend quitter la chambre en traînant ses savates. Sa solitude retrouvée, il se dégage et s'assied au bord du lit, posant ses pieds nus de part et d'autre du bol qui lui fume au nez. Les murs, la lucarne, la porte engagent une valse lente. D'une main, il ramasse le bol, de l'autre, il s'accroche, contourne le lit et balance la mixture par la fenêtre. Les poules viennent aux nouvelles. « Des poules complètement bourrées, ça doit être marrant », sourit Julien dans sa misère.

« M'man, tu sais, cet après-midi, la maîtresse m'a demandé pourquoi Julien ne venait plus à l'école depuis deux jours. J'ai pas su quoi lui dire… » Pierre vide le contenu de son cartable, ouvre son cahier, son beau plumier, et se met au travail. Le grattement de la plume, l'éclatement des bûches humides dans le fourneau, le jeu des aiguilles à tricoter ne troublent qu'à peine la quiétude de la pièce. Il fait une bonne chaleur que réchauffe encore le cercle resserré de la lampe à pétrole.

« Hein M'man, on est bien tous les deux… »

Le cliquetis des aiguilles poursuit son combat de bretteurs.

« Mais oui, Pierre, on est bien. »

Les aiguilles se taisent.

« Dis-moi, Pierre…

— M'man ?… »

Elle roule son tricotage sur ses genoux.

« Tu n'as pas envie de savoir pourquoi le petit voisin n'était pas en classe ?

— Si M'man… »

Elle a déposé son ouvrage dans un panier.

« Qui sait, il est peut-être malade… Je vais aux nouvelles, tu m'accompagnes ? »

Elle s'est levée. Lui est resté assis.

« Maintenant, M'man ? Mais il fait nuit. Et puis… et puis, les parents de Julien, avec leur sale tête, ils me font un peu peur. À toi, ils ne font pas peur ?

— Si, un peu. »

Le portail a un gémissement lugubre. Pierre monte la pente de la cour derrière le fragile abri maternel. Une faible lueur dessine la fenêtre de l'écurie où le père doit traire ses vaches. Très haut sur la façade d'habitation, brille la lumière de la cuisine, éclairant vaguement un angle d'escalier. À l'intérieur de la cour, tournent des rafales d'air glacées, entraînant dans leur ronde des poignées de fourrage arrachées à la grange.

Pierre se plante au milieu des rafales, le ventre creusé, des battements plein les oreilles.

« M'man, tu ne crois pas qu'on devrait revenir demain ?

— Non, viens ! »

Elle lui tend une main qu'il s'empresse de serrer, une main qu'il trouve moite en dépit du froid. Accrochés l'un à l'autre, ils gravissent les marches de granit. Elle marque un temps d'arrêt avant de frapper. Personne… Pierre sur les talons, elle pénètre dans la cuisine. Pas âme qui vive autour de la grande table, ni auprès de la cheminée où agonisent des cendres.

« Il y a quelqu'un, s'informe du bout des lèvres, la visiteuse ?

— C'est qui ? demande une voix lointaine.

— Ça, c'est Julien », souffle Pierre qui, toute crainte envolée, se dirige vers un coin d'ombre et pousse une porte pleine.

La pénombre fleure la sueur et le pipi, et puis comme une vague odeur d'alcool. Pierre découvre une pièce exiguë encombrée d'un meuble bas qui doit être un lit, sur lequel se détachent, en clair, un visage et deux mains. Julien… Peu à peu naissent de la pénombre le béret marron, la veste aux manches trouées. « Il doit coucher tout habillé », estime Pierre dont l'œil est soudain attiré par le blanc d'un bol vide, autour duquel une paire de galoches monte la garde. Il en conclut que ça ne doit pas être un pot de chambre… et que Julien ne dort tout de même pas avec ses godasses. Sa mère s'est avancée jusqu'au lit, a étendu le bras et caressé, du dos de la main, la joue de l'enfant. Elle trouve le bouton électrique.

« Bonsoir, mon Julien.

— B'soir, M'dame.

— Alors on est malade ?

— Un peu. »

Pierre se tait, surpris par le dénuement, la tristesse, les allures de cellule de la pièce. Sa mère aussi doit être étonnée, car il voit son regard errer sur le pauvre décor. « Chez moi, c'est pas comme chez vous, hein… C'est moche », dit Julien qui a compris. Elle esquisse un sourire et, d'un geste machinal, borde le drap rugueux qui pendouille par endroits. « Tu es tout seul, mon Julien ? » Le garçon fait oui. Il ne peut retenir une quinte qui éclate en lui déchirant les côtes. « Tu as certainement pris froid, tu prends des médicaments au moins ! » À nouveau Julien fait un signe affirmatif. Elle parcourt la pièce, hoche la tête, tandis qu'un pli dur apparaît une seconde au coin de sa bouche et de ses yeux. « Je t'apporterai quand même quelque chose… À demain, mon Julien. » Elle pose sa main sur le front du garçon, comme pour juger de sa température, et quitte la pièce.

« Pourquoi dit-elle toujours mon Julien, proteste intérieurement Pierre, c'est pas son fils. » Il étouffe, il a envie de sortir. Une main l'accroche par la manche. « Marquise est morte l'autre nuit… T'imagines, ma Marquise… » Julien s'est tourné vers la porte demeurée ouverte sur la cuisine. « Elle a crevé de froid, à cause d'eux. » Sa voix haineuse se fait suppliante. Sa main se cramponne plus durement à la manche de Pierre. « Dis ! Si je guéris, on partira comme on a promis… Hein qu'on partira ? » De son index replié, il essuie un œil, puis l'autre. Pierre regarde ailleurs, il étouffe. Il faut qu'il se sauve pour ne pas chialer, lui aussi. Il se dégage et fuit, assoiffé d'air et d'espace.

Pour le jeune citadin, ces descentes solitaires au village n'en finissent plus. Une neige sale étale ses ultimes vestiges dans les coins d'ombre perpétuelle, au fond des combes et des fossés. Toujours gelée, la surface de l'étang a pris de vilaines couleurs et les peupliers qui l'entourent ressemblent à des arêtes de poissons qu'on aurait plantées. Sur le goudron, il n'y a personne pour marcher au pas… et on ne peut pas marcher au pas tout seul ! Personne, non plus, pour l'écouter parler de sa ville, qui est la plus belle du monde. Alors pour que le temps passe plus vite, il prend des paris avec lui-même : courir sans ralentir jusqu'au troisième peuplier… faire plus de cinq mètres de glissade sur cette plaque de verglas… Il revient en arrière et compte ses pas, en trichant un peu.

Tandis qu'il longe la minuscule maisonnette du Poids Public, juste à l'entrée du village, des appels, une galopade, le font se retourner : « Pierre ! Pierre ! » Une pèlerine au capuchon rejeté en arrière vole vers lui. C'est Momo, le fils du marchand de charbon et de limonade. Pierre n'aime pas qu'on l'interpelle, il fait mine de continuer sa route. « Merde ! Attends-moi ! J'ai quelque chose pour toi. » Pierre s'est planté au milieu du plateau du Poids Public qu'il joue à faire osciller. Momo l'a rejoint, faisant tanguer la bascule de plus belle. Il écarte un pan de sa pèlerine, souffle sur ses doigts avant de les plonger au fond de sa musette de toile. « On croirait le facteur », songe Pierre. D'autant que Momo tire d'entre ses livres une page de papier d'écolier pliée en quatre, fermée par un bout de papier collant. Il lisse la missive, qui a quelque peu souffert, et la tend à Pierre.

« Qui c'est qui te l'a donnée ?

— Devine… Une fille !

— Qui ?

— Devine… hé ! »

Tout en s'efforçant de ne montrer aucune hâte pour ouvrir la lettre, Pierre affirme, désinvolte : « Tu penses ! Des lettres de filles, à Lyon, j'en recevais tous les jours. » À l'encre violette, une plume ébréchée a écrit, raturé : « Pierre, si tu veux être mon bon ami, je veux bien être ta bonne amie. On se trouvera sous le hangard à chez Giroux… (Il n'y a pas de d à hangar, remarque Pierre). Tu dis rien à personne, parce que c'est un secret. Francine. »

Subrepticement, Momo tente de lire par-dessus l'épaule du garçon qui fourre brusque ment la missive dans sa poche.

« Dis, mal poli ! Il ne faut pas te gêner !

— Ta lettre, tu parles si je m'en tape ! Parce que, hein, j'l'ai lue avant toi.

— Menteur !

— Tu paries que j'l'ai lue ! Tiens, même que ça disait : "Pierre si tu veux être mon bon ami…". »

Il accompagne son discours d'un Tss ! Tss ! provocateur, en passant son pouce sous le menton, d'arrière en avant. Furieux, Pierre envoie un coup de galoche dans le tibia dénudé de Momo qui attrape sa jambe repliée et se met à brailler en sautant à cloche-pied : « Y m'a cassé l'os ! Y m'a cassé l'os ! » Légèrement inquiet, Pierre n'en affirme pas moins :

« Tu n'avais qu'à pas, voilà !

— Salaud ! Tu me le paieras, sanglote Momo en reposant sa jambe blessée, tiens zieute, je saigne ».

Pierre lui tend son mouchoir, mais l'autre, ombre noire et clopinante, a déjà filé en direction de l'école. À bonne distance, il se retourne et clame, poing tendu : « Toi, on va te casser la gueule, et pas plus tard qu'aujourd'hui, sale étranger. » Il repart en boitillant bas. Rassuré, Pierre constate qu'il ne clopine plus de la même jambe.

Sans hâte, Pierre remonte la rue principale, encore déserte. En passant devant l'épicerie et le nègre Kilvoufo, il tire la langue, parce qu'il a toujours l'impression que le bonhomme lui fait la grimace. Il n'y a personne dans l'atelier, ouvert à tous les vents, du maréchal-ferrant. Ses gros outils rouillés, ses pinces énormes, son brasier, le cadre de bois et de cuir où l'on immobilise les malheureuses bêtes le font frissonner. Cela lui rappelle des images du Moyen Âge et des salles de torture. Que dire quand le maître des lieux opère avec son tablier de cuir, ses gros bras velus et sa trogne enluminée ? Il faut le voir ce bourreau, auquel ne manque que la cagoule, appliquer son fer rougi sur les sabots qui fument en répandant une odeur de cochon grillé, enfoncer ses clous à grands coups de masse. Pierre déteste ce méchant bonhomme. Un jour, il mettra le feu à son antre. À l'angle de la place, la façade de la boucherie, peinte en rouge des grilles aux volets, le fait passer au large. Derrière ces murs, il imagine le boucher, barbouillé de sang, égorgeant de gentils agneaux, des petits veaux à l'œil tendre. Plusieurs fois, il est sûr d'avoir entendu crier.

En parcourant la place, face au Café Boinon, Pierre modère encore son allure. Dans sa poche, il sent sous ses doigts la feuille de papier… La première lettre d'une fille… Elle est jolie Francine… La buée l'empêche d'apercevoir l'intérieur de la salle. Il s'arrête, se baisse pour relacer ses galoches. Peut-être, va-t-elle sortir… Mais non, à l'heure qu'il est elle doit déjà être en classe, à la laïque lui a dit Julien. C'est drôle, sa mère n'a pourtant pas une tête de voleuse, elle est même gentille. Il faudra qu'il réponde à sa lettre. Il hésite, fait le tour du tilleul, une fois, deux fois, et plonge dans la ruelle.

Pierre est arrivé bon dernier. Son entrée est saluée par des chuchotis, des échanges de boulettes.

À côté du Binoclard, une chaise vide, celle de Julien. David lui adresse un bonjour amical. On a badigeonné de bleu toutes les vitres, à cause des bombardements. Pierre se demande bien ce que les Américains viendraient démolir dans ce bled… Est-ce l'absence de Julien ? L'odeur de renfermé de la pièce ? La clarté du jour filtré à travers le bleu des fenêtres ? Le petit bout de ciel et de marronier que les peintres lui ont volé ? Ce matin de février, la classe lui semble lugubre, hostile.

Retenue par quelque parent, Paille-de-Fer n'a pas encore gagné son bureau. Debout, Momo fait de grands gestes pour capter l'attention : « Hep, les gars ! Hep ! Vous êtes prêts ? Un, deux, trois… » Il chante : « Si tu veux faire mon bonheur, Francine… » Les autres suivent : « Francine… Si tu veux faire mon bonheur, Francine, donne-moi ton cœur. » Tout en battant la mesure, Momo jette des regards narquois en direction de Pierre, pour juger de l'effet, mais ce dernier fait semblant de ne pas entendre, ou, du moins, de ne pas comprendre que cette Francine en question le concerne. Momo est monté sur son bureau. « Allez, les gars ! On recommence : Si tu veux faire mon bonheur… » Décalé d'un demi ton, Pudu hurle dans les oreilles de Pierre qui les protège du plat de la main : « Francine… Francine… » La chanson se perd brusquement. Momo dégringole de son bureau, pas assez vite pour ne pas être vu par l'institutrice qui s'assied et note sur son carnet :

« Georges, dix fois les temps du verbe avoir, pour demain…

— M'dame…

— Bien fait pour ses pieds », conclut une voix qui ressemble beaucoup à celle de Pierre.

Aucun cri, aucune galopade n'animent la cour de récréation où tourne une bise glacée. Les enfants sont allés chercher refuge sous les escaliers ou derrière les piliers du préau. David, Pierre et le Boiteux aimeraient bien savoir ce que trafiquent le Grand Zef, Pudu et quelques autres. De leur groupe, tassé sous les escaliers, montent des éclats et des rires. Le Grand Zef rompt le cercle, traverse la cour suivi par ses troupes, plaque contre la porte des W.C. une page de cahier que Momo fixe avec quatre Sergent-Major. Les trois camarades s'approchent de la cohue rigolarde pressée devant l'édicule. Sur le papier, un artiste, moins que doué, a tracé, au crayon de couleur, une tête grotesque affublée d'une chevelure moutonnante, d'un gros nez rouge et d'une paire d'yeux bigleux, le tout souligné d'une légende explicite : « la tronche à la Francine. » Pierre se précipite sur le portrait infamant, mais avant qu'il ne l'atteigne, plusieurs paires de bras le rejettent en arrière. Les deux groupes ennemis se font face, deux groupes tellement inégaux, que Pierre a envie de se sauver, d'appeler Paille-de-Fer à leur secours. Tous ces gros poings tendus, ces visages hostiles, lui font terriblement peur, pourtant son orgueil l'oblige à se rebeller, en ayant soin toutefois de prendre à parti Momo, le moins costaud de la bande.

« Tu es un dégoûtant ! Elle ne t'a rien fait, Francine.

— Et toi, mon fumier, tu m'as rien fait ? Dis, t'as vu ma guibolle ! »

Momo baisse sa chaussette, exhibant sur le devant du tibia, une dégoulinade de sang séché qui s'en va se perdre dans la tige de la chaussure.

« C'est bien fait ! Tu n'avais qu'à pas me narguer. »

Pudu allonge un index de justicier :

« Toi l'étranger, on va t'faire ta fête. D'abord, on t'a pas sonné, alors t'as qu'à retourner d'où qu'tu viens, parce qu'ici (il montre l'horizon), c'est chez nous. »

Devant toutes ces têtes qui opinent, Pierre tente de fanfaronner, mais Dieu que Julien lui manque !

« Vous me faites pas peur. Et gare à vous quand j'aurai ma carabine à plomb… Pan ! Pan ! »

Pudu fait semblant de s'écrouler et s'esclaffe en roulant sur lui-même :

« M'man, j'ai les foies, il a une carabine à plomb, M'man ! »

Il se relève et toise le citadin avec mépris :

« P'tit con ! Pauvre fillasse ! T'as vu mon revolver, non, alors fais gaffe ! »

Le Grand Zef postillonne au nez de Pierre :

« Et toi, tu sauras que mon père, il est pas seulement gendarme, mais aussi dans la Résistance... Oui, monsieur ! Alors, chez nous, c'est plein de grenades. J'en faucherai une et paf ! J'te la ferai péter sur ta gueule de gonzesse. »

Le Boiteux, dans l'espoir de calmer les esprits, s'interpose sans pouvoir placer la moindre syllabe.

« Eh ! Va dire ta messe, l'curé !

— Va t'faire redresser, l'tordu ! »

Le malheureux infirme bafouille, rougit, au bord des larmes. Le petit David vole courageusement à son secours.

« Ils font les malins, parce qu'ils sont plus que nous, mais ce sont des dégonflards. Dégonflards ! Dégonflards ! »

Le Grand Zef saisit le jeune nouveau par le devant de sa veste et, d'une seul main, le hisse sur la pointe des pieds.

« Toi le Youpin, mêle-toi de tes fesses ! Sinon... »

Il ne s'attendait pas à une réaction de la part de ce petit gros. Surpris, il reçoit un coup de genoux dans le bas-ventre. Il se plie en deux, ce qui permet à David de l'envoyer, d'un coup de tête, rouler dans la boue, les quatre fers en l'air.

« Mes couilles ! Y m'a châtré, l'salaud ! » gémit-il, le souffle court, les deux mains plaquées entre ses cuisses.

Relevé par le bras de Pudu, il se met à écumer :

« Espèce de sale Juif ! Sale Youpin ! »

Profitant de la confusion, Pierre, d'un bond, arrache la page d'écolier, la déchire avant d'être brutalement jeté à terre et rossé par des chaussures anonymes. Le nez dans la fange glacée, il tente, sans résultat, de se remettre sur ses jambes. Soudain, tout se fige autour de lui. Près de sa figure, sont plantées deux chaussures à talons. Avec effort il aperçoit des bas, des dessous obscurs, puis la blouse de Paille-de-Fer. De son bras valide, le Boiteux le remet debout.

L'institutrice s'est dressée face au Grand Zef qui la dépasse de la tête. Elle est écarlate, complètement échevelée.

« Joseph ! Joseph ! Ne répète jamais ce que tu viens de dire, tu m'entends, jamais ! Jamais ! »

Elle accompagne son dernier cri d'une gifle monumentale. Une seconde la scène s'est immobilisée. Le Grand Zef est resté bras ballants, la bouche ouverte. Puis, lentement, il a porté la main à sa joue et chacun a ébauché le même geste comme si chacun avait reçu la claque de l'institutrice. Une larme, une seule, a coulé sur la joue du Zef, une larme déshonorante qu'il ne pouvait plus retenir.

Au milieu du cercle d'enfants, Paille-de-Fer tourne lentement sur elle-même, plongeant ses yeux dans tous ces regards qui la fuient. On dirait qu'elle s'applique à n'oublier personne. Quelques protestations naissent mollement ici et là :

« C'est pas nous, M'dame, c'est eux...

— Y z'ont commencé les premiers... »

Vite réprimées par un geste agacé et un « Silence ! » impératif. De la poche de sa blouse, elle sort un mouchoir. Elle tamponne le nez ensanglanté de David. Pierre voudrait qu'elle s'occupe aussi de ses blessures, mais non, fendant la meute, elle annonce d'un ton sec :

« Allons en classe ! Pour aujourd'hui, plus de récréation... Bande de sauvages ! »

L'institutrice gravit les escaliers, tenant David par l'épaule. Derrière suit la troupe, en désordre. Un œil poché, Pierre renifle son sang et ses larmes, Momo tire la jambe et en rajoute, le Grand Zef se palpe une joue puis l'autre, pour en comparer la chaleur. À l'arrière-garde, le Binoclard se penche vers Pudu :

« Moi, j'ai remarqué un truc que personne n'a vu... Paille-de-Fer et le nouveau, y z'ont un peu la même tête. Tu trouves pas ? »

Pudu agite ses grandes oreilles :

« Ouais, c'est sûr ».

Aujourd'hui, c'est jeudi. Congé ou pas, Pierre ne risque pas d'aller en classe. Quand sa mère l'a vu débarquer, les vêtements souillés, le nez, les paupières gonflés, la lèvre fendue, elle a été horrifiée :

« Pierre ! Pierre ! Mon Dieu, mais que t'est-il arrivé ? Un accident ?

— On s'est bagarré à l'école », a-t-il lâché, non sans fierté.

Entre deux applications de compresses humides, il s'examine dans la glace avec une certaine satisfaction. Lui qu'on traite de fille, parce qu'il est bien habillé, bien peigné, les marques de coups lui donnent des allures de dur. Comme au ciné… Pourvu que Francine et Julien le voient avant qu'elles aient disparues ! À propos de Julien, il doit être seul toute la matinée, puisque jeudi c'est jour de marché. Vite, il s'habille et se sauve, poursuivi par l'inévitable « Ne prends pas froid ! » Par précaution, il inspecte la cour à travers le portail entrebâillé : elle est inhabitée, silencieuse.

Julien va beaucoup mieux. Le dos calé contre son polochon plié en deux, il feuillette, dans un rayon de lumière, *L'Almanach du Père Benoît*. À l'arrivée de son copain, il balance le bouquin : « Les cons ! Y disent qu'aujourd'hui y pleut… T'as vu le soleil ! » À terre gisent un flacon de sirop ainsi qu'une boîte rouge et blanche d'où s'échappent deux suppositoires enveloppés de papier d'argent. Pierre connaît ces médicaments, ils étaient dans le placard de sa cuisine. Tant mieux pour ces saletés de suppositoires qui lui faisaient froid au derrière et lui donnaient envie d'aller. Il regrette un peu son sirop, il avait un bon goût de caramel et vous parfumait l'haleine de résine. « Dis, ça pue chez toi », constate Pierre. Il va ouvrir la lucarne et s'assied au bord du lit après en avoir chassé les jambes de Julien en lui gratouillant la plante des pieds.

« Arrête, merde ! Je crains !

— Tes parents, ils sont au marché ?

— Ben comme tous les jeudis. Et comme tous les jeudis, la mère aura fait le plein de gnôle et le père gueulera un peu plus. Elle ramène ses litres sous ses jupes. Un jour, elle en a cassé un sur les escaliers : elle pissait la gnôle. J'en ai trouvé un, à côté du puits, planqué dans un tronc mort. Un seau, un coup de gnôle. J'y ai foutu de l'eau à la place, si t'avais vu sa tête ! »

Julien grignote une rognure d'ongle, avant de poursuivre :

« Mes parents y se détestent, tu peux pas savoir. Et plus y se détestent, plus j'suis content, et s'ils en crèvent, ça risque pas que je mette un crêpe, j'en mettrai même pas un à la ruche…

— Et pourquoi un crêpe à la ruche ?

— Pour empêcher les abeilles de fiche le camp, c'te question !

— Et tu crois à ces machins-là, toi ?

— J'sais pas, mais chez nous, on l'a toujours fait et les abeilles sont jamais parties après un mort. »

Depuis un bon moment, Julien observe son camarade en penchant la tête de droite et de gauche : « Dis-moi, où qu't'es passé ? T'as vu ta gueule ?

— Ah, tout de même ! pense Pierre qui, complaisamment explique : hier à l'école, il y a eu bagarre…

— Avec ?

— Zef, Pudu et la bande. On leur a fichu une raclée, si t'avais vu ça.

— David était avec toi, pour sûr… Et l'Boiteux aussi…

— Oui et même que le petit gros, il sait drôlement se battre. Dommage qu'il soit ce que tu sais…

— J'en m'en fous qu'il soit comme tu dis, puisque c'est mon copain.

— C'est le mien aussi. Et puis après tout, hein ce qu'on racontait à Lyon, la radio, les affiches, ce n'était peut-être que des mensonges.

— Oui, sûrement. »

Un silence.

« Et tu ne me demandes pas pourquoi on s'est bagarré ? Alors, je vais te le dire, c'est à cause de ça. »

Pierre sort d'une poche un chiffon de papier.

« Tiens, lis ».

Tourné vers la lumière, Julien déchiffre à grand-peine :

« Si tu veux être… mon… bon… ami… Ben dis donc ! » conclut-il admiratif, une lettre d'amour…

— Bah ! tu sais, ça n'est pas la première…

— Elle est chouette, Francine, presque autant que Laurentine. Tu vas lui répondre ?

— Peut-être, oui… On verra. »

Pierre replie le message et le fourre négligemment dans sa poche.

Une quinte de toux agite Julien. Entre deux accès, il ramasse la bouteille de sirop et boit au goulot. Il en tète le fond avec bruit, puis élève le flacon à hauteur des yeux :

« Dommage, il était vachement bon le sirop de ta mère.

— C'était pas le sien, c'était le mien », corrige Pierre en allant à la fenêtre.

Pour voir à l'extérieur, il doit tirer sur ses bras cramponnés aux barreaux et s'aider des genoux. Cela lui rappelle la cellule d'un château, où le guide lui avait montré les traces d'usure du mur par les genoux des prisonniers qui cherchaient, eux aussi, de l'air et de la lumière. Il en avait eu des cauchemars. Le soleil lui chauffe agréablement la figure. Soudain, il pousse un oh !

« Quoi que t'as vu ?

— Un papillon jaune... Il s'est posé sur le mur... Il repart... Disparu.

— T'as vu un *citron*, c'est comme ça qu'on l'appelle, et c'est tant mieux, parce que ça veut dire que l'hiver est au bout. »

Pierre a repris place au bord du lit, il devine que Julien a quelque chose à lui dire, mais ne doit pas savoir comment s'y prendre. Le silence s'éternise.

« Dis, Pierre, toi qui sais écrire, tu voudrais pas m'aider ? »

Julien attend un encouragement qui tarde.

« Je voudrais écrire à... à...

— À Laurentine...

— Ben, oui... »

Le dos tourné, Pierre, les mains dans un rayon de soleil, fait naître sur le mur l'ombre d'un oiseau aux ailes battantes. C'est son père qui lui avait appris. Julien revient à la charge.

« Alors, tu veux pas m'aider ? Rien qu'un brouillon, pour les idées. »

Pierre extrait de sa poche un trognon de crayon rongé et le tend à son camarade :

« J'ai de quoi écrire, mais pas de papier. »

Julien cherche autour de lui. Il ramasse la boite de suppositoires.

« Ça ira pour le brouillon. Vas-y j'écris… »

Pierre adopte un air inspiré, les yeux sur le plafond.

« Voyons… Voyons… Bon ! Tu écris : "Ma chère Laurentine…"

— "Ma chère Laurentine…" Ensuite ?

— Ensuite… Heu… Heu… : "Depuis la première fois que je t'ai vue…" Avec un "e" à vue, idiot… "Je suis tombé amoureux de toi…" »

Julien se gratte la tête avec le vestige de crayon.

« Mais je connais Laurentine que j'avais pas un an !

— Tu sauras que dans les livres, les lettres d'amour commencent comme ça ! Et si tu n'es pas content…

— T'fâche pas. J'écris : "Depuis la première fois que je t'ai vue, je suis tombé amoureux de toi…" Ensuite ?

— On pourrait mettre : "Je t'aime autant que…"

— Ma Marquise !

— Crétin ! Si tu compares ta bonne amie à ton corniaud, elle sera contente !

— Mais je l'aimais ma chienne que tu peux pas savoir, proteste Julien.

— Non, tu mets : "Je t'aime gros comme le ciel, la terre et les étoiles…"

— C'est pas un peu bébête ton truc ?

— Non, ça fait comme de la poésie.

— Bon, si tu crois… J'ai plus de place.

— Tourne ta boîte et ajoute : "Si tu veux, on se mariera quand on sera grand et que j'aurai des sous. Avec je t'achèterai une robe blanche."

— Et si j'ai pas de sous ?

— Bah, d'ici là !… Oh, j'y pense ! Ce qui serait bien, ça serait de coller une fleur sur ta lettre.

— Oh, l'citadin ! T'en a vue souvent des fleurs en février ? Bon, je relis tout : "Ma chère Laurentine…" »

Il balance la boîte sur la couverture.

« Tu ne crois pas que ça serait mieux de demander à une grande personne d'écrire pour nous. Ta mère doit rudement bien écrire ces choses, mais t'oserais jamais lui demander. »

« Chiche ! défie Pierre en tendant sa paume.

— Chiche ! »

Le bras de Julien est demeuré levé, semblant menacer la mère apparue soudain dans l'encadrement de la porte. Sous le bonnet de laine violette enfoncé jusqu'aux sourcils, son regard est inexpressif, bovin. Au bout de son nez rouge, scintille une goutte de morve.

D'un mouvement instinctif, Pierre a levé une fesse : « Bonjour, M'dame. » Mais déjà, elle a disparu comme elle était venue.

Debout pour la première fois, Julien titube sur la moindre aspérité de la cour. Sur sa droite, le hangar demeure affreusement silencieux. Marquise est-elle encore couchée au milieu de ce cimetière de machines ? Depuis le temps, son père a dû l'enterrer quelque part, à moins qu'il ne l'ai jetée au fumier. Il n'ose aller voir. En ce jeudi de fin février, l'hiver flirte avec le printemps. Le vieux tilleul lui paraît moins noir, la sève doit commencer à circuler jusqu'au bout de ses rameaux. Julien se baigne dans la clarté fraîche et transparente qui rapproche l'horizon où il retrouve ses clochers, ses fermes, ses champs, ses bois. Pourtant, au milieu de cet immuable décor, il éprouve la sensation de quelque chose d'inusité qu'il ne peut identifier. Une coupe de bois ? Un mur, une haie abattus ? Une construction ? Non, des poteaux ! Un alignement de poteaux qui file droit sur le hameau.

Une boule de terre frappe le tronc du géant et lui pleut dessus. Pierre apparaît à mi-corps derrière le mur de la terrasse.

« Alors tu n'es donc plus malade ?

— J'sais pas, on verra bien. »

Julien s'est tourné vers la vallée.

« C'est quoi, ces poteaux ?

— Une ligne électrique. Comme ça tu pourras t'éclairer et faire marcher des moteurs. T'auras plus besoin de tourner la baratte ou l'écrémeuse…

— L'électricité ça coûte des sous. Julien y coûte rien, alors c'est pas pour demain… »

Pierre perçoit la tristesse de son copain. Il entend sa mère lui clamer d'un ton de reproche : « Il n'a jamais rien eu, ni personne… » Alors, il va lui faire voir son secret pour le distraire : « Viens, j'ai quelque chose à te montrer. » Dans un angle de la terrasse, il a construit à l'aide de planches et de briques, un minuscule enclos. À l'intérieur, la pelote d'un hérisson. Julien a un mouvement de recul et se frappe la tempe d'un air effaré :

« Non, mais t'es dingue ! Faut le tuer tout de suite, c'te charogne !

— Mais ce n'est qu'un hérisson ! »

Pierre s'est accroupi et caresse les piquants du bout des doigts.

« Tu vois, il n'est pas méchant… Tiens, touche-le ! »

L'animal agite ses piquants et, resserre sa boule. Julien reste à distance.

« Toi, l'citadin, tu sais donc pas que ces bêtes ça fait avorter les vaches. Il suffit qu'elles broutent l'herbe où il est passé.

— Tes histoires de vaches qui font je sais pas quoi, c'est idiot comme tes histoires de ruches et de crêpes. Demande à Paille-de-Fer, elle te dira que les hérissons c'est utile, ça mange les limaces.

— N'empêche, si mon père… »

Les volets de la chambre ont claqué contre la façade. Dans le cadre de la fenêtre ouverte, la dame évoque pour le jeune paysan un portrait d'autrefois illustrant un livre d'histoire. Une jolie personne coiffée d'un drôle de chapeau, pourvue de gros nénés, qui était copine avec un roi. Agnès quelque chose… Machine de Poitiers… Il a oublié. « Allons, mes enfants, rentrez vite, vous allez prendre froid. » La maman de Pierre disparaît derrière la fenêtre refermée.

« Vous allez prendre froid, ma mère dit toujours la même chose.

— Pour la lettre à Laurentine, t'oublieras pas… T'as dit chiche…

— Ne t'inquiète pas, entre ! »

Elle lui ébouriffe gentiment les cheveux.

« Alors, Julien, on va mieux ? Tu nous manquais… Tu vas bientôt retourner en classe avec Pierre. » Il approuve d'un sourire niais, silencieux, furieux contre lui-même. Parce qu'il s'était promis de lui dire plein de choses gentilles pour la remercier de l'avoir soigné, il les avait même apprises par cœur. Mais la dame lui retourne un sourire avenant, comme si elle avait deviné tout ce que l'enfant n'avait osé lui dire.

Elle remplit d'eau chaude une sorte de grosse théière.

« C'est jeudi, Pierre, on se lave la tête.

— Oh, la barbe ! Tu n'as qu'à laver celle de Julien.

— Eh bien, on va vous laver vos deux têtes, tu veux bien Julien, pour donner du courage à ton camarade. »

Les deux garçons se sont assis côte à côte, le nez dans l'évier. Le crâne auréolé de mousse, Pierre proteste contre l'eau trop chaude, contre le savon dans les yeux. Julien le pousse du coude : « La lettre… » Pierre se jette à l'eau.

« Dis, M'man…

— Oui.

— Les dictées que tu nous fais faire, on ne les trouve pas tellement marrantes. On en voudrait des mieux.

— Ah, bon ! Et quoi donc alors ?

— J'sais pas, moi… Une lettre… Une lettre d'un monsieur à une dame… »

Les mains emplies de mousse, elle suspend ses frictions.

« Mais, il n'y a pas ce genre de dictée dans les livres de grammaire.

— T'en inventerais une. T'es jolie, M'man, alors t'en a bien reçu des lettres d'amour… »

Elle réprime un sourire et entre dans le jeu des enfants.

« Et à qui l'écrirait-on cette fameuse lettre ?

— À une dame qu'habitait Poitiers, M'dame. »

Julien est intervenu, déjà dépassé par son audace.

« À Diane de Poitiers, veux-tu dire, et pourquoi à Diane de Poitiers ? »

Julien perd pied.

« Parce que… heu… elle aussi était… très… très jolie. »

Pierre pour ne pas demeurer en reste, précise :

« Alors, tu comprends, M'man, nous on serait Philippe-Auguste… ou Henri-je-sais-plus-combien, et on ferait une lettre à Diane. Tu l'écris, tu nous la dictes… Promis, hein !

— On y réfléchira, mes enfants. »

Pierre assène un coup de coude complice dans l'estomac de Julien et plonge la tête sous l'averse d'eau tiède.

Elle donne quelques coups de ciseaux habiles dans la tignasse blonde, peigne, brosse, rectifie de la pointe des ciseaux, puis attrape le menton de l'enfant, lui faisant montrer son profil droit, puis le gauche.

« Voyons voir à quoi tu ressembles… Bon, ce n'est pas mal… Ils sont pas vilains du tout tes cheveux, Julien.

— Oui, mais moi, j'ai pas d'épis », a dit Pierre en se palpant le sommet du crâne.

Julien effleure sa chevelure du bout des doigts, de peur d'en rompre la belle ordonnance. Il a l'impression de caresser une autre tête, sa main ramène une odeur qu'il flaire longuement. Un peu le parfum de la dame… Il rêvasse, allongé sur son lit… « Julien, tu as de beaux yeux… ils ne sont pas vilains du tout tes cheveux… » Elle s'est couchée près de Julien, le serre contre elle, pour lui faire sentir ses rondeurs enivrantes, ses odeurs. Il brûle de partout… « M'man. » Pierre est là… Toujours et encore lui ! Julien tente de chasser cet intrus. L'enfant disparaît, sa mère aussi.

Il se lève et sort dans la nuit, les galoches à la main. Le clair de lune le guide jusqu'à la maisonnette. À l'étage, une lumière raye encore les volets. La barrière franchie, il marche sur les mottes d'herbe pour étouffer ses pas. Enfermé dans son enclos, le hérisson divague en quête de nourriture ou de liberté. Julien tente de le saisir entre deux morceaux de bois, mais l'animal apeuré refait sa pelote et choit dans l'herbe. À la seconde tentative, il roule sur le mur de la terrasse et tombe dans le vide. Au milieu du sentier, Julien retrouve le hérisson, pareil à un caillou rond. À deux mains, il élève au-dessus de sa tête un bloc de granit. L'animal éclate, faisant jaillir ses tripes. Il pousse le cadavre de la pointe du pied puis, d'un vigoureux coup de galoche le fait plonger dans l'enchevêtrement d'un épineux.

Julien n'a pas encore repris le chemin du village, ce qui ne l'empêche pas de trimer dur à la ferme. Au fond de son cartable, Pierre a une lettre pour Laurentine, une lettre pleine de jolis mots, de belles phrases, comme seule sa mère pouvait en trouver. Pour jouer les facteurs, Pierre doit faire le tour par le chemin des crêtes, avec chaque fois l'impression que les buissons ont encore gagné du terrain. Il a peu à peu pris en pitié les frênes qui bordent ce sentier, que l'on mutile pour faire *la feuille* et nourrir les biques. Comme ils doivent souffrir, ces infirmes, de ne plus pouvoir agiter leurs bras ! Le chemin lui semble interminable. Et puis, la disparition de son hérisson le tracasse. Quand il lui aura remis la main dessus, il le mettra dans une cage grillagée, comme un lapin. Julien lui a bien dit qu'il avait dû sauter durant la nuit, pourtant un hérisson, ça ne saute pas. Il demandera à l'institutrice, elle doit savoir, forcément.

De loin, il a vu Laurentine et son frère. Il a également vu Pudu courir à leur rencontre, faire demi-tour aux côtés de Laurentine. Dommage qu'il soit plus costaud que lui, il lui casserait bien la figure à ce type, de la part de Julien. Mauvais comme il est, ce puant, s'il lui voit donner la lettre à la jeune fille, il serait capable de la chaparder. La lettre, il la confiera au Boiteux, il ne refusera pas ce service. Après tout, une lettre, même d'amour, ça peut attendre. Alors, il calque sa marche sur celle du trio, en gardant ses distances. Pas mal du tout, Laurentine… Dommage qu'elle soit promise à Julien… Francine n'est pas mal, non plus… Moins de rondeurs peut-être… Bah ! Ça viendra !

Tandis que Laurentine s'en va vers le fond du bourg, les deux garçons longent le monument et disparaissent dans la ruelle. À peine Pierre a-t-il abordé la place qu'il sent son cœur s'emballer, ses joues s'enflammer. La porte du café s'est ouverte, Francine a regardé dans sa direction, puis s'en est allée, d'un pas nonchalant, vers son école. Pas celle de Laurentine, celle des voleurs. Pierre a beau ralentir l'allure, il est obligé de la rattraper, et c'est sûrement ce qu'elle cherche… Au fond de sa poche, il froisse un bout de papier, il faudra qu'il lui trouve une cachette. Bravant le froid, la gamine est nue tête et ses cheveux bouclés lui font, dans le contre-jour, l'auréole d'un saint de vitrail. Pas frileuse, elle a relevé les manches de son pull de laine blanche et ne porte que des chaussinettes, laissant à nu un bon morceau de chair. L'un suivant l'autre, ils tournent l'angle de l'église. À l'abri des hauts murs d'une ruelle aveugle, Francine s'arrête et se retourne vers le garçon tout en jetant un regard furtif autour d'elle. Les deux enfants sont tout près l'un de l'autre. Un peu de brise agite les boucles châtain et décoiffe la raie brune. Leurs yeux se cherchent, s'esquivent, se retrouvent :

« Bonjour…

— Bonjour…

— Tu vas en classe…

— Oui.

— Tu sais, j'ai reçu ta lettre… je répondrai. »

Une éternité. De sa main libre, le garçon attire à lui un joli visage. Furtivement, il embrasse une joue fraîche et douce. Deux lèvres effleurent le coin de sa bouche…

Gênés, étonnés, les deux enfants se séparent brusquement et s'enfuient à toutes jambes vers leur école.

VII

Mars 1944

DEPUIS SIX MOIS, Pierre a presque oublié une guerre qu'il n'a subie qu'à travers les alertes et le vacarme des bombes arrosant la banlieue de Lyon. Aujourd'hui, la guerre, c'est être séparé de son père, aller en classe avec de petits paysans, être le *petit réfugié* comme l'appellent les grandes personnes. Parfois, le facteur apporte au hameau une lettre dont Pierre reconnaît l'écriture :

« C'est P'pa !

— Oui… Il va bien, il t'embrasse très fort. »

Rien de plus. Elle glisse la missive dans sa poche et reprend l'ouvrage interrompu, l'air distraite. À l'école, l'institutrice, elle aussi, se tait. À croire que tous ces événements leur font peur à toutes deux.

Julien est encore plus loin de la guerre. Jamais il n'a entendu l'appel d'une sirène, ni le bruit d'une explosion. Au pays, pour appeler les pompiers, on sonne la cloche de l'église, celle-là même qui, il y a quatre ans, avait tinté tout un après-midi, faisant voler de bouche en bouche, de colline en vallon : « Le tocsin !… La guerre ! La guerre ! » Les hommes étaient partis et croupissaient désormais derrière les barbelés sans avoir compris ce qui leur arrivait, ne laissant pour travailler la ferme que les femmes, les enfants, les invalides comme son père. On disait bien qu'autour du pays, dans les bois, les fermes à l'abandon, vivaient des maquisards. Mais personne n'en parlait. On se méfiait.

Les parents de Julien ne parlent jamais de la guerre, du reste, ils ne parlent jamais de rien, sauf pour se chamailler ou jurer. Quant à Julien, il n'ouvre la bouche que si cela est nécessaire… et encore.

Ce n'est qu'un matin de mars 1944, que la guerre a vraiment commencé pour les deux garçons, sous la forme de curieux serpentins argentés qui parsemaient leur sentier et semblaient échappés d'un arbre de Noël. Ces guirlandes, venues de nulle part, les laissèrent perplexes. Vite, ils en récoltèrent une poignée qu'ils apportèrent en classe, un peu mortifiés que le Dolphe et Momo en aient également ramassé. Pressée de question, Paille-de-Fer, telle une mauvaise élève, resta muette face à ces rubans énigmatiques. Ce qui ne laissa pas d'étonner Pierre et Julien qui croyaient qu'un instituteur connaissait toute chose. L'après-midi, le Grand Zef annonça triomphalement :

« M'dame ! Les trucs argentés, je sais ce que c'est, c'est des papiers pour brouiller les radars. Ce sont des avions qui les ont lancés. »

Et vingt voix de demander :

« C'est quoi les radars ? »

Très fier de sa science, le Grand Zef expliqua :

« Un radar c'est comme un poste de TSF, ça sert à entendre de loin le bruit des avions. »

Quelques jours plus tard, c'était un dimanche matin, Julien entra en coup de vent chez Pierre. Très excité, il lui montra des morceaux de journaux qu'il avait ramassés en gardant ses vaches. Des journaux clandestins qui avaient certainement suivi le même chemin que les serpentins de papier. À la tombée du jour, ils rentrèrent exténués, mais les mains pleines d'une précieuse moisson. À la veillée, les bouts de papier, préalablement séchés sur le fourneau de Pierre, permirent de reconstituer sur la table de la cuisine, deux pages d'un puzzle. C'est ainsi qu'il découvrirent, à grand renfort de colle, la longue silhouette désossée du général de Gaulle, avec deux « 1 », et celle toute ronde de Churchill, dont l'énorme cigare les fit bien rire. Ces pages leur apprirent également que les Boches et leur chef von Paulus, ce bonhomme en casquette, triste et mal rasé, s'étaient rendus à Stalingrad. Mais où diable pouvait bien se trouver ce patelin ? En Russie très probablement, rien qu'à voir la neige. Et le débarquement des Amerlocs à Anzio ? C'était en Afrique ? En Espagne ? Les cartes du *Petit Larousse*, pas suffisamment détaillées, ne leur étaient d'aucun secours. La maman de Pierre, quant à elle, demeurait très évasive.

Un jeudi, la dame prit le car parmi les paniers d'œufs et de fromage. À son retour, elle déposa sur la table un antique poste de TSF, au grand émerveillement des deux enfants. De face, le meuble ressemblait à une tête de bonhomme au crâne en pain de sucre, avec un bouton noir à la place de chaque œil et un cadran en guise de bouche. De dos, le fouillis des lampes et des fils ajoutait encore à l'objet une note de mystère. Avec solennité, le poste fut installé sur le buffet, à proximité d'une prise de courant que des ouvriers en casquette étaient venus poser durant l'hiver. Quand les électriciens en eurent fini de jouer aux équilibristes au sommet de leurs pylônes, Pierre s'était inquiété. « Alors, M'man, on ne continuera plus comme avant, avec la lampe à pétrole et les bougies ? C'était bien… » On avait continué. Derrière le poste, on étira et fixa contre le mur un long ressort. « C'est l'antenne », avait expliqué la dame. Quand tout fut prêt, elle tourna un bouton qui fit clac ! Un autre déplaça une aiguille sur le cadran… Un ronflement… Un sifflement… Puis, devant trois visages émerveillés, s'éleva une musique.

Quelques jours plus tard, arriva au courrier une immense carte de l'Europe qui débordait sur l'Afrique du Nord et l'Asie. « C'est un cadeau de ton père, je lui avais demandé », dit la maman de Pierre. Après l'avoir défroissée au fer, aidée des enfants montés sur des chaises, elle l'épingla contre un mur de la cuisine. Ils ignoraient combien d'heures ils passeraient face à cette symphonie de couleurs, face à cette terre toute plate, avec un en-haut et un en-bas.

Cabotin, l'hiver s'éloigne à petits pas et fait de fausses sorties. Un soir, en quittant l'école, Julien voit la silhouette courtaude et solitaire de David emprunter un sentier de chèvres. Où peut-il bien habiter ? Interrogé, il n'a jamais vraiment répondu. David marche de son petit pas régulier, laissant traîner son gros cartable dans les herbes. Julien ne connaît pas tellement ce coin de Sainelonge où l'entraîne le jeune étranger. Au loin, Julien aperçoit un groupe de silhouettes sombres arrêtées à la lisière d'un bois de fayards. Ces gens devaient attendre David, car, dès qu'il les a rejoints, tous disparaissent sous la futaie. « Sa famille… Mais ils sont bien nombreux », estime Julien. Il guette attentivement les chemins au-delà du petit bois. À la nuit tombée, personne n'est ressorti. Or, Julien le sait bien, il n'y a pas de maison dans ces arbres, rien qu'une grange à l'abandon. Perplexe, il regagne son hameau.

Julien n'a dit mot de cette affaire à personne, pas même à Pierre, mais le dimanche après-midi suivant, il se retrouve à l'orée du bois de fayards. Il pénètre sous la futaie, se défilant d'un tronc à l'autre. La grange est là, silencieuse, le portail clos. Une lueur vague éclaire une lucarne inaccessible. Julien s'éloigne sur la pointe des pieds. Après quelques instants de recherche, il grimpe dans un arbre d'où son regard plonge à travers la lucarne. En se déplaçant d'une fourche à l'autre, il repère un bout de matelas ainsi qu'une paire de jambes couvertes d'un pantalon. Une fraction de seconde, la tête d'un personnage passe dans son champ de vision. Il n'en a vu que le crâne orné d'une calotte pareille à celle des petits curés. En se penchant à tomber, il aperçoit le bas d'un mur contre lequel sont alignées plusieurs valises…

Au plafond de sa chambre, Julien questionne son ami, le géant.

« Dis pourquoi qu'il habite une grange, le David, et pas une vraie maison ?

— …

— Tu crois que c'est parce que ses parents sont pauvres ? Pourtant les gens de la ville, ils ont des sous.

— …

— À moins que… Oui, à moins qu'il se cache… Une bonne cachette que le petit bois… Et puis la dame a bien dit qu'on mettait les Juifs en prison. »

À la récréation du lendemain matin, Julien attire David dans un coin.

« David, je sais où que t'habites. La grange, dans le bois… »

Le jeune garçon agrippe Julien par la manche et le fixe de ses yeux fiévreux.

« À qui tu l'as dit ?

— Rien qu'à toi.

— Pas même à Pierre.

— Non.

— Au Boiteux ?

— Non plus. »

Julien réalise soudain qu'il a découvert un secret qu'il n'aurait pas dû. Un sourire, une tape sur l'épaule de David :

« T'inquiète pas, t'es mon copain, je fermerai ma gueule, tiens, j'te le jure… et tiens encore. »

Il se racle la gorge et expédie un jet de salive dans le dos de Pudu.

Comme les soirées sont encore longues en mars, Julien, la traite finie, vient souvent s'asseoir sous la lampe dont le cercle de clarté limite son univers de bonheur. Il écoute, silencieux. Par une sorte d'osmose, la chaleur de cette maison l'envahit, lui donne des couleurs intérieures. Au mur, la carte s'est parée de petits drapeaux confectionnés avec un papier de couleur et une épingle. Il y a des drapeaux bleus sur l'immensité rose de la Russie, ce sont ceux de Julien, et des drapeaux jaunes sur la botte verte de l'Italie, ils appartiennent à Pierre. Ils jouent à la guerre comme ils jouaient au jeu de l'oie, avançant, jour après jour, leurs petits drapeaux. Au premier qui arrivera à Berlin. La Voix, apportée par les ondes, remplace les dés. La mélopée lancinante du brouillage la rend encore plus bizarre, plus lointaine. Les Russes ont remporté la bataille de Koursk et avancent à toute vitesse sur Kiev et Jitomir. Julien pousse ses drapeaux vers Berlin. Avant l'été, si cela continue, il aura gagné, tandis que Pierre et ses drapeaux stagnent au milieu de la péninsule, face à la ligne Gustav.

« Les Américains le font exprès, rien que pour m'embêter, récrimine Pierre.

— Si t'avances pas, c'est la faute au Gustave, plaisante Julien, après tout, hein, c'est toi qu'as choisi les Amerlocks. »

Pierre a bien essayé de tricher, d'avancer subrepticement ses drapeaux et de reculer ceux de Julien. Mais Julien s'en est aperçu et a menacé de quitter le jeu, en traitant le petit citadin de *frouillon*. Ah, enfin ! Les Alliés ont pris Cassino, ils ont franchi le Garigliano, un nom qui leur est vaguement familier, mais allez savoir... Pierre, le triomphe bruyant, pousse, pousse ses petites flammes vers le nord et recommence à espérer. Même que la maman de Pierre s'est jointe à eux pour protester contre la destruction du Mont-Cassin. Les Macaronis, avec leur plume au chapeau, n'ont pas l'air méchant, alors on ne voudrait pas que la guerre abîme trop leur pays. Ce n'est pas le cas des Chleus que l'on déteste cordialement. Aussi, chaque fois qu'un raid démolit une de leurs villes, les deux garçons applaudissent : « C'est bien fait pour leurs pieds ! » La dame, elle, se tait...

La TSF leur raconte des guerres du bout du monde dont ils ne verront jamais les héros, dont ils n'entendront même pas le bruit des armes. Heureusement qu'elle leur parle aussi de ceux du maquis. La radio qui n'est pas brouillée les traite d'assassins, alors que celle qui l'est, dit que ce sont des héros. Allez vous y retrouver ! L'écoute des messages personnels, qu'ils s'amusent à noter et à répéter, les plonge alternativement dans l'hilarité et des abîmes de perplexité.

« Le désossé est bouche bée…

— Le rhinocéros frappera à la porte… Nous disons deux fois…

— Les cocotiers fleurissent en hiver… »

Que signifie ce charabia ? Ils s'inventent des traductions qui ne font pas l'unanimité.

« Ce message, pour sûr, c'est l'annonce d'un parachutage.

— Mais non ! C'est une réunion de chefs du maquis. »

Ils n'ont encore jamais vu de maquisards. Seul le Grand Zef clame à tous les échos que son père est un chef dans la Résistance, mais le Zef, c'est bien connu, n'est qu'un sale menteur. Pourtant, l'idée de prendre le maquis s'est mise à germer, nourrie par la Voix, les messages secrets, les chants patriotiques et leur imagination débordante. C'est donc décidé, plutôt que de filer vers la lointaine Amazonie, ils vont vivre une aventure, une guerre pour de vrai, sans quitter les monts du Lyonnais. L'Amazonie, ce sera pour plus tard, après la guerre qu'ils auront aidé à gagner.

Premier sujet d'inquiétude et de discussion : on ne peut se faire recruter sans armes, et comment s'en procurer ?

« On pourrait faucher des fusils de chasse dans une ferme, y en a plein, suggère Julien.

— Un fusil de chasse c'est pas assez fort pour la guerre.

— Pas un à chien, un à percussion centrale.

— Même…

— Avec des chevrotines à sanglier…

— Non, même… Il y a bien le revolver de Pudu dont je t'ai causé, mais il se méfie. Et puis, il faudrait le réparer.

— Tiens ! On pourrait assommer un gendarme. Toi tu lui parlerais, comme tu sais y faire, et moi, par-derrière, pan ! sur le crâne.

— Et si on le manque, on va en prison… »

Autre sujet d'incertitude : les engagera-t-on malgré leur jeune âge ? Julien a presque treize ans, mais Pierre guère plus de onze. Et ce n'est pas écrit sur leur figure qu'ils sont de futurs héros… À contrecœur, ils ont renoncé à emmener David, il est vraiment trop petit.

« Viens voir ! » Julien, avec des mines de conspirateur, conduit Pierre sur le crêt, derrière la ferme. De cette éminence, on domine un immense paysage vallonné qui s'en va, en pente douce, rejoindre la plaine du Lyonnais. Julien tend le bras sur sa gauche, en direction d'une forêt où s'entremêlent les masses sombres des conifères et celles, plus claires, des feuillus.

« Hier soir en allant chercher les bêtes, j'ai vu de la fumée, là en plein milieu des arbres. J'y suis allé dans ce bois, à la chasse avec un oncle, eh bien y a une ferme en ruines, juste à l'endroit où que j'ai vu la fumée.

— Et tu crois que ce seraient des maquisards ?

— Et qui que tu veux que ça soit ?

— J'sais pas... Des chasseurs...

— Con d'citadin ! La chasse y a beau temps qu'elle est interdite. J'espère seulement que ça n'est pas la folle...

— La folle ?

— Bah ! Une histoire qu'on raconte au pays. Moi, j'l'ai jamais rencontrée. Mais des chasseurs l'auraient aperçue, il y a cinq ou dix ans, j'sais plus, justement dans ce bois. Elle se promènerait toute nue, et les gens disent qu'elle a un gros cou.

— Un goitre, tu veux dire...

— Ça ?... Tout ce que je sais, c'est qu'elle ne sort jamais de ses bois, qu'elle aurait deux ou trois biques et un bout de jardin. Mais depuis le temps, elle a sûrement claqué, la vieille. »

Les deux garçons observent la futaie jusqu'au crépuscule. Aucune fumée ne s'en élève.

« Faudrait quand même aller y voir, propose Julien.

— Mais nous n'avons pas encore d'armes.

— Tant pis, on pourrait servir d'agent de liaison, on se méfierait pas de nous. Alors on y va ?

— On y va. »

Jeudi. Franchissant leurs frontières quotidiennes, les deux garçons filent au pas de course, à travers champs et prés, sautant les haies et les barbelés, droit sur le grand bois, qui, par malice, semble garder ses distances. Ils s'engloutissent sous une futaie obscure, si dense que les arbres se sont étouffés, ne laissant survivre que leurs cimes. Le bas des troncs, hérissé de branches mortes, est recouvert d'un lichen bleu. Un épais tapis d'aiguilles rend le pas silencieux. Julien ouvre la marche en zigzaguant parmi les fûts.

« Faut marcher vers le nord, et le nord, c'est le côté où que les arbres ont le plus de lichen. Un truc de chasseur.

— Nous on regarde l'étoile polaire…

— En plein jour ? »

Pierre marche sur les talons du jeune paysan dont il s'efforce de fixer le dos tant il redoute d'apercevoir sur les côtés ou derrière lui, quelque bête féroce. Pour les effrayer, il parle très fort :

« Dis, si on rencontre les gars du maquis, comment se fera-t-on reconnaître ? Et s'ils nous prennent pour des espions ?

— J'sais pas, moi… On criera : "Vive de Gaulle !" ou "À bas Hitler !"

— Et tu crois que ça suffira ? S'ils nous font prisonniers ?

— On s'évade, tiens. Allons, avance, trouillard ! »

Une clairière s'ouvre devant eux. Noyés dans un océan de fougères, ils découvrent un tas de ruines mangées de végétation et, tout près, un alignement de branches mortes fichées verticalement, comme on en plante dans les jardins pour faire monter les haricots ou les tomates. Une même angoisse les effleure : la folle ! Hypnotisé par ces vestiges, Pierre s'attend à voir sortir d'un coin d'ombre ou de l'enchevêtrement des fougères, la vieille femme, nue et goitreuse.

« Dis, Julien, tu crois qu'elle est toujours dans le bois ?

— Elle doit être morte depuis beau temps, rien qu'à voir…

— Et si on tombe sur son squelette ?

— Allez, la fille ! Merde, on continue. »

La progression se ralentit sous une futaie devenue très dense. Des branches basses cinglent la figure, des ronces s'agrippent aux jambes… Les ongles de la vieille… Le vent s'est levé. La cime des arbres se met à geindre… La voix de la vieille… Là-haut, le bruit monte parfois si fort qu'il rappelle à Pierre le bruit des trains qu'il entendait à la ville du fond de son lit. Un bruit triste, mais triste…

Julien hésite maintenant et Pierre s'inquiète.

« Tu es sûr qu'on est dans la bonne direction ?

— Mais oui, j'me fie au soleil. »

En fait de soleil, Pierre n'entrevoit, entre les cimes, qu'un ciel menaçant.

« Depuis qu'on marche on aurait dû trouver ta ferme. »

Pierre s'est arrêté et agrippe la manche de Julien :

« Avoue qu'on est perdu, hein. Avoue-le !

— Ben oui… Pourtant j'étais sûr… »

Cette fois, Pierre cède à la panique, pleurniche :

« Qu'est-ce qu'on va devenir, dis ? On va pas passer la nuit dans le bois… Les loups… La folle… J'ai peur, moi. Qu'est-ce qu'on fait ? »

L'autre bégaie, contaminé par l'angoisse :

« J'sais plus… J'sais plus… »

Et sans s'être concertés, les deux garçons font demi-tour. Ils galopent comme des fous, les mains en avant, pourchassés par l'obscurité naissante, par les hurlements du vent, par le bruit de leur propre galop, de leur respiration. Ils courent, courent droit devant eux, jusqu'à ce qu'une clairière leur découvre enfin un bout de colline en forme de sein dont la vue emplit Julien d'allégresse : « Ça y est, gars, on est sauvé ! Viens vite, c'est par là ! »

Une lumière danse sur le chemin, tout près du hameau : « C'est vous mes enfants ? » La maman de Pierre tient à la main une antique lampe Pigeon.

« Mes pauvres, je me faisais un sang d'encre, avec la nuit… Où étiez-vous donc passés ?

— On s'est perdu dans un bois, M'dame.

— Celui que tu vois là-bas, M'man, ajoute Pierre en montrant une tache sombre sur l'horizon.

— Mais que faisiez-vous si loin ? »

Pierre fait semblant de ne pas sentir le coude de son camarade :

« On cherchait des maquisards, M'man.

— Des maquisards ?… Dans ce bois ?… Mais ils ne sont pas là-bas… »

Les deux garçons ont sursauté.

« Du moins… Je… Je ne le crois pas. Allons, rentrons ! Tes parents, Julien, doivent s'inquiéter. »

La main crispée sur la poignée de bois, Julien hésite, puis, brusquement, pousse la porte de l'étable.

« Sacré Bon Dieu ! C'est-y-toi l'Julien ! » La voix du père a claqué entre deux échines. L'enfant s'y attendait et pourtant il a frémi. À peine a-t-il attrapé un seau et un tabouret que, déjà, le père a sauté le caniveau et lui barre le passage : « Alors l'Julien, où que t'étais passé, hein ?… » Dans ce visage bleui de barbe, coupé de sourcils noirs et hirsutes, le regard glacé fait peur à l'enfant. Le père lève une poigne menaçante. Julien lâche le seau qui sonne sur le glacis et se protège de son tabouret.

Le raclement de la porte sur la pierre du seuil, un courant d'air glacé, une voix qui vacille un peu :

« Si votre fils est en retard, c'est de ma faute, Monsieur, on s'est égaré… Il ne faut pas lui en vouloir… ».

Julien a reconnu la voix, qui fait si chaud au cœur. Il a vu le père lancer un regard mauvais vers la porte, abaisser le poing et remuer les lèvres dans un bougonnement venimeux, avant de se fondre dans l'obscurité de l'étable. La dame adresse à l'enfant un sourire crispé, puis disparaît. Mais Julien a eu le temps de remarquer combien ses mains tremblaient sur le battant de la porte. Sur le pelage de la Blanche qu'il trait, il n'en finit pas d'essuyer ses joues mouillées, tandis qu'il entend meugler la Grise sous les coups de trique du père.

La murette de l'étang est une halte obligée sur le chemin de l'école. Cette eau épaisse, qui doit receler tant d'agitation, tant de luttes meurtrières, ces labyrinthes d'ajoncs, ces lentilles parcourues de remous, les attirent irrésistiblement, les font se pencher par-dessus le parapet. Peut-être est-ce pour conjurer cette fascination qu'ils jettent des poignées de graviers ou crachent dans l'eau.

Un bruit de moteur les relève et les fait se retourner. Dans un hurlement de pneus et d'échappement, une traction avant noire a pris le virage à toute allure. Elle est sur eux… Elle a déjà disparu, laissant les enfants bras ballants :

« Dis, tu as vu ?

— Ben oui que j'ai vu… Des gars du maquis, sûr.

— Rien qu'à voir les croix de Lorraine partout sur la carrosserie… Et t'as vu, ils devaient rouler à plus de cent.

— Cent cinquante, oui. »

Julien compte sur ses doigts :

« Attends ! Combien qu'ils étaient ? Y en avait quatre à l'intérieur, un sur la roue de secours… Ça fait cinq.

— Tu les as peut-être comptés, mais ce que t'as pas vu, ce sont les fusils qui sortaient par les vitres.

— Si que je les ai vus, même que c'étaient pas des fusils, mais des mitraillettes. »

Pierre adopte un air condescendant :

« Qu'est-ce que tu peux en savoir, toi, t'as jamais vu de mitraillette ? En tout cas, le type sur la roue de secours, il avait un pistolet à la ceinture encore plus gros que celui de Pudu. »

Ils foncent sur la route. D'abord parce qu'ils vont être retard et puis pour vite raconter aux copains, espérant de tout cœur avoir été les seuls à faire l'extraordinaire rencontre. Tout en calquant sa course sur celle de son compagnon, Pierre essaie, de toutes ses forces, de retrouver l'image fugitive de la voiture et de ses occupants. À côté du chauffeur, il y avait une silhouette coiffée d'un béret basque, et cette silhouette ressemblait à son père. À la différence que son père n'avait jamais mis de béret. Une chose qu'il préfère garder pour lui…

On fait cercle autour des deux garçons.

« C'était quoi comme voiture ?

— Une grosse traction avant, toute noire. Sans blaguer, elle devait rouler à plus de deux cents…

— Et les maquisards, ils étaient nombreux ?

— Au moins sept ou huit, si l'on compte les deux types sur les ailes avant qu'étaient armés de mitraillettes et qu'avaient des grenades à manche dans la ceinture…

— Vous avez reconnu quelqu'un du pays ?

— Non, personne. »

Le Grand Zef, qui pour une fois ne fait pas recette, tente de capter l'attention :

« Moi, je vous parie que c'est l'équipe à mon père. Eux aussi y z'ont des tractions et des mitraillettes. J'vous dirai même que les grenades à manches, y les ont fauchées aux Boches… Faut pas confondre avec les quadrillées qu'ont les Alliés. »

Derrière ses verres de loupe, Binoclard roule des yeux admiratifs :

« Et alors qu'est-ce que vous avez fait quand ils vous ont croisés ?

— Ben… Heu… Moi, j'ai gueulé "Vive de Gaulle !" dit Julien.

— Et moi j'ai fait un V avec les doigts, comme Churchill sur les photos », affirme Pierre enjoignant le geste victorieux à la parole.

Julien s'est tourné vers le Grand Zef et le fixe bien droit dans les yeux :

« Parce que nous on n'est pas des menteurs, ni des dégonflards, comme certains par ici. Alors tu sauras que moi avec Pierre, on va filer au maquis, et dans pas longtemps.

— Menteur… Dégonflard… Répète ! »

Le Grand Zef se précipite sur Julien qui est sauvé de la bagarre par le « En rang ! En rang » de l'institutrice. Pour une fois, il est tout heureux que la récré soit finie.

En regagnant son banc, Julien tape sur l'épaule de David, le nez plongé au fond de son bureau. Il lui souffle :

« Hé, David ! C'que j'ai dit tout à l'heure dans la cour, c'est pas des blagues. Alors, si tu veux, on t'emmènera avec nous au maquis, comme ça ceux qui t'en veulent pourront pas te bicher…

— Julien, à ta place ! »

Sur le chemin du retour, les giboulées fouettent les figures et déchirent les feuilles naissantes des peupliers. Julien claque des dents dans ses vêtements légers imbibés de pluie glacée. Il ôte son béret, le tord comme une serpillière, s'essuie la figure, puis le renfonce sur les oreilles.

« L'David, je sais qu'il est encore un peu bébé… Il se barrera avec nous, t'es d'accord.

— Si c'est comme la dernière fois, ton maquis à la noix, eh bien on n'y est pas encore. Et par ce froid, tu crois pas qu'on serait mieux en Amazonie ? »

Ensemble, ils ont un mouvement de repli en apercevant un corps à moitié étendu sur la chaussée, à moitié sur le talus, flanqué d'un vélo dont seules les roues émergent du fossé.

« Il est mort ? s'effraye Pierre en retenant Julien par le bras.

— Mais non, eh con, écoute voir. »

Effectivement l'homme ronfle d'abondance, la bouche ouverte sous l'averse, la moustache battant des ailes.

« Il est blessé ?

— Il est rond, pour pas changer. Julien secoue le bras du gisant. Monsieur Antoine ! Monsieur Antoine ! Faut pas rester sous la flotte. »

Le bonhomme ouvre des yeux jaunes et tente de frapper l'intrus d'une main molle.

« Merde ! Fous la paix, l'môme ! »

Julien récupère le vélo parmi les ajoncs et l'appuie contre un peuplier.

« Puisque c'est comme ça, démerdez-vous. M'en fiche si vous attrapez du mal... »

De loin, ils regardent l'attelage de l'homme et de la machine, l'un soutenant l'autre, louvoyer sur le bitume.

« Pourquoi que ce clochard, tu l'appelais Monsieur ? s'étonne Pierre en reprenant sa marche vers le hameau.

— Parce que Monsieur Antoine, c'est rien que l'ancien notaire... Un richard qui venait, comme toi, de la ville. Même qu'il a eu la première bagnole du pays.

— Mais, j'veux pas devenir comme lui, moi !

— T'es pas cocu, toi, alors...

— Heu... Non », répond Pierre, sans trop savoir quelle est cette redoutable maladie.

Autrefois, Julien ne voyait jamais personne, maintenant sur le chemin qui mène au Martoret, dans la cour de la ferme, à la maison, il croise de plus en plus souvent des étrangers bien habillés, des gens de la ville. Ils vont à pied, parfois à bicyclette, toujours pressés, entrent chez lui furtivement et en ressortent, non moins furtivement, les bras chargés de cartons, de sacs ou de paniers. Dans la salle commune, il a surpris sa mère faisant des papillotes avec des œufs et du journal, enveloppant une motte de beurre dans du papier transparent ou un saucisson dans une serviette à carreaux. Il l'a surprise aussi glissant de gros billets dans les poches de sa blouse. Quand il y a des étrangers, sa mère l'expédie à l'écurie, à la grange ou à la cave. S'ils s'imaginent, ses vieux, qu'il n'a pas compris leur petit manège. Du marché noir ! À leur décharge, ils ne sont pas les seuls au pays. Ils ont dû en moissonner du fric, depuis qu'ils trafiquent. Pourtant, rien n'a changé à la maison. Peut-être que la mère se saoule un peu plus… Où peuvent-ils bien planquer leur magot ? Dans une lessiveuse, comme on raconte ? Y en a qu'une à la maison et sa mère s'en sert, pas souvent, mais elle s'en sert… Il le trouvera bien, le magot, et le piquera avant de filer. Et pas la peine d'aller à confesse, il ne volera que des voleurs.

Julien a conduit son troupeau sur la colline, celle dominant le hameau. Assis en tailleur, il joue avec son lance-pierres, visant les pommes de pins accrochées à un bosquet de conifères. Les pins tordus et tourmentés épousent le dos rond d'une butte caillouteuse ensevelie sous les ronces de mûriers et les genêts. Alors qu'il s'apprête à expédier un nouveau projectile, voilà que la Voix du poste de chez Pierre monte, monte et se met à lui parler de rafles, de convois de trains… Drancy… Compiègne… Tandis que la dame hoche tristement la tête. David ! David ! On va le prendre, demain, après-demain, comme les autres… Et David est son meilleur copain, après Pierre. Il relâche les élastiques de son lance-pierres, fasciné par cet accident de terrain incongru au sujet duquel on raconte bien des choses. Des vieux ne lui ont-ils pas soutenu, mordicus, que, là-dessous, pendant la révolution on avait creusé une chapelle, pour y dire des messes en secret ? Certains prétendaient même que la nuit de Noël, montaient des profondeurs le tintement des cloches et le chant des fidèles. Si c'était vrai ! S'il pouvait trouver l'entrée du sanctuaire ! Alors il y cacherait son copain, le petit Juif, et personne, désormais, ne pourrait lui faire du mal. La nuit, ça serait facile de lui apporter à manger, et aussi des livres de classe… Sans compter les bougies pour s'éclairer…

Jour après jour, un œil sur ses bêtes, Julien soulève des blocs de pierre en s'aidant du levier d'une pioche. Mais dessous, il n'y a que de la terre, d'autres cailloux, des foules d'insectes rampants qu'il écrase d'un talon rageur : « Saloperies de bestiaux ! » Raisonnablement, il aurait dû demander l'aide de Pierre, mais il y a des secrets impossibles à partager. Enraidis, ses mains, ses doigts sont criblés d'écorchures, son dos lui fait mal, et la pioche s'est mise à peser plus lourd qu'une charrue. Comme tous les habitués de la solitude, il s'encourage ou se désespère à voix haute : « Cette pierre rectangulaire, c'est sûrement la porte… Merde, j'trouverai jamais… Pauvre David… »

Dans l'obscurité de sa chambre, il parle à ses fantasmes accrochés au plafond. Il est le petit David allongé sous la voûte de la chapelle enterrée. Le plafond… Le toit… Mais oui ! Merci bon Géant… Au lieu de chercher une impossible entrée, il n'a qu'à percer la voûte de l'édifice, il tombera obligatoirement dedans.

Caché par une muraille de genêts, le voilà creusant une fosse juste au sommet du tertre. Un fouillis de racines, une terre dure comme du ciment. Sur le manche de la pelle et de la pioche, ses mains se gonflent d'ampoules. Le trou se met à ressembler à une tombe au fond de laquelle il disparaît à mi-corps. Il ne doit plus être très loin, il a repéré les racines auxquelles il se raccrochera quand tout dégringolera… Soudain, la pioche a rebondi et sonné clair : il a heurté la roche. Et la roche est partout au fond du trou. Il a balancé ses outils dans les genêts. Il a rampé jusqu'au tronc d'un pin auquel il s'est adossé. La résine lui colle les cheveux, des fourmis noires lui grimpent le long des jambes… Entre ses dents, il arrache la peau de ses ampoules éclatées. « C'est foutu », murmure-t-il en essuyant du dos de sa main terreuse ses yeux troublés de sueur et de larmes.

Dans la brume à peine dissipée, la course matinale des deux garçons s'est brutalement arrêtée à l'angle de la place, tandis que leur cœur s'affolait dans leur poitrine. À moins de dix mètres, un homme leur barre le passage, un homme très jeune, coiffé d'un béret noir, vêtu d'un short également noir et d'une chemise kaki dont la manche gauche est serrée dans un brassard tricolore. Le plus fascinant du personnage est cette arme toute noire qui menace le ciel et que l'homme plaque à deux mains contre sa poitrine. Dans le contre-jour du soleil maintenant levé, l'apparition est aussi fantastique que celle de ces héros de l'Histoire Sainte tout hérissés de rayons lumineux. C'est la première fois que Pierre et Julien découvrent un homme de guerre. Son regard dur sous le couvre-chef, son arme, fille de Durandal, en font un surhomme prêt à défier une armée entière, plus fort que Charles Martel à Poitiers, que Bayard au Garigliano.

Pierre s'est ressaisi le premier :

« Son flingue, c'est une Sten, réussit-il à souffler d'une voix rauque d'émotion, je reconnais parce que ça ressemble à une chignole. Les Anglais en parachutent sur tous les maquis.

— Sten ou pas, t'imagines s'il nous en tombait une comme ça sur la tête… On la cacherait.

— Et les Boches n'auraient qu'à bien se tenir. »

En arrière-plan, encerclant le tilleul, ils remarquent alors cinq voitures noires sur lesquelles éclate le blanc des croix de Lorraine. Moteur en marche, les véhicules sont entourés d'une grande agitation d'hommes armés, parfois en uniforme, parfois casqués. Les villageois observent à l'écart.

« Dis Pierre, t'as vu le gars du maquis, il est guère plus vieux que moi…

— T'oserais lui parler… pour nous deux ?

— Non.

— Moi non plus. »

Les moteurs montent d'un ton, lâchant des nuages de fumée bleue, les portières claquent. En file indienne, les voitures tournent une ronde autour du tilleul, puis s'en écartent repoussant les badauds qui agitent, ici et là, une casquette ou un béret. Un drapeau tricolore se déploie par une vitre baissée. Sans marquer l'arrêt, la voiture de queue a ouvert une portière et l'homme à la mitraillette a bondi sur le siège arrière. La foule se fond à regret. Un chien aboie après un chat réfugié sur le rebord d'une fenêtre, un vol de moineaux pépie dans les branches du tilleul. Pierre et Julien, attisés par les huit coups du clocher, galopent vers l'école, sans même voir la gerbe tricolore qu'une main a déposée contre le Monument aux morts.

C'en est bien fini des parties de barre, de chat perché ou de gendarme et voleur, la cour de récréation résonne maintenant du bruit des batailles entre résistants et Allemands. Les deux bandes rivales, celle du Grand Zef et celle de Julien, affrontées pour n'importe quel prétexte, une priorité pour aller pisser, pour entrer en classe et surtout pour en sortir trouvent dans la désignation des bons résistants et des salauds de Boches un nouveau prétexte de violentes querelles. Ce qui fait dire à Pierre que la campagne, au fond, ça n'est pas tellement différent du patro. Sans compter avec les rivalités personnelles à propos des filles. Julien n'ignore pas que Pudu, comme le Grand Zef, courent après Laurentine.

« Aujourd'hui, que ça vous plaise ou non, les gars du maquis c'est notre pomme, a décrété le Grand Zef.

— Mon cul ! T'as qu'à y croire ! proteste Julien, ça fait trois jours qu'on joue les Boches, alors, le maquis, c'est nous.

— C'est nous, clame le chœur des partisans du Zef.

— C'est nous », rétorquent encore plus fort ceux de Julien.

Pudu, la lippe méprisante, insinue méchamment :

« On est l'maquis, parce qu'on est les plus forts. D'abord, y a pas de patte-folle au maquis.

Alors toi, l'Boiteux t'es juste bon à jouer les bourrins. Allez ! Hue ! Hue ! »

Et Pudu attrape à pleine poigne la ceinture de l'infirme et fait mine de manier le fouet : « Hue ! Hue ! »

Pierre tente de venir au secours de son copain, sans négliger de montrer sa science :

« Si vous étiez moins bêtes, vous sauriez qu'Hannibal n'avait qu'un œil, et ça l'empêchait pas de fiche la pâtée aux Romains et de… »

Pudu l'interrompt grossièrement :

« Toi, l'citadin, j'te pisse où j'pense ! »

Julien bat le rappel de ses fidèles :

« Hé, les gars ! Les gars ! Vous croyez qu'au maquis, y voudraient d'un bouc. Les Boches y z'ont des clébards et l'Pudu y serait repéré à trois kilomètres. »

Derrière le rempart rassurant de ses copains, Momo se mèle à la bagarre verbale :

« Les résistants d'ici sont des gens du pays, pas des étrangers qui ne savent que donner des coups de pied en traître ou qu'ont des noms à coucher dehors. »

Les poings se tendent, les galoches, les brodequins trépignent, tandis que s'entrecroisent menaces et injures :

« Fils de putes !

— Détritus de bordel !

— Enculés ! »

Dans ce déluge, Pierre perd pied. Il faudra qu'il demande des explications à sa mère.

Pudu se saisit de David par surprise et le pousse au milieu de sa bande :

« T'es notre prisonnier. »

David se débat et déchire une manche de sa blouse.

« Pourquoi que c'est toujours moi ?

— Parce que t'as une sale gueule et que t'as un nom de Boche. Et les Boches, on les blaire pas ici. »

Le Grand Zef tire le jeune garçon qui se laisse traîner par terre :

« Ma manche ! Ma manche ! »

Elle reste entre les mains de son tortionnaire qui décide :

« Dans les chiottes ! »

Momo ouvre la porte, puis coince le loquet avec un bout de crayon.

« Nous, on s'en fou, on fait prisonnier le Binoclard. »

Et Julien agrippe le pauvre chétif par le col, le met de force à quatre pattes et déclare en s'asseyant dessus :

« C'est donnant, donnant ! »

Une confusion s'ensuit dont le Boiteux profite pour délivrer David qui s'échappe en se pinçant le nez.

Avec quelques variantes, la même scène semble devoir se reproduire à l'infini. Mais non, tout cela va cesser un de ces beaux matins de ce printemps 1944, alors que la campagne lyonnaise refuse la guerre en parant ses champs, ses jachères, ses talus, de fleurs aux couleurs de fête. Ce matin-là, contrairement à ses habitudes, l'institutrice n'a pas regagné son bureau après avoir dit « Asseyez-vous. » Non, elle se tait, plantée au milieu de l'estrade, triturant son mouchoir, le visage encore plus soucieux qu'à l'ordinaire. Debout derrière sa table, Julien sent sur sa joue la tiédeur du soleil qui perce les vitres bleues. Dans un jardin mitoyen, une mésange inspirée fait des vocalises. Un sourire alangui détend le visage de Julien à l'évocation de Laurentine dont l'image se mêle à celle de la dame.

« Merde ! On va rester debout encore longtemps », proteste le Dolphe.

Paille-de-Fer, du regard, fait le tour de la classe, sort furtivement un mouchoir. Momo souffle à l'un des Tondus :

« Zieute ! On dirait franc qu'elle va chialer.

— Ouais, on dirait. »

L'institutrice s'attarde sur un coin de la classe, et c'est alors seulement que les enfants se rendent compte qu'une place est vide à côté de celle du Boiteux. David !...

« Mes enfants, commence-t-elle d'une voix rauque, vous voyez, votre camarade n'est plus là... »

Un silence. Une voix suggère :

« Il est peut-être malade... »

L'institutrice fait non de la tête.

« Si ça se trouve, il est reparti chez lui, suggère une autre voix.

— Non, David ne reviendra plus, plus jamais, jamais... »

Face au tableau noir, elle se mouche discrètement.

Pudu donne un coup de coude à Pierre :

« Dis, l'citadin, en s'demande pourquoi elle fait tant de chichis. C'était qu'un étranger, c'David, et les étrangers, hein... »

Une fesse tournée vers son voisin, il la tapote du plat de la main. « Au cul ! » Pierre a une envie furieuse d'envoyer son poing dans la figure de ce pauvre type, mais il n'a pas le cœur à la bagarre. Il hausse les épaules, méprisant.

Descendue de son estrade, l'institutrice a ouvert le bureau de David et feuillette un cahier, indifférente, semble-t-il, à tout ce chahut qui l'entoure. Pierre, d'une plume fébrile, griffonne un bout de papier qu'il roule en boule : « Hep ! Julien ! » Julien manque le message, le dispute à

Momo et finalement en récupère les débris qu'il déchiffre : « Tu sais où il est David ? Pourquoi qu'il ne nous a rien dit ? » Julien tourne vers son camarade un visage désemparé. Lui, il a compris, parce qu'il est plus grand, parce qu'il a entendu la radio, parce qu'il a vu la grange du bois… Il regarde ses mains abîmées… Tout cela est de sa faute… Il aurait dû s'acharner, demander de l'aide… Oui, c'est de sa faute si David a été pris.

Brusquement, l'institutrice a rangé le cahier et claqué le bureau. Elle regagne sa table d'un pas ferme :

« Aujourd'hui, nous reprenons la leçon sur les participes, là où nous l'avions laissée hier. Page 34… J'ai dit page 34. »

« L'an prochain, si tu continues à bien travailler, tu réussiras ton certificat. » Penchée par-dessus l'épaule de Julien, la dame corrige ses fautes au crayon rouge.

« Attention aux accents sur les "a" et les "ou"… Tu sais bien que lorsque l'on peut dire :"ou bien"… ».

Mais Julien n'écoute plus. L'an prochain ! L'an prochain, les volets de la maisonnette seront clos, l'herbe folle, les orties, les ronces pousseront dru sur la terrasse, tandis qu'un cochon dévorera l'écorce de l'arbre.

« L'an prochain, vous serez plus là.

— Tu ne crois pas qu'on va passer notre vie dans la bouse, insinue sottement Pierre, et puis, quoi, t'as Laurentine.

— Tu n'es guère gentil, Pierre, je te le dis souvent, tu n'es qu'un petit égoïste. »

Il sait que sa mère a raison. Mais il ne peut se retenir de vexer, même ceux qu'il aime, c'est plus fort que lui.

« En tout cas, nous, si on part, on préviendra, c'est pas comme…

— Ne sois pas sot, le coupe sèchement sa mère, David n'a pu prévenir, on est venu le chercher, on l'a emmené de force avec ses parents. »

David était gentil, il n'aurait jamais fait de mal à personne. Pourquoi cette injustice ? Ça veut dire quoi d'être juif ?

« Alors, M'man, où est-il maintenant ?

— Je l'ignore, mes petits… En Allemagne… On raconte tant de choses tristes.

— Après que la guerre sera finie, on le reverra, David… »

La dame garde le silence, un silence qui leur fait mal. Dans une feuille de cahier, Julien découpe un petit rectangle blanc qu'il empale sur une épingle. Il s'approche de la carte, et au beau milieu de l'Allemagne il plante son petit drapeau blanc : « David… »

VIII

Avril 1944

LA JOURNÉE EST FINIE. Abruti de fatigue, Julien s'est affalé contre la table, la tête sur ses bras repliés. Il regarde vivre le feu dans la cheminée. Entouré de flammes, le chaudron de fonte respire en soulevant son couvercle. En face, le père cherche son couteau dans le tiroir, libérant des senteurs houleuses d'ail et d'oignon. Il découpe ses petits cubes de pain rassis qu'il jette dans son bol, puis se sert la soupe, lentement, avec un certain respect. On dirait qu'il soupèse chaque louche et en juge le prix. La mère se sert à son tour, mais sa main sans repos en verse sur la toile cirée et fait ronfler le père. Il s'est mis à exister en dehors de ses parents, à les côtoyer sans jamais les rencontrer. Existent-ils, eux-mêmes, ailleurs que dans une sorte de monde végétal ?

« Tu ne crois pas qu'on va passer notre vie dans la bouse ? » Il a raison, Pierre, de vouloir retrouver sa ville sitôt la guerre finie. Et cette guerre finira, hélas, et il retrouvera son impossible solitude. Il se surprend à questionner son père :

« Dis, tu crois qu'elle va durer encore longtemps la guerre ? »

Le père garde sa cuillère à la bouche, sans aspirer, les moustaches trempant dans le bouillon. Il repose la cuillère, crache entre ses jambes écartées et grogne :

« M'en fous de leur guerre, moi ! Tant qu'y aura des étrangers à chez nous pour acheter le beurre, les œufs, les poules, le reste j'm'en fous… »

Julien insiste :

« Oui, mais tu crois pas…

— M'en fous, j't'ai dit ! »

Et pour montrer que la conversation est close, le père racle bruyamment les dernières gouttes de son bol. Non, il ne doit pas s'en foutre, il doit, lui aussi, souhaiter que la guerre n'en finisse jamais, à cause du marché noir. À quoi bon questionner sa mère ? Pourvu qu'elle ait sa gnôle… Tout se dérobe autour de lui, il a l'impression de s'enliser dans une fosse à purin, comme les chatons que l'on y noie. Sans personne pour lui tendre la main. Ses copains ? David a disparu… Pierre aurait peur de se salir… Ses parents ? Ils lui mettraient leurs sabots sur la tête… Et sa Marquise ? Où dort-elle maintenant ? Il veut savoir :

« P'pa, où qu'tu l'as foutue ma chienne ? »

La joue tendue par sa chique, le père postillonne :

« L'jardin ! C'te charogne fera d'l'engrais. »

Julien a serré très fort son couteau au fond de sa poche. Il s'enferme dans sa tête, à double tour et pleure derrière ses yeux.

Plus de six mois se sont écoulés depuis que Pierre a quitté Lyon, son quartier de la « Guille ». Il a fait connaissance avec un monde tellement nouveau, il a vécu tant d'aventures que le temps s'est ralenti. Le souvenir de sa ville, de ses maisons hautes, enserrant des rues et des trottoirs sans horizon, le vacarme des foules et des autos, celui des bombes aussi, tout cela s'en va insensiblement. Seule la pensée de son père resté là-bas l'ancre encore solidement. Il balance entre deux univers : il n'est plus tout à fait un citadin, il n'est pas encore, tant s'en faut, un enfant de la campagne. De cette campagne, à dire vrai, il n'en connaît presque rien : la ferme des voisins, le chemin de l'école, le détour par chez Laurentine, les prés où il garde les bêtes avec Julien, quelques commerces et puis… et puis rien d'autre. Sa mère parle parfois avec les paysans, au bord de leurs champs, lui jamais.

Hier, en défilant d'un bout à l'autre de la cour de récréation, ils ont scandé, tout comme à la ville : « Vive les vacances ! À bas les pénitences !… » Les vacances de Pâques, car les grandes sont, hélas, encore lointaines. Pendant ces quelques jours de liberté, Pierre a envie de jouer les explorateurs. Il a envie d'aller voir ce qui se cache derrière le dos rond de ces collines, derrière cette barrière de bois noirs, d'aller jusqu'à ce village mystérieux qu'il découvre parfois, très loin, quand la pluie a lavé la campagne. Le soir, il en compte les lumières vacillantes… Un peu l'Afrique ou l'Asie, au point qu'il se demande si les gens de là-bas sont faits comme lui. Aux quatre points cardinaux, la nuit allume aussi des lumières borgnes que Pierre attribue à des yeux de Cyclopes, dont il a lu l'histoire. Ils l'encerclent, l'épient pendant son sommeil jusqu'au jour qui referme leur œil unique. En vain, cherche-t-il leurs tanières de géants. Pour la première fois Pierre assiste à la succession des saisons. Il avait vu mourir les arbres et voilà qu'ils déplient leurs feuilles. Des papillons sortis de nulle part s'élancent dans leurs habits de carnaval.

Même l'herbe, toute bête, se pique, ici et là, de fleurettes qui ressemblent à des marguerites naines. Sa mère en fait de petites bottes qu'elle met dans un verre à liqueur.

Les paysans qu'ils croisent hochent la tête.

« Un printemps pourri, ma p'tite dame, marteau comme les gens… »

Cet après-midi, pour ne pas faire mentir les indigènes, le ciel est si bas qu'il cache la cime du tilleul. Une pluie fine, de celles qui durent, s'est mise à tomber. Pierre, derrière ses vitres, a entendu la galopade familière. Dans la grange, le foin doit commencer à tirer, car Julien lui a dit que l'herbe mouillée, ça donnait *gros ventre* aux vaches. Pierre s'est jeté sur la terrasse au moment où son copain le berger se bat pour fermer le portail gonflé d'humidité :

« Con de portail ! C'est pas toi qui va commander. »

En guise d'imperméable, Julien a enfilé sur sa tête l'angle d'un sac de pommes de terre qui lui couvre les épaules et le dos.

« Salut !

— Salut ! »

Julien qui en a fini avec son portail s'approche de Pierre qui lui trouve une odeur de moisissure. Le sac sans doute, d'où naissent et ruissellent, jusqu'au bout du nez, des perles de pluie.

« Tu vas en champs ? T'as pas peur du mauvais temps ?

— Ça se pourrait que le temps se lève, ça s'éclaircit derrière le village, et tu sauras que la flotte, elle vient toujours de là. »

Après un coup d'œil furtif en direction du portail clos, Julien se penche par-dessus la barrière :

« Dis, je sais où que mon père l'a foutue, ma Marquise… Dans notre jardin. Mais moi, j'veux pas la laisser là pour qu'on lui flanque des coups de pioche et qu'elle serve d'engrais, comme a dit mon vieux. J'veux qu'on lui foute la paix.

— Tu ne veux tout de même pas la déterrer, c'est dégoûtant.

— Si justement. Et on l'enterrera de nouveau dans un endroit qu'on sera seuls à connaître, toi et moi.

— On pourrait lui creuser un trou dans un bois, personne ne nous verrait.

— Ouais, mais elle serait toute seule et ça serait pas marrant pour elle. Non, on va mettre la Marquise sur le crêt. Au moins de là-haut, elle verra les prés, les vaches, et nous autres, bien sûr.

— T'es rigolo ! Mais si elle est morte, elle ne verra rien du tout.

— D'abord qu'est-ce t'en sais, hein ! Le Bon Dieu, pourquoi qu'il enverrait pas les bêtes au paradis ? Si ça se trouve, elle est au ciel. Alors ce soir, s'il pleut pas, on ira chercher Marquise et on la mettra où j't'ai dit… Et si tu m'aides, je t'apprendrai un secret.

— On pourrait lui fabriquer une croix…

— Con ! Pour qu'on la repère… Bon Dieu de merde ! Mes vaches. À ce soir, j'apporterai les outils. »

Julien se sauve en serrant sur sa tête le sac de pommes de terre qui lui bat les reins, tandis qu'une voix s'inquiète :

« Pierre ! Rentre donc, tu vas prendre froid ».

Pierre a dit à sa mère qu'ils allaient, le voisin et lui, chasser les papillons de nuit. « Par ce temps ? s'est-elle étonnée. Couvre-toi bien. » Guidé par une faible lumière, il a rejoint Julien derrière la ferme. Ce dernier s'est muni, en cachette, d'une lampe Pigeon, d'une pelle et d'une pioche. Sous le bras, il a roulé un sac de blé. « Pour porter Marquise », a-t-il expliqué. Ils se hissent au sommet de la colline, trempés jusqu'au ventre par les genêts mouillés. Montrant du doigt, une série de lueurs irisées de brume, Julien fait les présentations :

« Ici, t'as la ferme à Blanchard, un vieux garçon… Un sacré cavaleur.

— Un quoi ?

— Un cavaleur… Là c'est celle au père Chamfray, le garde-chasse et le plus grand braconnier du patelin. Il a quatre filles, elles sont chouettes mais trop vieilles. Juste derrière, tu vois ces deux lumières, eh bien c'est la ferme des méchants...

— Pourquoi qu'on les appelle comme ça ?

— Parce que... Un jour, j't'expliquerai.

— Et la ferme à Laurentine, on la voit d'ici ?

— Oui, on la voit. Mais viens, on n'a pas le temps. »

Des bras, Julien s'ouvre un passage dans la forêt de genêts. « Regarde ! » Pierre découvre à ses pieds une fosse obscure, bordée d'un tas de terre.

« C'est là qu'on va enterrer Marquise. J't'ai raconté que je voulais qu'elle soit là à cause du paysage, eh bien c'est pas vrai. C'est parce que là-dessous, Julien laisse tomber sa pioche qui sonne sur le granit de la fosse, tiens-toi bien, y a une chapelle... Parfaitement !

— Une chapelle ? Alors toi, t'es pire que le Grand Zef.

— Crois-y pas si tu veux, mais y a quand même une chapelle là-dessous. J'te dirai même que des fois des gens entendent les cloches... »

Malgré lui, Pierre tend vers les profondeurs une oreille inquiète. Rien, hormis le chant d'un crapaud que l'humidité a mis en rut.

En cédant, le portillon métallique du jardin a un gémissement sinistre. Du reste, tout le décor revêt des allures de cimetière : ces barreaux de fer, cet enclos cerné de hauts murs, ces carrés de légumes, qui sont autant de tombes fraîches bordées d'arbustes pareils à des pierres-épitaphes. Des suaires de brume errent à travers les plantations. Julien adosse ses outils contre le tronc d'un pommier. La lanterne au ras du sol, il explore la terre des allées et des friches.

« Pierre, amène-toi, c'est sûrement là… La terre n'est pas pareille, plus fraîche… Et regarde, ça fait une cuvette. »

La lampe à bout de bras, Pierre éclaire la pelle que Julien enfonce en s'aidant du pied. Parfois, le fer cogne un caillou, provoquant un vacarme qui doit s'entendre jusqu'au village. Soudain, une pelletée dégage un coin de pelage noir et blanc.

« C'est Marquise », chuchote Julien, comme s'il craignait de la réveiller.

Pierre abaisse la lampe Pigeon au-dessus du trou.

« Julien ! Regarde, mais regarde donc ! On dirait qu'elle est pas morte, qu'elle respire. »

Le flanc de l'animal paraît animé d'une sorte de frisson…

« Elle va se lever, elle va me mordre ! » hurle Pierre en lâchant la lampe dont le verre se brise contre un caillou.

Trébuchant dans l'obscurité à travers les allées, les semis, il se rue vers le portillon qu'il claque derrière lui. Ce n'est que lorsqu'il est parvenu au milieu du pré qu'il stoppe sa fuite et fait face. Mais la Marquise ne l'a pas poursuivi.

Dans le noir, Julien referme la fosse dont il tasse la terre du dos de la pelle. Son père n'y verra rien… Il ramasse les débris de la lanterne, charge ses outils sur l'épaule et rejoint, d'un pas qu'il veut nonchalant, le jeune citadin.

« Trouillard, va ! »

Pierre ne peut retenir quelques sanglots.

« T'as fait tout ça exprès pour me rendre malade. »

Julien hausse les épaules, fait trois pas et se retourne :

« J'savais bien que t'étais une fille. D'abord, les ceusses de la ville, c'est tous des filles. »

De ses rares visites à l'église de son quartier, Pierre garde le souvenir d'une immensité froide et obscure et de plafonds si hauts qu'il en prenait le vertige. Très loin devant, leur tournant le dos à la façon d'un chauffeur d'autobus, officiait le curé, un jour rouge, un jour vert. Parfois en noir, ce qui le faisait ressembler à une *bardane*, un cafard dans la langue des *gones*. Contre les murs, le soleil projetait les couleurs des vitraux, une lanterne magique qui avait quelque chose de surnaturel.

Maintenant, Pierre et sa mère ne manquent jamais une messe. Est-ce qu'elle croit au Bon Dieu, sa mère ? Pierre penserait plutôt que la religion est un prétexte pour rompre sa solitude. Au pays, on commence à connaître les réfugiés, aussi la maman de Pierre s'arrête-t-elle de plus en plus fréquemment au bord de la route, au coin d'une rue ou à l'entrée d'un commerce, pour faire un brin de causette et, parfois, un bout de conduite. On parle météorologie, mais aussi du ravitaillement, de la guerre et des prisonniers qui font bien défaut. Toujours très polis avec sa mère, les paysans ôtent leur casquette, montrant un crâne tout pâle de ne jamais voir le soleil, essayent de châtier leur langage, ce qui n'est pas commode pour les vieux qui manient mieux leur patois que le français. Elle leur répond par un sourire, un mot aimable... Pierre a l'impression que sa mère est devenue quelqu'un d'important.

C'est Pâques aujourd'hui. Le tintement des cloches accompagne leur descente au village. Premier coup... Second coup... « Pierre, dépêchons-nous, nous allons arriver à la fumée des cierges. » À son réveil, Pierre a trouvé sur le dossier de la chaise son costume préféré, avec un pantalon long, s'il vous plaît... Dommage qu'à côté, il y ait trouvé cette paire de vernis à boucle dorée qu'il déteste. Des godasses de filles, ou de curé, ne manqueront pas de lui dire les copains. À la course, Julien les a rattrapés au virage de l'étang. D'habitude, à cause du travail, il ne va jamais à la grand- messe, il sert celle de sept heures. Pour l'occasion, sa mère lui a tiré d'une armoire un costume marin bleu sombre agrémenté d'un col rayé de blanc et d'une ancre brodée sur la manche droite.

Pierre louche vers ces pauvres nippes, pas même repassées. Étriquées comme elles sont, c'est au moins leur troisième sortie de Pâques… Des carrioles à deux roues surchargées les doublent tout au long de la route. En dépit de leurs grosses pattes et de leur gros derrière, les chevaux de labour trottent allègrement, stimulés par les claquements de langue et la caresse du fouet. On se salue de la main, d'un bref dialogue :

« Alors on va au village ?

— Et oui.

— Bonne route.

— Bonne route. »

Pierre s'étonne encore que les gens qui ne les connaissent pas les saluent aussi.

Au loin, ils aperçoivent de petits groupes qui s'en vont, eux aussi, au village. Les hommes se reconnaissent à leur silhouette sombre, un peu cassée vers l'avant, à leur démarche balancée, comme s'ils marchaient encore dans leurs labours. Les femmes ont une silhouette plus claire, plus droite, mais aussi plus épaisse. Ce sont elles qui portent les paniers alors que les hommes vont les mains dans les poches de pantalon, la veste largement déboutonnée.

Sur le talus, quelques marguerites précoces invitent Pierre à les effeuiller. « J'aime maman, un peu, beaucoup, de tout mon cœur… braille-t-il à tous les vents, tu vois Julien ça marche à tous les coups. Essaye pour Laurentine… ».

Pour lui-même, il murmure en faisant pleuvoir ses pétales :

« J'aime Francine, un peu, beaucoup… pas du tout. J'ai dû me tromper, je recommence… J'aime Francine, un peu, beaucoup, à la folie… Ah ! Je savais bien ».

Au lieu de rejoindre ses camarades dans le chœur et s'ennuyer sous l'œil du curé, il préfère rester au fond, parmi les hommes. Là, il peut assister à l'entrée des fidèles. Pâques ou pas, ce sont toujours les mêmes, respectant un ordre d'arrivée quasiment immuable. Son préféré : le colonel en retraite. Très grand, très rouge, très jovial, il est flanqué de la colonelle, petite, pâle et revêche. Le faisan et sa faisane. Au crépuscule, le colonel a l'habitude de sonner du cor dans les bois qui entourent sa demeure. De la terrasse, amplifié par l'écho, Pierre écoute le chant lugubre. Il ressuscite en lui des souvenirs scolaires auxquels il associe Julien :

« Moi, je serais Charlemagne et toi, le traître Ganelon. Les balais, c'est nos chevaux. Écoute Ganelon, tu n'entends rien ?

— Et quoi je réponds ?

— Sire ce ne sont que des bergers qui appellent leurs troupeaux…

— Ah bon ! Sire, ce ne sont que… »

Le colonel s'époumone et doit virer à l'aubergine, tandis que Pierre, adossé à un tronc d'arbre, le poing serré en guise d'olifant, mime l'agonie de Roland. Redevenu Charlemagne, il exécute ce traître de Ganelon, sans prêter attention aux récriminations de Julien qui en a plein le dos de toujours avoir les mauvais rôles. Le silence revenu sous les futaies réconcilie Roland et Ganelon…

Quand le directeur de l'usine textile, un petit prétentieux que déteste Pierre, a fait claquer la porte pour s'annoncer, le plein de l'édifice est fait, l'office peut commencer. Ce ne doit pas être dur à apprendre, le métier de curé, juge Pierre, une génuflexion par-ci, une élévation par-là. Pas même besoin d'apprendre par cœur, puisqu'on peut lire sur un gros bouquin qu'on balade de gauche et de droite. De toute manière, personne ne comprend ce qu'il raconte, ce qui n'empêche pas les fidèles de lui faire des réponses aussi incompréhensibles. Rien qu'à l'idée d'enfiler cette robe de fille toute noire, fermée de boutons plus nombreux qu'un clavier d'accordéon, Pierre éprouve un dégoût notoire pour la vocation. D'abord, il veut se marier avec Francine dont il a repéré le béret blanc posé crânement sur ses bouclettes, juste au pied de la chaire.

Ite missa est. Ça il connaît, c'est le signal de la débandade, de la ruée vers les magasins, pour être les premiers. Pierre et sa mère s'engouffrent dans la boulangerie, sise exactement face au portail de l'église. Si on le laissait ouvert, les commerçants pourraient assister à l'office sans sortir de leur boutique. Pierre aime bien la boulangerie du village. Ce n'est pas comme à Lyon, ici au moins, les clients voient travailler l'artisan, enfourner son pain sur sa longue pelle, jeter des fagots dans le four, apporter dans la boutique des brassées de pain brûlant et saluer les clients de son masque enfariné qui vous donne envie de chanter *Au clair de la lune*... Pierre est fasciné par les mains de la boulangère. Julien l'avait prévenu, mystérieux : « Tu compteras les doigts à la boulangère ». Six doigts ! Elle a six doigts à chaque main. Heureusement qu'elle ne compte pas sur ses doigts ! A-t-elle également six orteils ? Comment savoir ? Dans sa boutique, elle est toujours en pantoufles.

Sur le devant de la banque, près d'un énorme moulin à café, le ventre transparent de trois bocaux offre à la convoitise des enfants quantité de sucettes, de bonbons multicolores, collés par la chaleur du four, ainsi que des bâtons de réglisse de bois.

« M'man, puisque c'est fête, tu m'achèterais pas trois bâtons de réglisse ?

— Pourquoi trois ?

— Ben… Pour mon copain Julien et moi.

— Ah… »

Nanti de son trésor, Pierre s'en va errer du côté du Monument aux morts. Francine doit sûrement rentrer par là, mais n'est-elle pas déjà passée ?… De loin, il découvre Laurentine et son frère qui s'en retournent chez eux. Voilà le Grand Zef qui les rejoint et leur emboîte le pas. C'est Julien qui serait content s'il lui racontait… Sur la place, les gens improvisent une sorte de ballet. Ils se groupent, se séparent, se retrouvent pour finalement disparaître, les hommes dans les bistrots, les femmes dans les commerces.

Accompagnée par sa mère, voilà qu'apparaît Francine, un panier plein à la saignée du coude. Elle passe à quelques mètres du jeune garçon sans lui prêter attention, mais elle n'a pas fait trois pas, qu'elle s'arrête pour relacer une de ses bottines blanches. La mère poursuit son chemin.

« Bonjour.

— Bonjour. »

Pierre lui tend un bâton de réglisse et s'en adjuge un.

« Le dernier, je le garde pour Julien. »

Ils grignotent en silence.

« Dis, Francine, tu m'en veux pas pour l'autre jour ?

— Si, et faudra pas recommencer. »

Elle le regarde par-dessous ses boucles châtain, en plissant un peu les yeux. C'est hypocrite, les filles, songe Pierre, elle a un peu cherché… Personne ne fait attention à eux. Pierre est tout près de Francine, il recommencerait bien… Il hésite, se lance :

« Tu sais, Francine, ma maman, elle a de jolis yeux, eh bien… heu… heu… les tiens… heu… ne sont pas vilains non plus. »

Muette, elle ronge son morceau de bois et crache les fibres jaunâtres qui lui font des miettes sur les lèvres. Pierre voudrait bien qu'elle dise quelque chose, sans ça elle va partir, et Pierre n'a pas du tout envie qu'elle parte…

« Francine, Julien et moi, on va bientôt rejoindre le maquis. On aurait bien voulu emmener David, mais on peut plus. Tu dis rien à personne, promis ?

— Promis.

— Crache !

— Une fille ça ne crache pas, c'est dégoûtant. »

Et la gamine s'éloigne d'un pas nonchalant.

« On se reverra avant qu'on file ? »

Elle se retourne et lui adresse un pied-de-nez.

Devant l'épicerie, Pierre a rejoint sa mère en conversation avec l'épouse du colonel.

« Mais où étais-tu donc passé ? Ah ! Ces enfants… »

Sans attendre d'explication, elle lui pose sur les bras deux tourtes tièdes, puis rentre dans le magasin. Après un face à face peu amène avec le nègre Kilvoufo, Pierre franchit la porte. Ayant épuisé les habituelles considérations climatiques sur un temps qui n'est jamais ce qu'il devrait être, ces dames abordent cette maudite guerre qui s'éternise.

« Quatre ans déjà…

— Et combien de temps encore… »

Très au fait des péripéties guerrières, madame la colonelle intervient : On aurait vu les allemands monter de la vallée. Ils se seraient dirigés vers les bois de la Foux…

L'épicière, complaisante, se tourne vers la maman de Pierre :

« Vous connaissez pas, bien sûr… C'est à moins de dix kilomètres d'ici, de ce côté. »

Elle montre une vague direction qui passe par ses boites de nouilles. Penchée par-dessus le comptoir, elle ajoute, confidentielle :

« À ce qu'on raconte, les bois de la Foux seraient pleins de maquisards… Même des gens de Sainelonge… Mais je ne vous ai rien dit, rien du tout. »

Elle ne veut pas se compromettre, la marchande de nouilles, question de clientèle. Le jeune garçon trouve que sa mère est bien distraite, ce matin, elle se trompe en payant, fait choir sa monnaie, oublie ses paquets sur le comptoir… Oui, bien distraite.

Quand ils abordent le sentier, le soleil, déjà haut, cogne sur les nuques. Un bourdonnement emplit peu à peu le ciel. Les mains en écran, Pierre repère, au zénith, une multitude de points brillants, une voie lactée en plein jour.

« Ce sont sûrement les Américains, M'man, ils volent au moins à dix mille…

— Oui, et ils reviennent de chez nous.

— P'pa !

— Ne t'inquiète pas, mon Pierre. »

Les yeux de sa mère ne reflètent effectivement aucune angoisse, alors que lui, tout en suivant la vague de bombardiers, revit, en vrac, ses souvenirs des alertes : le hurlement des sirènes qui vous jetait en bas du lit, les fusées éclairantes aussi belles qu'un feu d'artifice, l'éclatement des bombes qui vous faisait vibrer les pieds. Il retrouve son allée, à l'entrée de laquelle il se glissait, parmi les hommes de l'immeuble, pour ne pas descendre à la cave et manquer le spectacle. Et voilà le chef d'îlot qu'il avait surnommé Don Quichotte, à cause de son casque anglais et de sa moto maigre comme Rossinante. « Allons, reculez-vous !… N'allumez pas vos briquets ! » Sa voix de Guignol chantait et traînait sur la fin des mots. Pierre change ses tourtes de bras, casse le bâton de réglisse réservé à Julien et s'en octroie un morceau.

En face de Julien et de son père, la chaise de la mère est vide. De la pointe de son couteau, le père racle un os de lapin et porte à sa bouche les débris posés sur la lame. Julien ne mange pas, il pense à la mère partie seule au marché, à cause de la Fromente qui est prête à vêler et que le père n'a pas voulu laisser. Un veau, c'est beaucoup de sous…

« Dis, où qu'elle est ?

— Où que tu veux qu'elle soye, au marché », grogne le père en entreprenant une dent de l'ongle du pouce.

Il n'arrive pas à se réjouir de cette absence, au contraire, il s'inquiète et cela l'étonne.

« Pourquoi qu'elle est pas rentrée ? »

Le père se tait, pour ne pas changer. Mais sa lame qui s'obstine machinalement à racler son os de lapin, tremble légèrement. À quoi peut-il bien penser, s'exaspère Julien, se pourrait-il que lui aussi s'inquiète pour la mère ?

Julien s'est vu quitter la table et courir sur le chemin. À moins de cinq cents mètres, il découvre, en contrebas, une forme noire allongée dans les genêts. Sa mère ! Près d'elle, un panier renversé étale ses victuailles. Il imagine sa mère rongée de vers, comme sa Marquise… Sans avoir osé s'approcher, il fuit sur le sentier.

Sans cesser de maugréer, le père a lié ses bœufs et les a attelés à une charrette à foin, au fond de laquelle Julien a étalé deux bottes de paille.

La mère n'a pas bougé. Affalée dans les genêts, la bouche grande ouverte, elle ronfle bruyamment. Julien remet les victuailles dispersées dans le panier. D'un coup de sabot, le père envoie rouler dans les herbes folles une bouteille de verre blanc.

« Cré bon Dieu ! Tu nous f'ras toujours chier ! » Il attrape la mère sous les aisselles et fait signe à Julien d'attraper les jambes. La mère ouvre des yeux larmoyants et profère des insanités. Avec un « ho… hiss… » ils montent leur fardeau à l'arrière du véhicule, puis le père, juché sur le timon, tire la mère par le col et l'adosse au fond de la charrette. Elle tente de s'asseoir au moment précis ou l'attelage démarre, si bien qu'elle choit à nouveau sur le dos.

Julien marche derrière, au pas mesuré des bêtes. À hauteur de ses yeux, cahote une paire de semelles trouées.

Un cheval recouvert d'un drap noir tire une carriole noire parée de larmes argentées… Il suit un corbillard.

« M'man ! M'man ! » Un cri instinctif qu'il pousse depuis toujours en ouvrant la porte, un cri tout à la fois joyeux et inquiet. « C'est toi, Pierre ? » lui renvoie-t-elle invariablement. Comme si cela pouvait être quelqu'un d'autre... « M'man ! M'man ! » Il guette l'interrogation qui ne vient pas. Un instant, il demeure bouche ouverte, bras ballants au milieu de la cuisine, puis se précipite dans les escaliers de la chambre. Il regagne lentement la cuisine que l'heure du crépuscule rend froide et sinistre. Il gratte une allumette, se brûle les doigts, en gratte une autre qui s'éteint dans le courant d'air et le fait tousser. Il parvient enfin à mettre en marche la lampe à pétrole dont la clarté éloigne les fantômes. Il guette le pas de sa mère sur le gravier. Il n'entend que le vent qui parle dans le tuyau du fourneau et le bourdonnement d'une grosse mouche qui se grille les pattes contre le verre de la lampe. La barrière a grincé. Il court dehors. Ce n'est que le vent. Il se penche par-dessus le parapet de la terrasse et crie aux quatre points cardinaux : « M'man ! M'man ! » En bordure du chemin, des ombres mêlées aux maïs agitent leurs bras, des têtes apparaissent derrière la murette du parc à cochons. Et ce buisson ? Il n'était pas là tout à l'heure... Quelqu'un s'y cache... Des yeux borgnes trouent la nuit. Les cyclopes ! Ils l'encerclent ! Dans le petit bois, un loup hurle à la mort, toute une harde lui donne la réplique :

« Ahououou… Ahououou… » Ils galopent à l'assaut du hameau, ils vont l'égorger. Pierre se jette dans la cuisine, claque la porte qu'il ferme à double tour, se rue dans les escaliers, pousse le verrou de la chambre et s'embusque dans l'obscurité, à l'angle de la fenêtre. Les battements de son cœur sont autant de pas qui grimpent les marches. Sur la table de nuit, le tic-tac ferraillant du réveil grince d'incompréhensibles méchancetés. Là-haut, des vampires, prêts à lui ouvrir la gorge, font la ronde autour du tilleul.

Cette fois, pas de doute, quelqu'un vient de pousser la barrière. À travers les bourrasques de vent, il perçoit des bruits de pas, le crissement du gravier. On gratte à la porte… On tente de l'ouvrir en tournant la poignée… Des bandits venus le tuer… Il les devine, horrifié, armés de longs couteaux, le visage tordu de férocité. Et les voilà qui se mettent à cogner furieusement contre la porte.

« Pierre ! Pierre ! Ouvre-moi !

— M'man ! »

Comme un fou, il dévale les marches, s'entrave les pieds dans une chaise, glisse sa main contre la porte à la recherche du verrou et se jette dans les bras de sa mère :

« M'man ! T'es là ! »

Elle s'est assise pesamment contre la table, le menton appuyé dans le creux d'une main. Elle paraît terriblement lasse, pourtant ses yeux semblent moins tristes que d'habitude. Elle rêvasse, sans prêter attention à ses bottes crottées qui souillent le carrelage et surtout sans tellement se préoccuper des alarmes de son fils. Pierre s'assied sur ses genoux en la faisant grimacer et lui saisit à deux mains le col de sa veste mouillé de sueur.

« Dis, M'man, où que t'étais partie ? Il fait noir depuis longtemps ?

— J'ai voulu aller… aller… aux champignons, je me suis égarée dans les bois.

— Et t'as rien ramené ?

— Non, rien… »

Il a trop longtemps gardé ses larmes. Elles l'étouffent, elles explosent et coulent sur le corsage maternel où il s'est enfoui la figure.

« Allons, allons, mon Pierre, je suis là… Il ne faut pas te faire de soucis… »

Entre ses doigts, elle vrille d'un geste tendre les cheveux de son garçon. Mais lui déjà s'écarte :

« M'man c'est pas pour ça… Regarde, je me suis brûlé. »

Il tend sa main vers la lampe. Une grosse cloque fait un petit chapeau au bout de son pouce…

Pierre et Julien se sont assis sur le mur de la terrasse, les jambes dans le vide, les talons de bois cognant la pierre… Un braconnier est en train de pêcher dans leur étang. Ils l'observent sans aménité, jusqu'à ce qu'il grimpe sur son vélo et disparaisse.

« Julien, je sais où il est.

— Quoi ?

— Le maquis, et c'est pas des blagues. »

Pierre a parlé d'un ton anodin, sûr de ses effets. Et d'ajouter sans plus attendre :

« Parfaitement, je sais où il est, au bois de la Foux.

— Comment qu'tu sais ?

— Un secret… Bon, si tu veux savoir, c'est l'épicière qui l'a dit à ma mère dimanche après la messe. Il paraîtrait même que les Allemands sont montés pour les attaquer.

— T'es sûr ?

— Sûr et certain. »

Julien s'est mis debout sur le mur, face au vide. D'un ton déterminé, il affirme : « Alors y a plus qu'à y aller. » Pierre est resté assis, plongé dans la contemplation d'une fourmi qu'il finit par expédier d'une pichenette.

« Alors quoi ! insiste Julien, on y va, oui ou merde ? »

Pour Pierre, ça serait plutôt merde… Intérieurement, il se traite d'imbécile : « Tu ne pouvais pas te taire, non ! » Julien a repris pied sur la terrasse. Il observe son camarade tout en se rongeant furieusement les ongles :

« On avait décidé. Dis, tu ne vas tout de même pas te dégonfler.

— Mais on n'est pas prêt... On n'a pas d'armes... Pas de sous. Rien. Et puis tu saurais pas même y aller au bois de la Foux.

— Pour l'argent, t'inquiète pas, on en aura, et pas qu'un peu. Et le bois que tu dis, figure-toi que je le connais. Je sais même que tout en haut du bois y a une tour, tu vois... Parce qu'avec les copains, on y est allé ramasser des airelles avec des peignes. Ça fait de chouettes confitures. »

Pierre a beau jeu d'ironiser :

« Si c'est comme la dernière fois, eh bien, au maquis, on n'y est pas encore ! »

Ce matin, Pierre s'est levé comme tous les jours de classe, mais pendant que sa mère s'affairait dans la chambre, il a vidé son cartable et, à la place des livres et des cahiers, il a entassé, pêle-mêle, du pain, du chocolat, un paquet de nouilles, quelques vêtements, un crayon et des feuilles blanches. Sur la table de la cuisine, il a posé contre un bol une lettre cachetée, comme il a vu faire au cinéma. Sa lettre, il ne sait plus combien de fois il l'a recommencée. « Chère maman, on part au maquis avec Julien. J'ai pris à manger. Je ferai cuire les nouilles. J'ai pris aussi un cache-nez et des chaussettes en laine pour pas m'enrhumer. On reviendra après la guerre, avec des médailles autant que papa. Signé : Pierre. Post-

Scriptum : si tu trouves un hérisson, c'est le mien. »En s'éveillant, Pierre avait espéré la pluie. Un bon prétexte pour ajourner leur projet. Mais non ! C'est le grand beau temps.

Les deux garçons se sont retrouvés sur le crêt, tout près de la fosse.

Julien agite triomphalement une poignée de billets de banque.

« T'as vu… C'que je t'avais dit !

— Où t'as pris ?

— Mes vieux, pardi.

— Mais c'est du vol !

— Tu parles, y z'en ont tellement qu'y z'y verront même pas que je leur ai piqué des sous. Et puis, hein, t'as vu ce qu'ils en font de leurs ronds, mes vieux… »

Julien glisse la liasse dans une poche de veste, puis ouvre grand sa musette.

« J'ai aussi apporté des munitions. Tiens, sens ! »

Une atroce odeur de fromage avarié fait reculer Pierre qui, à son tour, montre toutes les richesses que recèle son cartable.

« Tu vois, j'ai même pensé au papier et au crayon, pour écrire nos aventures. »

Le soleil traque les dernières brumes au fond des vallons. Déjà, quelques troupeaux s'en vont au pré de leur pas nonchalant. Julien se glisse entre les genêts humides de rosée.

« Allons-y, sinon les parents vont s'amener. Cette fois ce sera pas dur pour trouver notre chemin. Les bois de la Foux, c'est la plus haute colline avec des arbres que tu vois droit devant nous. Avant que les sapins grandissent, on voyait le toit pointu de la tour. Plus maintenant. »

La route les a hissés jusqu'au sommet d'un col baigné de vent. Ils connaissent bien le bouquet d'arbre et la croix qui en marquent le point culminant, car on les voit depuis le hameau du Martoret. Ils quittent le goudron pour attaquer un sentier en pente rude que les ruissellements de l'hiver ont raviné profondément. Des parterres de fleurs sauvages donnent à leur fugue un air de fête. Pierre n'en connaît que les digitales, ces grandes plantes dont on fait de la tisane pour les gens qui ont mal au cœur. Il en cueille quelques clochettes et les enfile au bout de ses doigts qui deviennent autant de marionnettes.

« Regarde Julien, on dirait les sept nains de Blanche-Neige… Tu connais pas ? »

Les bois noirs se pressent, peu à peu, enserrant le sentier. Au bas des frondaisons, les fougères poussent une forêt sous la forêt et penchent leur cou fragile sur le passage des enfants. « On croirait qu'elles nous disent bonjour… » pense Pierre, toujours imaginatif. Maintenant sa mère a dû trouver la lettre, elle doit être triste… Il ne la reverra peut-être plus jamais… Ah, s'il était seul… Mais il y a Julien qui l'entraîne d'un pas décidé, guidé par ces ardoises grises qui apparaissent dans l'ouverture des conifères. Julien qui, à chaque pas, lui montre un bout de fesse à travers un large accroc.

« Julien, tes parents savent que tu es parti au maquis ?

— …

— T'as pas laissé de mot ? Moi, j'ai écrit.

— Toi, t'es rien qu'une gonzesse. Mes vieux, y se foutent pas mal de moi, si tu savais. »

Les galoches se font pesantes, tandis que la pente s'accentue encore. Pierre va au-devant de Francine. Elle sera fière d'avoir un bon ami héros de la Résistance, d'autant que sa poitrine, couverte de médailles et de rubans, sera là pour en témoigner aux yeux de tous. Après, il ira trouver son instituteur… Parce qu'il ne l'a pas oubliée, cette vache… Un peu ragaillardi, il comble la distance qui le sépare de Julien.

Ce dernier rumine sa rancœur. À l'égard de son père qui ne sait même pas qu'il existe. À l'égard de sa mère noyée dans sa gnôle. Et Laurentine ! Si elle s'imagine qu'il n'a pas vu son manège avec ce fumier de Pudu ou ce salaud de Zef. Julien serre les poings, accélère l'allure. Il a envie de rejoindre la guerre, de se battre, de mourir même pour ne plus rien voir dans sa tête. Pour le monde qui le pleurera ! La dame ? Elle aura peut-être un peu de chagrin. Elle se penche sur sa tombe, un bouquet de marguerites à la main… Elle est belle, la dame…

Sur le plateau, le sentier file sagement à travers un sous-bois clairsemé où les fougères géantes s'en donnent à cœur joie. La lumière soudaine d'une vaste clairière les surprend. Là, au beau milieu d'un champ d'airelles et de bruyères, la tour du bois de la Foux se dresse, impressionnante. Les trous béants des ouvertures percent sa muraille de pierre. Son toit d'ardoises, mille fois foudroyé, laisse apparaître son squelette de poutres. L'entrée dépourvue de porte est une invite. À travers les plafonds et la toiture éventrés, le soleil asperge le sol encombré de bois et de pierres de taille. Écroulées au rez-de-chaussée, des volées d'escaliers s'accrochent vertigineusement à la muraille et vont se perdre dans la pénombre des étages. Dans une solitude et un silence indicibles, la tour à l'agonie a quelque chose de majestueux et de pitoyable qui repousse les enfants sous l'abri des futaies et des fougères. Une nouvelle clairière plus hospitalière les incite à la halte.

Assis dos contre dos sur les aiguilles de pins, il mangent les provisions que Pierre a tirées de son cartable.

« T'as pris à boire ?

— Non.

— Ben, moi non plus. »

Pierre s'étonne de ne ressentir aucune frayeur, il se trouve même bien dans cette paisible forêt qui fleure bon la mousse et la résine. Du sommet des arbres, des rayons de soleil giclent par intermittence et lui font cligner de l'œil. Dans son dos, il entend Julien mâcher et déglutir péniblement.

« Tu vois, Julien, ça serait rudement bien si on avait David avec nous. Dis, tu crois qu'il est mort ? Il est peut-être seulement prisonnier…

— Peut-être, oui…

— Ça serait chouette d'aller le délivrer avec les résistants. Dis, tu nous vois attaquant sa prison à la mitraillette… Ta ! Ta ! Ta ! Comme au cinoche.

— On pourrait leur demander.

— Mais d'abord faudrait les trouver, les résistants. »

Chacun reprend pour soi le fil de ses rêves, de ses exploits en croquant le dernier bâton de chocolat.

« Bon appétit ! » Les deux garçons ont sauté sur leurs pieds et font face, épaule contre épaule. À moins de dix pas, il y a un homme qu'il n'ont ni vu, ni entendu approcher. L'homme, plus très jeune, les observe avec un vague sourire, tout en tétant un brin d'herbe. En bandoulière, il porte un fusil qui n'est sûrement pas destiné à tirer les lapins. C'est un grand fusil à un seul canon muni d'une culasse et de son levier. Si l'on excepte l'arme, l'inconnu n'a rien d'un guerrier. Il est vêtu d'un costume de velours côtelé marron, sans le moindre brassard ni insigne. Sur sa tête aux cheveux trop longs et grisonnants, il a posé cette chose anachronique, un feutre noir à bords roulés.

« Où allez-vous comme ça, tous les deux ? C'est pas le moment des airelles, ni celui des champignons, alors ? »

Julien a repris ses esprits, d'autant que l'homme ne paraît guère menaçant.

« On cherche le maquis, M'sieu.

— Ah ! Et pourquoi cherchez-vous le maquis ? »

C'est Pierre qui répond à son tour :

« Pour s'engager, M'sieu et faire la guerre.

— Je vois, je vois… On veut jouer les héros. »

Le ton se fait gentiment ironique :

« Mais peut-être avez-vous déjà fait la guerre… »

Ensemble, les deux garçons ont fait non de la tête.

« Ça c'est embêtant, très embêtant… Bon, je vais vous faire voir tout de suite ce que c'est que la guerre… Vous avez de la chance, les Allemands sont passés hier. »

Il tourne le dos, sifflote quelques notes et dit sans se retourner : « Suivez-moi, les gosses. »

En file indienne ils cheminent à travers bois avant de tomber sur un large sentier creusé d'ornières humides où l'on devine des traces de pneus. Ils l'empruntent jusqu'à une fourche. Toujours silencieux, l'homme au fusil prend le sentier de droite. Rapidement, ils aboutissent dans un véritable cul-de-sac formé d'une barrière de rochers vaguement circulaire. L'homme s'est avancé vers le fond de ce qui doit être une carrière désaffectée. Du doigt, il montre le sol.

« Vous avez envie de connaître la guerre, mes enfants, eh bien, regardez-la ! » Ensemble, Pierre et Julien se sont approchés, ensemble, ils se sont figés avec un ah ! de stupeur. Ils ont failli piétiner le corps d'un homme allongé sur le ventre. Ils ne l'avaient pas vu à cause de son uniforme gris vert qui se confond avec les hautes herbes. C'est un Allemand, reconnaissable à son casque renversé à ses côtés, à ses épaulettes, à ses bottes de cuir noir. Est-il jeune ou vieux ? On ne voit de son visage qu'une chevelure blonde coupée court. Au milieu du dos s'étale une tache brunâtre sur laquelle court une mouche. L'homme au fusil la chasse de la main. Un mort, un vrai… Les deux enfants ont envie de fuir à toutes jambes.

« Alors, on aime toujours la guerre ?

— N… non… Non… M'sieu », bafouillent-ils d'une voix chevrotante.

L'homme les attrape chacun par l'épaule et les éloigne de ce cauchemar. Sa voix s'est radoucie, presque paternelle.

« Allons, mes petits, rentrez chez vous. Vous voyez, la guerre c'est trop terrible. Vous reviendrez plus tard… Je vais vous mettre sur le bon chemin. »

Il s'arrête près d'un sapin. Sur l'écorce, à un mètre du sol, a été gravée une croix. Devant, un rectangle de terre fraîchement remuée.

« Le père d'un de vos copains. Il a été tué pendant l'attaque.

— Le père du Grand Zef ? »

Le nom est venu comme ça spontanément.

« Oui, le père du Grand Zef… »

Ainsi, il ne mentait pas, son père était bien un héros. Pauvre Zef ! Parvenu à un carrefour l'homme au chapeau s'arrête de nouveau, et fait face aux deux garçons qu'il désigne du doigt :

« Toi tu es Julien… Toi, tu es Pierre… Vous ne direz à personne que vous nous avez rencontrés, pas même aux filles, ajoute-t-il avec un sourire. Allez ! Partez maintenant, c'est dangereux ici. »

Ils filent à grands pas et ne se retournent qu'au bout de la ligne droite. Il n'y a plus personne sur le sentier.

IX

Mai 1944

JULIEN SE RETOURNE SUR SON GRABAT. Ce soir, il a fait semblant de rentrer de l'école. Après avoir hésité, il a quand même remis l'argent à sa place, sous un tas de nippes. Un moment, il a craint que la dame, affolée ne soit venue aux nouvelles, mais non, ses parents doivent lui faire trop peur. Ses horribles visions de cadavres refoulées, il se prend à réfléchir. Qui a tué l'allemand de la carrière ? L'homme au chapeau, peut-être, avec son grand fusil ? L'Allemand était, pourquoi pas, celui qui avait emmené David en prison ou tué le père au Grand Zef. Alors on a bien fait de lui régler son compte à ce fumier. « Toi, tu es Julien… » Comment se fait-il que l'inconnu le connaisse, et Pierre aussi ? Le bon géant ne lui est d'aucun secours. Oui, demain, ils auraient pu en raconter des choses aux copains, à Laurentine et Francine. Dommage qu'ils aient promis…

Pierre s'est réveillé en hurlant de terreur, la tête enfouie sous les couvertures.

« M'man ! »

Elle se penche sur son lit, pose une main sur son front.

« Allons, c'est fini… Ce n'était qu'un mauvais rêve… »

Elle s'efface, elle ne reviendra pas, l'épouvantable vision de ce cadavre, mi-homme, mi-bête, de cet Allemand mort, recouvert d'un pelage noir et blanc, dont la bouche et le nez laissaient échapper des hordes de fourmis blanches…

« Pierre, il faut te rendormir maintenant. »

Elle ne lui a pas demandé de quoi il avait eu peur, à croire qu'elle lit dans sa tête. Hier soir, au retour de son escapade, elle ne l'a pas questionné, elle ne semblait même pas inquiète. Pourtant la lettre avait disparu. Elle a posé son tricotage, soulevé le couvercle d'une casserole et dit simplement :

« À table Pierre, la soupe est juste cuite. »

Durant ce mois de mai 1944, radieux jusqu'à l'ennui, des gens continuent de mourir dans les plaines de l'Ukraine, sur les montagnes des Abruzzes, sous les ruines des villes écrasées par les bombes. Alors qu'à la ville, il y avait toujours un mur et un toit au bout de son horizon, voilà que Pierre découvre les levers et les couchers du soleil, la lune, cette menteuse qui croît et décroît, et les nuages de coton dont les formes changeantes débrident son imagination. Celui-là, un chien couché parti vers l'est, saluera de sa part les petits chinois pour lesquels on découpe des timbres-poste. Cet autre, un lézard à trois pattes poussé vers le nord, dira bonjour à ses copains les esquimaux assis devant leur igloo.

Les deux garçons ont perdu le goût de jouer à la guerre, celle où l'on meurt pour de vrai. Sur la carte de l'Europe, les petits drapeaux sont restés en panne. Le poste de TSF a perdu de sa fascination. Le bonhomme qui parlait à travers le brouillage est devenu muet, car ils se sont lassés d'entendre toujours les mêmes discours, les mêmes chants patriotiques. À l'école même, la chaise vide du petit Juif, dont ils pressentent le tragique destin, la misère du Grand Zef qui a cessé de faire le malin, tous ces événements ont ôté aux enfants le goût de la bagarre. D'instinct, ils ont retrouvé leur jeux d'antan.

Les jours de congé, Pierre va garder les bêtes avec Julien. Au bruit de la cavalcade, il file, bâton en main, à la poursuite de l'arrière-garde. Au derrière des vaches, il s'est instruit de mille et infimes détails. Par exemple, qu'il faut se méfier quand elles enroulent leur queue, parce que, sans ralentir, elles vous éclaboussent les mollets et vous obligent à faire des sauts de cabri d'une ornière à l'autre.

« Julien, la Blonde, pourquoi elle a un morceau de bois pendu entre les pattes ?

— On appelle ça chez nous un *talou*, c'est pour empêcher de courir.

— Et pourquoi que t'en as une autre qui a toujours une planche sur le front ? C'est des œillères comme pour un cheval ?

— Mais non, hè ! La Bardée c'est une salope, elle se cogne avec les autres. Y a des pointes derrière la planche, alors si elle balance un coup de tête, crac ! »

Pour le jeune citadin, les aiguillons, les planches à clous, les *talous*, sont autant d'instruments de torture contre lesquels son esprit s'insurge.

« Mais vous leur faites mal à vos bêtes avec tous ces machins !

— Comme tu dis, c'est rien que des bêtes, ça sent pas grand chose.

— Et ta chienne alors ?

— Ma Marquise c'était pas pareil.

— Et pourquoi que c'était pas pareil ?

— Parce que les vaches, c'est con, et ma Marquise, elle était pas con, pas plus que toi, en tout cas. »

Aujourd'hui, Julien a pris le chemin du Parc, le coin préféré de Pierre, parce que les vaches s'y gardent toutes seules et qu'on y trouve mille occasions de s'amuser. C'est une vaste prairie, pentue, trouée en son milieu d'une mare et close de barbelés accrochés au tronc de vieux frênes. Les deux copains se sont accoudés à la barrière faite de deux longues perches enfilées à chacune de leurs extrémités dans une sorte d'échelle. Facile à ouvrir et fermer. Avec ensemble, les vaches leur présentent leurs croupes malpropres.

« T'as raison, Julien, les vaches c'est con, ça ne saurait même pas se lécher les fesses, comme un chat ou un chien… »

« Et toi, tu te lèches le cul… » a envie de rétorquer Julien, mais il se tait, les yeux sur leurs deux paires de galoches posées sur la perche du bas. Combien il a changé depuis que ces réfugiés sont entrés dans son univers étriqué. Avant, il croyait que tout le monde vivait comme dans leur ferme. Il a rencontré la dame… Et Pierre aussi, qui savait plus de choses que lui n'en apprendrait jamais. Auparavant, il n'était pas heureux, pas trop malheureux non plus, il vivait. Maintenant, il s'est pris à haïr sa baraque crasseuse, ses parents minables, sa propre vie…

Pierre s'est mis à califourchon sur la barrière et se balance, cramponné à deux mains. D'un œil distrait il regarde Julien accroupi cracher sur un scarabée pour le faire saigner. Un truc qu'il connaît par cœur.

« Dis, Julien on va pas passer la journée à regarder le derrière de tes vaches. Qu'est-ce qu'on fiche ? »

Mais Julien est reparti sur le chemin herbeux. Courbé en deux, près du talus, il va et vient. Il se baisse soudain et écarte délicatement la végétation.

« Viens voir.

— Quoi encore ?

— Viens j'te dis ! »

De mauvaise grâce, Pierre abandonne sa balançoire, s'agenouille et découvre, blotties au milieu de leur forêt naine, trois minuscules croix de bois, grossièrement mortaisées, hautes de quelques quinze centimètres.

« Qu'est-ce que c'est ces croix ? Pourquoi on les a plantées là ?

— À cause de l'orage… C'est mon père qui les a mises pour protéger les bêtes en champ. Chez nous, c'est l'habitude.

— Et tu y crois, toi ?

— J'sais pas… N'empêche qu'on a jamais eu de bêtes foudroyées. C'est pareil pour les croix qu'on cloue ou qu'on peint sur les portes d'écurie.

— C'est idiot, ces histoires. Remarque vaut mieux ça que de clouer des hiboux vivants, paraît que ça existe…

— Mon père y l'a fait.

— Ton père c'est un… un…

— Un salaud et ma mère une saoularde, je sais. »

Le rouge aux joues, Julien frotte ses galoches l'une contre l'autre pour en détacher un fragment de bouse séchée. Dans sa bouche, son pouce saigne à force d'être rongé. Pourquoi Pierre cherche-t-il à vexer le jeune paysan ? Est-ce seulement par jeu ? Confusément l'ombre maternelle s'interpose entre eux, trop tendre, trop gentille avec l'autre…

« Allez, Julien ! On va à la mare.

— D'ac. »

C'est un bassin fangeux de quelques mètres carrés, limité sur deux côtés par une murette de soutènement. Un troisième côté, en pente douce, permet aux bêtes de s'abreuver, laissant dans la boue l'empreinte de leur double sabot. Seul, le dernier côté, à peu près plat, permet l'accès au plan d'eau. Dans le maigre espace laissé libre par les lentilles et les nénuphars, des salamandres, des tritons montent des profondeurs glauques, faisant onduler leur ventre jaune ou rouge et replongent aussitôt. Un caillou à la main, ils guettent la surface. Une salamandre vient respirer en se tortillant comme si elle grimpait à une échelle. Deux projectiles fusent et bouleversent l'onde. L'animal redescend lentement le ventre en l'air.

« C'est moi qui l'ai touché !

— C'culot ! C'est moi ! »

Une nèpe fait une brève incursion à la surface en quête de quelque proie. Trop rapide pour les cailloux. À quatre pattes, Julien assène un coup de bâton sur l'eau qui éclabousse alentour. Il inspecte la surface, déçu.

« J'l'ai manquée c'te vache.

— C'était quoi ?

— Une salope qui pique. »

Julien nourrit une aversion à l'égard de cet insecte rameur, brun dessus, gris dessous, parce qu'au cours d'une baignade il lui avait piqué le robinet.

Ils se sont assis sur les pierres du mur de soutènement, dominant ainsi la pièce d'eau. Les vaches broutent autour d'eux en soufflant des naseaux. Julien fait choir de petites mottes de mousse arrachées à la pierre, visant un morceau d'écorce échoué parmi les algues. Tout ce qui subsiste de leur beau voilier qui a perdu ses mâts de noisetier et ses voiles découpées dans le carton d'une boîte de nouilles.

« Tu vois, Pierre, nos balades au maquis ont pas été plus loin que notre navire. Pas plus de chance… »

Ils suivent le vol des libellules filiformes, un trait rouge ou bleu, qui parfois s'accouplent et jouent dans les airs la bête-à-deux-têtes.

« Mes secrets n'intéressent pas les citadins, je vais te dire quand même, Pierre, qu'au fond de la mare, y a un gros caillou plat avec dessus l'empreinte du pied à la Vierge.

— Et tu l'as vu, toi, le pied ?

— Non, mais y a des vieux…

— Et t'as pas envie de le voir ?

— Si, mais comment ?

— On pourrait vider la mare…

— Au seau ? Idiot ! »

Éternellement en mouvement, Pierre est déjà loin de la mare. Il s'est assis sur les branches basses d'un fayard en se servant de l'échelle des barbelés. Couché dans l'herbe, Julien vise les nuages de son bâton : « Pan ! Pan ! » Pierre lui jette un morceau de bois mort :

« Tu te souviens, une nuit sur le crêt, tu m'avais promis de me raconter l'histoire d'une ferme…

— La ferme des méchants ?

— Oui, c'est ça. On la voit d'ici ?

— Non, mais du haut du pré, ça se pourrait. Amène-toi. »

Au sommet du Parc, un replat permet d'embrasser un vaste panorama de collines piquées de rouge et de gris.

« C'est là. »

De son index, Julien a fait une croix sur une grosse bâtisse adossée à un bois clairsemé. Avec ses trois corps de bâtiment fermés sur le devant par un haut mur, elle ressemble vaguement à une forteresse.

« Leur vrai nom c'est les Marvolet. Personne ne les fréquente au pays, on en a peur, parce qu'on dit que ce sont des voleurs, que la mère jette de mauvais sorts aux gens et aux bêtes. On les voit jamais au marché, jamais à la messe, pas même à Pâques, t'imagines…

— T'as déjà vu à quoi ils ressemblaient ?

— De loin, comme ça… J'ai pas envie de recevoir des chevrotines ou de me faire transformer en crapaud. D'abord personne ne va jamais chez eux, y a qu'le facteur. »

Pierre s'est envolé. Il a ôté le toit de la maudite tanière. À l'intérieur, à la lueur des flammes de la cheminée, il voit un femme, vieille et laide, avec de gros yeux ronds et un nez crochu, vêtue de hardes. Dans un chaudron, elle tourne quelque chose qui bouillonne en répandant une odeur de charogne. Mais où l'a-t-il vue cette sorcière qui peuple encore ses cauchemars ?… Elle tire de la marmite une pomme qui se transforme en tête de mort…

« Moi, j'ai pas peur des sorcières, ment Pierre, j'en ai déjà vu… ».

L'imagination de Pierre a fait de la terrasse la dunette d'un navire dont la maisonnette serait la cabine et l'arbre, le mât principal. En contrebas, l'angle de la murette du parc à cochons forme une proue fendant les flots de topinambours et de trèfles. Quand l'école ou la ferme leur en laissent le loisir, les deux garçons jouent aux corsaires. Au faîte de l'érable, ils ont fixé un morceau de tissu noir décoré à la craie de deux tibias surmontés d'une tête de mort, comme ils l'ont vu dans les livres. L'œil rivé à leur longue-vue, un morceau de carton roulé, qui rapproche indiscutablement, ils scrutent alternativement la mer végétale, houleuse sous le vent, et l'îlot du petit bois battu par les flots. Sur cette parcelle de terre émergée, les pins noirs secouent leurs hampes de cocotiers, le granit s'éclabousse d'embruns, les genêts deviennent autant de pirates dont les cris de bataille se confondent avec celui des pies et des geais. Le navire vogue droit sur l'îlot. Les jambes calées entre deux fourches, Julien, armé de sa fronde, envoie des boulets de canon qui déchirent le feuillage et vont se perdre en bordure du sentier. Debout derrière la murette, Pierre commande la manœuvre du bateau et le feu des canons. Tout à tour ami et ennemi, il profère menaces et encouragements, fait la demande et la réponse. « À l'attaque ! Rendez-vous ! Venez nous chercher, trouillards ! Rendez-vous, j'vous dis ! Et merde ! » Une voix posée interrompt les échanges verbaux et le rêve maritime :

« Pierre ! Pierre ! Allons… Et puis tu sais, le mot de Cambronne c'est bien plus tard…

— C'est Waterloo ! »

La réponse est tombée du ciel. Assise à l'ombre de l'arbre, la maman de Pierre a levé les yeux.

« Mais oui, Julien, tu te souviens. »

Ainsi vue à l'envers, la dame est encore plus belle. Pour un peu, il ferait exprès de dégringoler, pour qu'elle le console, le presse contre ses seins qu'il devine dans la pénombre du corsage.

Julien a entendu crier. Encore un de ces cauchemars qui, souvent, l'assoient, haletant, sur son grabat. Mais non, il est bien réveillé, et pourtant les cris persistent, à peine amortis par les portes et les cloisons. Sa mère ! Il est debout. Il court en se heurtant partout, il se jette contre la porte derrière laquelle hurle sa mère. « M'man ! M'man ! » Elle est là, sur le lit bouleversé, les jambes battant le matelas, plaquée aux épaules par le père. Julien crie de toute ses forces : « P'pa ! P'pa, merde ! ». L'homme a levé les yeux et fait un geste impérieux du bras « Fous l'camp, t'entends ! Fous l'camp ! » Hypnotisé, Julien reste figé sur le seuil, tandis que la mère exhale un flot de mots insensés : « Des rats… Sur les poutres, partout… Y tombent… Y mangent le ventre… » Le père la secoue par les épaules : « Dis, tu vas te taire ! Y a pas de rat, y a rien, t'entends ! Rien ! » Julien a, bien des fois, vu sa mère ivre, mais jamais dans cet état. « P'pa ! Dis-moi c'qu'elle a, merde ! »

La mère a cessé de se débattre. De l'autre côté du lit, le père se déplie péniblement, une main dans le dos. Il doit souffrir des reins, mais n'en a jamais rien dit. Le front appuyé contre le chambranle de la porte, Julien regarde alternativement sa mère perdue dans son délire, le front mouillé d'une mauvaise sueur, le père adossé au mur, qui roule sa chique d'une joue à l'autre et frotte son genou. Quels sentiments peut-il remuer derrière ce masque dur, sans faille ? De la haine, de la tristesse, des regrets ? Quand même, il doit bien avoir des souvenirs ! Du temps de leur jeunesse, de leurs amourettes, de leur mariage. Mais ont-ils jamais été jeunes ? Julien essaie de les imaginer… Difficile, car il n'a jamais vu la moindre photo d'autrefois, pas plus que le moindre colifichet ou le moindre bibelot. Chez les autres, il y a plein de souvenirs de Lourdes, de la classe, des rubans, le bouquet de la conscrite. Chez eux, rien.

« Va te coucher, l'Julien… Allons, va te coucher. » Julien a sursauté, parce que la voix n'a pas aboyé comme à l'accoutumée. Il regarde son père, ses joues ridées, bleuies de poils. Une seconde, rien qu'une seconde, le masque s'est radouci et les yeux ont bizarrement brillé.

Il fuit à travers la cour, claque le portail, dévale le chemin qui conduit à l'étang, comme s'il croyait ainsi semer les images collées dans son crâne. À bout de souffle, il s'est assis sur la murette du plan d'eau. Des crapauds se parlent d'amour, une carpe saute dans les ajoncs. Les deux mains agrippées à la pierre, il se penche, se penche très au-dessus de l'eau. À la surface, une ombre l'invite… Viens… Viens… En face, au-delà des peupliers, le vol d'un nocturne lui fait relever la tête et apercevoir, au sommet de la colline, une lumière qu'éparpille le feuillage d'un arbre. Une brise légère et tiède souffle sur les cheveux de Julien et les ébouriffe. Ce sont les doigts de la dame… Il se rejette en arrière, la figure dans les nuages, et ferme les yeux.

« Pierre… Pierre… » Il sort à grand-peine de son sommeil, les mains plaquées sur les yeux pour échapper à la lumière de la lampe à pétrole. Accoudée dans son lit, sa mère lui montre un visage préoccupé. Dehors, il fait nuit noire.

« Pierre, tu n'as rien entendu ?

— Rien, je dormais. T'as entendu quoi ?

— Il m'a semblé entendre crier à plusieurs reprises. J'aurais juré que cela venait de la ferme. Bah ! J'ai dû rêver. »

Elle se penche pour souffler la mèche. Le claquement du portail arrête son geste.

« Cette fois, non, je n'ai pas rêvé. »

Ils attendent en retenant leur respiration. Ils ne savent quoi : qu'on appelle, qu'on frappe à la porte. Rien ne se passe.

« M'man, souffle la lumière. »

Protégé par l'obscurité, Pierre se lève, va à la fenêtre sur la pointe des pieds et observe la nuit qui reste vide.

« J'vois rien, m'man.

— Pierre, si nous avions un peu de courage, nous irions à la ferme. Ils ont peut-être besoin d'aide. Mais voilà, du courage, on n'en a pas beaucoup, n'est-ce-pas ?

— Si, M'man, mais les voisins, ils n'ont pas l'air gentil ; le père de Julien surtout. C'est leur maison qu'on devrait appeler la ferme des méchants, pas celle des Marvolets.

— Pierre ! Pierre ! Dis-moi, tu la connais la ferme des Marvolets ? Dis-moi ! »

Pourquoi sa voix est elle devenue si inquiète ? Le garçon devine le blanc de la chemise de sa mère qui a dû s'asseoir sur son lit.

« Non, j'connais pas, j'te jure. C'est Julien qui me l'a montrée, et seulement de loin.

— Pierre...

— Quoi, M'man ?

— Heu... Rien, rien du tout. Allons, il faut dormir. »

Pierre pose sur la murette l'oiseau en pommes de pin qu'il fabriquait pour mieux observer un événement inhabituel. Une auto s'est arrêtée à l'entrée du chemin. Un homme en est descendu et le voilà qui grimpe vers le hameau. Ce n'est ni la silhouette du facteur, ni celle d'un paysan. Du reste, ils n'ont pas d'auto, et puis, ils ne marchent pas si vite. « M'man, viens vite voir ! » Elle abandonne ses haricots et observe à son tour l'inconnu. Il longe maintenant le parc à cochons. En dépit du soleil printanier il est vêtu d'un ample manteau gris et son cou est entouré d'une écharpe lie de vin. Un cartable ventru pend à son bras. Il est grand et maigre.

« Qui c'est, m'man ?

— Le docteur, je crois. Je l'ai déjà croisé au village. »

Grimpé sur la barrière, Pierre lance un « B'jour m'sieu » à l'arrivant qui détourne à peine la tête et lui octroie un sourire préoccupé. De près, Pierre le trouve encore plus grand, plus maigre. Ses cheveux en vrac, les rides profondes de son visage et son gros nez lui donnent un air de clown triste. De dos, il a vu disparaître une longue silhouette voûtée et une paire de chaussettes trouées aux talons.

L'oreille collée contre la porte de la chambre, Julien tente de saisir quelques bribes de conversation, mais le père reste muet et la voix grave, économe, du praticien lui parvient inaudible. Des bruits métalliques lui apprennent que le médecin a ouvert sa sacoche et procède à l'examen. Des pas, il doit tourner autour du lit. Il surprend quelques mots « Respirez… Plus fort… Ça vous fait mal ? » C'est la première fois que Julien voit le docteur à la maison. Il a frappé, ou plutôt cogné à la porte un bon coup, et il est aussitôt entré en courbant la tête sous le linteau. Il a seulement demandé : « Où est la malade ? » D'un signe de tête, Julien lui a montré la porte de la chambre.

Le père sur les talons, le docteur ressort de la pièce, de sa démarche toujours impatiente. Il s'assied à la grande table, les genoux en travers. Il balaye les miettes avec sa manche, parcourt le décor d'un air las avant de tirer de sa serviette, posée entre ses pieds, un carnet de feuilles blanches et de son manteau un stylo à plume dorée. Julien, le dos contre la cheminée, admire de loin cette main qui court sur le papier, faisant apparaître, comme par enchantement, une suite rapide de mots. Comme cet homme doit en savoir des choses ! Comme il doit en avoir des secrets ! Après avoir détaché la feuille de son carnet, le médecin passe plusieurs fois sa main sur la figure et dit, sans lever le nez de son papier, et comme s'il s'adressait à lui-même : « C'est grave... Faudrait qu'elle arrête... Et suivre l'ordonnance .» Il fait disparaître le carnet et le stylo et semble seulement s'apercevoir de la présence du père, de l'autre côté de la table. « Faudrait aussi l'aider... ça... » Le paysan balbutie quelques mots inintelligibles. Le médecin hausse les épaules d'un air fataliste, déplie sa longue carcasse et quitte la pièce sans le moindre au revoir.

Abandonnée sur la table, la tache branche de l'ordonnance fascine et attire Julien. Sur le papier s'étale, en encre violette, une écriture sans pleins ni déliés, terriblement penchée, une écriture qui ne ressemble pas à celle que Paille-de-Fer leur enseigne. Il tente de déchiffrer : « Je conseille... ne boire ni vin... prendre tous les jours... » Se peut-il que cet homme ait le Pouvoir ?

X

Juin 1944

DANS UN PEU PLUS D'UN MOIS ce seront les grandes vacances et, qui sait, le retour à Lyon. Pierre souffle sur ses inévitables pommes de terre qui commencent à faire transpirer. Rien n'a changé depuis ce jour d'octobre où il s'est assis sur ce même banc de la cantine. Pas plus les patates, la Célie, les copains et leurs manies, que la toile cirée, tout juste un peu plus cisaillée par quelque lame maladroite ou malveillante. Juin entrouvre les portes de l'été. Par les fenêtres largement ouvertes, Pierre découvre la frondaison profonde des marronniers hérissés de bouquets roses ou blancs. L'air sent bon l'herbe et la terre chaudes. Sur les fils électriques, un rang de martinets converse et se chamaille. Dans leur blouse noire on dirait des élèves indisciplinés.

« Hé, les gars ! hé les gars ! Hooo !… »

Une voix juvénile monte de la grande place.

« Mais c'est le Grand Zef, s'exclame le Dolphe.

— Ce fumier de Zef », croit bon d'ajouter Julien.

Parce que la mort de son père ne l'empêche pas de rouvrir sa grande gueule et de courir après Laurentine. Abandonnant leurs patates et la Célie qui lève au ciel ses bras de lutteur, tous les enfants se sont précipités aux fenêtres. C'est bien le Grand Zef, minuscule au milieu de la place déserte et accablée de soleil. Pour être mieux vu de ses camarades, il grimpe sur la murette qui encercle le tilleul. Les mains en porte-voix, il crie en direction de l'école :

« Les gars ! Écoutez ! Écoutez tous ! »

Il détache chaque morceau de phrase : « À la radio… on vient d'annoncer… que les Amerlocks… ont débarqué ce matin… » Il fait un V de ses bras levés, tandis que des exclamations fusent des fenêtres : « Zef, t'es qu'un menteur !… C'est des blagues !… Jure si c'est vrai ! » L'autre remet ses mains en cornet devant sa bouche et hurle encore plus fort : « Eh ! Tas de cons, mon père c'était aussi des blagues ! Même qu'ils ont débarqué en Normandie. » Dix voix interrogent :

« C'est où qu'ils auraient débarqué ?

— En Normandie ! »

Les derniers arrivés écrasent les autres aux fenêtres, ce qui déclenche des vagues de protestations :

« Poussez pas, merde !... Bordel, vous m'écrasez les machins !...

— Dites voir, où que c'est ce patelin, la Normandie ? tente de questionner Momo.

— C'est au nord de la France, tiens, comme son nom l'indique », lui explique un des Tondus.

Coincé contre la barre d'appui, Pierre libère une main qu'il vrille contre sa tempe.

« Vous êtes idiots ou quoi ? La Normandie, c'est juste en face de l'Angleterre. Vous avez jamais regardé une carte ?

— Écoutez ! »

Les cloches de l'église se sont mises à sonner sur un rythme clair et joyeux comme elles sonnent pour les baptêmes ou les mariages.

À l'orée du petit bois qu'ils ont planté de cocotiers, ils ont posé cartable et musette. Le couteau déplié, ils pénètrent dans les taillis qu'ils scrutent un par un. « Le mieux pour les cannes à pêche, c'est une branche de noisetier, a expliqué Julien, mais faut qu'elle soit bien droite et pas trop grosse.

— Pour ferrer, le frêne c'est bien aussi, conteste Pierre.

— Qu'est-ce t'en sais toi ? T'as jamais fait de canne. »

Tout en louvoyant parmi les fourrés, Pierre laisse gambader sa folle imagination. Le petit bois se mue en une gigantesque machinerie qui dirigerait le monde entier et dont il serait, lui, le grand chef. Les branches seraient autant de leviers de commande et les feuilles autant de cadrans. À l'insu de son camarade absorbé par sa quête, il manœuvre, contrôle ses leviers qui actionnent une usine, un avion, un train quelque part en Chine ou en Amérique.

Ils regagnent le sentier, traînant deux longues branches encore chargées de leur feuillage. L'Opinel à la main, Pierre calque ses gestes sur ceux de Julien qui commente :

« D'abord tu ébranches… Maintenant t'enlèves l'écorce en grattant avec la lame bien droite, sans ça t'entailles le bois… Tu laisses de l'écorce au plus gros bout, comme je fais, c'est plus joli et ça tient mieux dans la main. »

D'un coup de poignet, il fait plier sa branche de noisetier et apprécie en connaisseur.

« C'est un vrai ressort, c'te canne.

— La mienne est encore mieux, dit Pierre en fouettant l'air à son tour.

— Une trique, oui, pour taper sur l'cul des vaches.

— Cul toi-même. »

Tout à l'heure quand ils se sont reposés au bord de l'étang, Julien a suggéré : « Dis, t'as jamais péché dans l'étang. Y a du poisson que tu peux pas y croire, des carpes, des tanches… Demain matin, à la fraîche, on peut y venir. Le père Blanc, le proprio, y nous dira rien, il engueule que les étrangers. »

Tout en grimpant vers le hameau, la gaule sur l'épaule, Pierre s'interroge à haute voix :

« C'est bien beau d'avoir une canne, mais qu'est-ce qu'on y mettra au bout ?

— À la ferme, j'ai du fil. Y sera peut-être un peu embrouillé, mais on fera avec. Il faudra aussi des appâts. Pour les carpes, le mieux c'est le ver de terre et je sais où en trouver. »

Pierre croit bon de discutailler :

« Il paraît que les asticots, c'est bon pour les carpes…

— Non, c'est pas bon… Et d'abord, on n'en a pas. »

Le même affreux spectacle de Marquise les effleure en même temps.

Contre la maison de Pierre, juste à l'endroit où se déverse l'évier, Julien creuse la terre grasse avec une pelle à charbon. Pierre, d'un air dégoûté, lui tend une boîte de conserve tapissée de mousse dans laquelle il jette des vers rosés et fringants. Julien approche son nez du récipient.

« Y puent, mais ça leur donne sûrement bon goût… Demain, tu vas voir c'te pêche ! »

Sournoisement, il envoie une bestiole à la figure de Pierre qui esquive de justesse et réplique par un coup de galoche dans la boue qui expédie une giclée en plein dans la bouche de Julien.

Dans la fraîcheur matinale, l'étang fume comme le dessus d'un chaudron. Une brise ténue ride l'eau et secoue le ventre rouge des bouchons, tandis que l'ombre des gaules se tortille dans l'onde à la façon d'un serpent. Dans la jungle des ajoncs, des grenouilles roulent leurs gros yeux. À la cime d'un peuplier, un couple de pies s'active autour d'un nid de bois mort. Julien crache dans l'eau à côté de son bouchon. Un truc à lui pour attirer le poisson, imité aussitôt par Pierre. Une touche envoie le bouchon de ce dernier dans les nues.

« On pêche les hirondelles, ironise Julien, t'aurais du amener ton fusil… »

Longtemps ils fixent l'onde qui palpite sous les premiers rayons, à en avoir mal aux yeux. Et puis, coup sur coup, Julien ferre une carpe, puis une tanche de si belle taille qu'elle fait plier le noisetier avant de se rendre. « Faut savoir y faire », laisse tomber Julien en décrochant sa prise qu'il assomme en la projetant sur le goudron. Dépité, Pierre lance un gravier en direction du bouchon de Julien qui réplique par une motte de terre. Furieux, Pierre se précipite de l'autre côté de la route, soulève un bloc de granit d'au moins cinq kilos qu'il expédie en plein sur le bouchon de Julien. Abandonnée à elle-même, la canne de Pierre a roulé sur le parapet et tombe à l'eau accompagnée de ce commentaire :

« Bien fait pour tes pieds, t'avais qu'à pas commencer. Va la chercher maintenant.

— Pauvre cul-terreux !

— Petit prétentieux !

— Pouilleux !

— Fillasse ! »

Tout en entrecroisant leurs propos peu amènes, les deux antagonistes se sont rapprochés, au point de se trouver nez à nez. Julien expédie une claque sur la joue de Pierre qui réplique par un vigoureux coup de galoche et profite de son bref avantage pour envoyer la gaule de Julien rejoindre la sienne. Hors de lui, Julien se rue, tête première contre la poitrine de son adversaire qui va s'asseoir dans un bouquet d'orties dont il rejaillit en hurlant.

Les yeux pleins de larmes, Pierre file sur le chemin du hameau en frottant à deux mains ses cuisses en feu. Resté seul, Julien contemple leur gâchis. Les deux cannes ont entremêlé leurs fils et sont parties à la dérive avant de s'échouer parmi les lentilles d'eau. Comble ! Un des bouchons frétille et plonge… Bah ! Demain il les récupérera en leur jetant une corde lestée d'un caillou. Indifférentes au drame, les pies poursuivent leur va-et-vient et les grenouilles, pour saluer le soleil, entament un chœur désaccordé. Julien se lance sur les traces de son camarade qu'il rattrape au-dessus du petit bois. Ce dernier fait volte-face et lui tend un poing menaçant. « Fiche-moi la paix, sale bouseux ! » Pierre se baisse et envoie un caillou que l'autre esquive en riant. Il poursuit sa montée vers la maisonnette escorté d'odieux ricanements : « Il a qu'à fiche le camp, on sera bien content… Et t'as vu son p'tit cul, il est tout rouge… ». Pierre se retourne et jette des poignées de terre, à la volée : « Tu reviendras plus à la maison ! D'abord, on te l'a jamais dit, mais tu pues ! Tu pues ! ». À distance, Julien fait mine d'attraper le bas d'une robe imaginaire et esquisse une courbette : « Et toi, l'citadin, on t'a jamais dit que t'étais habillé, que t'étais parfumé comme une gonzesse ? » Pierre éclate d'un rire mauvais : « Ha ! Qui c'est qui la porte la robe des petits curés, hein, qui c'est ? » Il fait mine d'agiter une clochette : « Dreling ! Dreling ! »

Pierre attend Julien sous le grand tilleul. Il le voit venir avec son visage triste, plus triste encore qu'à l'habitude.

« Tout à l'heure, je t'ai dis que tu puais… C'est pas vrai.

— Et toi, c'est pas vrai que t'es une gonzesse. »

Les jours s'étirent à n'en plus finir, accroissant la fatigue des paysans, de ceux qui ont échappé aux barbelés, des femmes, des vieux et des enfants qui, tous, se battent pour qu'il y ait quand même une récolte. Le dimanche quand, au village, elle rencontre les parents, l'institutrice fait semblant de s'inquiéter :

« On ne le voit plus votre grand garçon… Il n'est pas malade ? »

Sachant bien qu'on lui répondra, gêné :

« Vous savez, il y a les gros travaux… Et le père qui manque… Saleté de guerre !

— Oh oui ! Saleté de guerre ! »

Et chacun de prendre le ciel à témoin.

Les deux garçons se sont cent fois fâchés et cent fois réconciliés. Julien, entre chaque coup de collier à la ferme, se précipite chez les réfugiés. Dans la journée, ils jouent sur leur vaisseau immobile. Quand la nuit les pousse sous la lampe de la cuisine, la maman de Pierre fait une flambée de brindilles et de pommes de pin, car les soirées sont encore fraîches, et fait chauffer de l'eau pour la tisane. Ce n'est pas que Julien aime tellement ce breuvage, qui lui donne envie de faire pipi toute la nuit, mais c'est pour lui, à l'égal des répétitions, un prétexte pour grignoter une heure, une minute de bien-être. Il tourne dans sa tasse un sucre fondu depuis longtemps. Il voudrait raconter à la dame toutes ses misères qu'elle ne peut pas ne pas deviner, mais qu'importe, ça le soulagerait. Courage ! Au prochain tour de cuillère, il parlera. Peut-être qu'elle pourra faire quelque chose pour sa mère, pour l'empêcher de picoler. Peut-être qu'elle saura expliquer au père que son fils, il ne faut pas toujours lui gueuler après, parce que c'est pas un mauvais gars… Peut-être… Elle sait si bien parler aux gens… Pierre souffle dans sa tasse et le regarde en lui envoyant des nuages de vapeur. Il va sûrement se moquer de lui. Alors la cuillère poursuit sa rotation.

Quand Julien se décide, il parle de choses sans importance :

« Vous savez, M'dame, le gros tilleul, il est à nous. On ramasse jamais les fleurs parce qu'on boit jamais de tisane. Je vous en cueillerai un panier et vous les mettrez à sécher dans votre grenier.

— Mais on n'a pas de grenier à Lyon, on n'habite pas dans une ferme, riposte Pierre.

— Je mettrai ton tilleul à sécher sur notre armoire », dit gentiment la dame avec un sourire.

L'autre nuit, ils ont certainement entendu crier la mère, et le lendemain, ils n'ont pas manqué d'apercevoir le docteur. Il est étonné, soulagé aussi, que les réfugiés ne lui aient rien demandé. Au pays, dès qu'on remarque quelque part le curé ou le médecin, on va aux nouvelles… Des voisins sont passés, mais pas eux.

C'est Pierre qui le ramène entre les murs de la cuisine : « Alors ! Tu n'as même pas regardé la carte, il y a pourtant du nouveau. » Julien se détourne. Sur la carte qui tressaille à la lumière de la lampe, il repère les petits drapeaux plantés tout en haut du rose de la France, juste à droite de cette langue que son pays tire à l'Angleterre. Il s'est levé et, du doigt, désigne les fanions épinglés :

« Alors, c'est ici la Normandie ?

— Oui, c'est ici qu'ils ont débarqué, t'entends plus que ça à la TSF.

— Et chez nous c'est par là, hein ? »

Julien a déplacé son index vers le sud-est de la France et mesure intérieurement l'écart qui sépare les deux points. Allons, les Américains ne sont pas encore au pays. C'est terrible d'en éprouver une sorte d'allégresse.

Pierre chausse en maugréant ses vernis à boucles. Elles ne seront donc jamais usées ces maudites « groles » de curé ? Tiens à la première occasion, il jouera au foot avec des cailloux et marchera exprès dans du goudron frais. Il se peigne avec soin en tirant la langue au miroir tant il s'applique à tracer une raie bien droite. Il peste contre ce vilain épi qui s'obstine à faire un jet d'eau au sommet de son crâne. De son index humecté de salive, il y met bon ordre. Le premier coup de la grand-messe n'a pas fini de carillonner qu'une voix le hèle du dehors : « Pierre ! Ohoo ! Pierre ! » Julien trépigne de l'autre côté de la barrière. « Viens vite avec moi ! Les Chanfray qui remontaient de la messe de sept heures m'ont dit qu'il y avait des prisonniers allemands au village. Grouille-toi, bon Dieu ! » Sans plus attendre, il plonge à toute vitesse dans le sentier. De la barrière, Pierre crie en direction de la maison : « M'man ! M'man ! J'file au village, tu me rejoindras. » Il dévale à son tour la pente avec, en point de mire la silhouette gambadante de Julien dont il tente de freiner la course :

« Attends-moi ! Attends-moi ! » Hors d'haleine, les jambes cassées, il le rattrape près de l'étang.

« Dis-moi Julien, le père Chanfray, il t'a dit où qu'on avait mis les Boches ?

— Dans un bistrot.

— Chez les Boinon ?

— Ouais, chez ta bonne amie.

— Idiot ! »

La chaleur fait vibrer le goudron qui colle aux semelles et donne l'impression, au loin, d'être couvert de flaques d'eau. Le père Chanfray n'avait pas menti. Devant le Café Boinon se presse le village endimanché. Ils jouent des coudes pour atteindre le premier rang. Une haie d'hommes en armes maintient un passage entre la façade du bistrot et un camion bâché dont la ridelle arrière a été abaissée. Les deux enfants contemplent, impressionnés, cette escouade hétéroclite, aux vêtements mi-civils, mi-militaires, aux coiffures de fantaisie, du béret basque au casque de quatorze, le Lebel voisinant avec la Sten, la quadrillée avec le parabellum. Seul, un brassard à croix de Lorraine leur donne un semblant d'unité. La foule s'est soudain figée. La porte du café s'est ouverte sur un personnage étonnant, mi-comique, mi-tragique que les deux enfants ont aussitôt reconnu : l'inconnu au chapeau du bois de la Foux. Il marque le pas, on croirait qu'il va faire un discours. Mais non, il s'avance vers le véhicule, faisant s'écarter les badauds. Au passage, Julien lui adresse un « Bonjour M'sieu » qui ne lui fait même pas tourner la tête, tant il a l'air ailleurs. Il longe le camion et disparaît dans la cabine. Un murmure… On tend le cou, on se hisse sur la pointe des pieds. Un militaire coiffé d'une casquette à galons, vêtu d'un uniforme gris rehaussé d'épaulettes argentées, s'avance poussé par le canon d'une mitraillette, les mains croisées derrière la nuque. D'autres Allemands, en uniforme également gris, mais coiffés d'un simple calot, sortent un par un du bistrot. Chacun les compte mentalement. Ils sont dix, en comptant celui qui doit être un officier.

De tous ses yeux, Pierre regarde ses premiers vrais Boches, ceux dont son père lui a si souvent parlé avec véhémence et haine. Ça des Boches ? Des guerriers sanguinaires ? Mais ils ont l'air tout vieux et marchent en traînant les pieds à la manière des grands-pères. Et que dire de près ! Leur visage ridé, barbu et livide, leurs yeux clignotants ne traduisent qu'une immense lassitude, qu'une immense tristesse. L'un des prisonniers porte autour d'une de ses mains croisées derrière sa nuque un pansement teinté de sang dont la gaze déroulée pend dans son dos comme un drapeau blanc. À les voir ainsi, on ne croirait pas qu'ils sont si méchants. Pierre ne comprend pas la passivité de cette foule. À la ville, on aurait hurlé, montré le poing, craché peut-être. À croire que les gens de Sainelonge n'ont jamais fait la guerre aux Allemands ! Pourtant le monument et sa liste interminable sont là pour le démentir… Pierre se penche vers Julien et lui chuchote, la main en paravent : « Pourquoi que personne ne crie au moins : “À bas les Boches ?” »

Encadré de maquisards, le pauvre troupeau, qui a enfin baissé les bras, est rassemblé à l'arrière du camion. Même de dos, si l'on excepte les uniformes, ils ne sont pas différents des gens d'ici.

Ils n'ont pas la nuque plus épaisse, comme le faisaient croire les images, simplement les cheveux un peu plus clairs… Pierre est déçu, amer. Pourquoi donc son père lui a-t-il toujours raconté des mensonges ? Pour tenter de se convaincre du contraire, il prend Julien à témoin : « Hein qu'ils ont quand même de sales billes ! » Mais non, le cœur n'y est pas. De loin, les deux garçons voient un prisonnier tendre un papier à un spectateur, lui parler avec les mains, tandis que l'autre regarde la chose en hochant la tête. Un maquisard repousse l'Allemand. Le camion se met à ronfler en battant des ailes. Sur un signe, l'Allemand à la casquette grimpe le premier dans le camion. Il doit être vieux ou bien fatigué, car on doit le pousser aux fesses. Le soldat en pansement s'accroche à la bâche et y laisse une marque brune. Deux maquisards armés de mitraillettes montent et ferment la ridelle.

Un bruit de pétarade fait retourner les têtes et lever les armes. Ce n'est que le curé et sa moto. Il se gare devant la poste. Les manches de sa soutane roulées sur ses bras velus, le béret enfoncé sur les oreilles, il pénètre la foule et s'avance jusqu'à la cabine du véhicule. Avec force gesticulations, il interpelle violemment quelqu'un qui doit être l'homme au chapeau. Les enfants perçoivent des bribes de disputes : « Rendrez compte… Otages… Innocents… » La figure écarlate, secoué de tics, le prêtre gagne l'arrière du véhicule et du poing cogne à coups redoublés contre la ridelle qui s'abaisse un instant pour le laisser monter. Le camion pétarade de plus belle et démarre en écartant les badauds. L'un d'eux tend le bout de papier au prisonnier, mais, du fond du véhicule, l'homme fait signe que cela est sans importance.

La foule se réveille, se ramasse, palabre par petits groupes. On fait cercle autour du père du Dolphe et l'on se passe de main en main, comme au jeu de furet, ce bout de papier qui semble brûler les doigts. Quelques lunettes cerclées de métal sortent des poches. En se hissant sur la pointe des pieds, Pierre découvre qu'il s'agit d'une mauvaise photo, sale et toute écornée. Dessus, on devine une femme coiffée d'un chignon serrant contre ses joues deux petites filles. « Saloperie de guerre… Si c'est pas malheureux… Cré vingt Dieu ! » disent les hommes dans un hochement de tête. Peu à peu, les groupes se dispersent. Les hommes entrent dans les cafés et les femmes se rendent à l'église. Elles ont compris que ce dimanche il n'y aura pas d'office pourtant elle s'y rendent en foule par habitude ou pour autre chose qui échappe aux enfants.

Pierre et Julien se heurtent à l'institutrice qu'ils n'avaient pas remarquée dans la cohue. Puisqu'elle a tout vu, elle doit savoir :

« M'dame, questionne Pierre, vous savez où qu'ils les conduisent ? »

Elle semble gênée, s'attarde sur le coq de l'église.

« Non, je ne sais pas, et puis ce ne sont pas des affaires de votre âge. »

Pierre revient à la charge :

« Ils vont les mettre en prison ?

— Mais oui… Il faut l'espérer… »

Julien intervient :

« M'dame, ça se pourrait que ça soye eux qu'ont pris notre copain David ? »

L'institutrice dévisage les enfants avec un triste sourire :

« David… Non mes petits, certainement pas. »

Elle montre d'un geste du menton la route empruntée par le camion :

« Eux ils n'ont rien fait. Rien que cette malheureuse guerre. »

De la main, elle balaie la place :

« De braves gens, comme ceux d'ici. »

Ce dimanche après-midi touche à sa fin. Julien ramène son troupeau du Vire, un coin ainsi baptisé à cause des charrettes qui ont dû rouler sur sa pente abrupte. Parti à sa rencontre, Pierre s'est dissimulé dans les basses branches d'un frêne. Julien laisse filer ses bêtes et s'arrête à quelques pas de l'arbre :

« Descends de ton perchoir, idiot. Si tu crois que je t'ai pas vu (Il esquive un morceau d'écorce). Eh con ! Écoute plutôt ce que je viens d'apprendre. Les Boches de ce matin… Ben, mon vieux, ils les ont fusillés… Tous. Même que ça s'est passé dans la carrière au Jules Denis.

— C'est pas vrai, dis !

— Parole ! »

La nouvelle a glacé Pierre. Son cœur s'est mis à battre la chamade. Pourtant il s'efforce de crâner :

« C'est bien fait pour leurs pieds, ça en fera toujours dix de moins. »

Julien s'est assis sur une pierre plate, à l'aplomb de l'arbre. Lui, la mort des Allemands le laisse étrangement indifférent, comme l'idée de sa propre mort. Il devine que le sort de ces hommes est une injustice. Et alors ? Elle est son pain quotidien, l'injustice. Une brindille lui échoue dans les cheveux, une voix tombe des branches :

« Et pourquoi qu'on les a fusillés ?

— Paraît que c'est à cause des maquisards qu'ont été torturés et tués.

— Et ce sont les Boches de ce matin qui ont fait ça ?

— Non, c'est pas eux.

— Alors, pourquoi ?

— On les a fusillés en représailles, c'était des otages, comme on les appelle.

— Mais puisque tu dis que ce n'était pas eux ! »

Debout sur une grosse branche, les bras accrochés au tronc, Pierre revit le pitoyable défilé de ces soldats vieillis de fatigue et de peur aussi, parce qu'eux devaient savoir… L'homme au pansement… L'homme à la photo… Tous les autres avaient peut-être la même photo dans leur portefeuille. Son père a bien la sienne. Et si son père était pris en otage, fusillé ! Non ! Ce n'est pas possible, il serait trop malheureux. La guerre ce n'est donc pas, comme le gendarme et le voleur, le bon contre le méchant… Ce serait des papas qui se battraient entre eux…

Le froid de la pierre fait se lever Julien. Il rejoint son troupeau qui, en attendant son berger, broute paisiblement l'herbe du talus. Lui aussi imagine qu'un jour on pourrait prendre son père en otage qu'on pourrait le fusiller. Alors, il y aurait plus personne pour cogner sur les bêtes, plus personne pour lui gueuler après ou après la mère. Tiens, il en aurait moins de chagrin que pour sa Marquise. Et c'est pas son vieux qui aurait une photo de son fils dans son portefeuille. Il n'a même pas de portefeuille. Ses sous, il les trimbale dans du papier journal. Parvenu à l'angle du sentier, Julien se retourne et pointe son bâton vers le frêne :

« Pan ! Pan ! T'es mort !

— À moi, je suis mort ! »

Et Pierre se laisse choir, se rattrape à une branche avant de glisser mollement au sol.

Ce matin, Julien était en avance. Sans attendre son copain, il a filé sur le sentier des crêtes. Il a dû s'armer de courage pour frapper à la porte du maire. C'est la mère de Laurentine qui a ouvert, une grande haridelle pomponnée et mal gracieuse. « Ah, c'est rien que toi, Julien… Ne salis pas avec tes galoches ». Elle a filé sur deux patins de tissu, le laissant planté sur le seuil. Mon Dieu, que c'est beau chez eux ! Et pourtant ce sont des paysans comme ses parents. Le parquet, les meubles cirés exhalent leur odeur d'encaustique, des rideaux immaculés, plissés en vagues, filtrent la lumière. Dans un angle, une horloge fait aller et venir sur son ventre un balancier de cuivre plus brillant qu'un soleil. Il s'imagine dans ce décor avec Laurentine… La voilà, justement, qui apparaît, patins aux pieds. Sans même un bonjour, elle écarte Julien et s'en va sur le sentier, la mine renfrognée.

Il la rattrape.

« C'est drôlement beau chez toi…

— C'est comme partout. »

Faute de pouvoir lui conter ses aventures au bois de la Foux… « Même aux filles », leur avait dit l'inconnu… il lui parle des prisonniers allemands qu'il a vus de ses propres yeux et qu'on a exécutés.

La gamine marche d'un pas alerte et chantonne, les yeux sur l'horizon, exprès pour montrer qu'elle se désintéresse de lui et de ses histoires.

« Tu sais, Laurentine, t'es plus comme avant... Tu veux plus qu'on se marie ? »

Elle poursuit son chemin en levant les yeux au ciel d'un air excédé.

« Dis, Laurentine, t'avais pourtant promis...

— ... »

Julien la saisit brutalement par le bras, l'obligeant à s'arrêter et à lui faire face.

« Tu me fais mal, proteste-t-elle en se dégageant, d'abord je t'ai rien promis du tout... Et regarde mon bras, ça marque !

— Si, t'avais promis ! Et t'as quand même pas oublié le mur derrière chez toi, non !

— Oh, tu penses ! Allez, laisse-moi, on va être en retard ! »

Laurentine a repris son pas alerte, escortée de Julien qui gesticule et tremble de colère :

« C'est Pudu, hein ! À moins que ça soit le Grand Zef... Oui c'est le Grand Zef, je le sais parce que je vous ai vus, et y en a d'autres qui vous ont vus.

— ...

— C'est le Grand Zef, hein !

— Et bien oui... Et puis, zut ! Ça te regarde pas !

— Mais il est con, le Grand Zef !

— Moins que toi, mal élevé. »

Laurentine s'est arrêtée et lance à Julien un regard furieux :

« Tu veux savoir ? Eh bien, je vais te dire. Lui, c'est pas le fils d'une saoularde, lui il est pas crasseux, lui, plus tard, il sera gendarme comme son père était, alors que toi, toi... Regarde-toi ! Tu seras jamais qu'un rien du tout ! »

Atterré, le jeune garçon réplique n'importe quoi :

« Et toi, t'es bien la sœur d'un mal foutu, c'est pas pour ça... Et puis, merde ! Ton Zef, je vais le tuer, t'entends !

— Il est plus fort que toi, alors c'est lui qui te tuera. Essaye donc !

— Sûr, oui ! »

Plantant là Laurentine, il se rue vers le village, comme un fou, ponctuant sa course insensée de cris de rage, de haine : « Fumier ! Salaud ! Ordure de Zef ! » Il n'entend même pas l'appel de Pierre qui l'a aperçu de loin et s'égosille tout en le poursuivant : « Julien ! Julien ! Attends-moi ! Zut ! ».

Julien s'engouffre dans le couloir, envoie sur le cul le Dolphe en train d'accrocher sa veste au portemanteau, et pénètre en trombe dans la classe. Sa musette jetée sur la table, il cherche des yeux le Grand Zef qu'il repère le nez plongé dans son bureau ouvert. « Salaud, je vais te casser la gueule ! ». Avant que l'autre ait esquissé le moindre geste, Julien lui a envoyé sur le crâne le battant de son bureau. Profitant de son avantage, il plonge par-dessus le meuble et les deux adversaires roulent au sol, faisant pleuvoir les chaises dans un vacarme assourdissant. Encore pantelant du coup reçu sur la tête, le Zef reçoit illico le poing de Julien en pleine figure. Il s'écroule sous son bureau en poussant des hurlements : « L'salaud ! Y m'a cassé une dent ! »Il se relève avec une telle rage qu'il bascule le meuble avec son dos, envoyant, pêle-mêle, sur le plancher cahiers, livres, encriers et plumiers. Il ne peut éviter un coup de galoche dans les côtes, auquel il réplique par un terrible coup de poing au ventre. Julien ouvre grand une bouche muette en quête d'une goulée d'air, puis tombe à genou sur le plancher maculé d'encre. Le Grand Zef, avec un cri de victoire, lui saisit à deux mains la tignasse et se met à lui cogner la figure par terre, tandis que les jeunes spectateurs encouragent les belligérants : « Vas-y le Zef !... Défends-toi Julien !... Tue-le !... » Le visage ensanglanté de son copain donne à Pierre le courage de se jeter dans la bagarre. Une main l'attrape au col et le rejette en arrière à moitié étranglé. Pudu !

« Attention les gars ! Paille-de-Fer ! » Une voix aiguë a donné l'alarme. Sur le seuil, elle marque un temps d'arrêt, lève les bras au ciel, puis se précipite, écartant sans ménagement les enfants. Debout épaule contre épaule parmi les meubles ravagés, les deux adversaires s'apprêtent à subir un orage qu'ils jugent imminent et les rapproche instinctivement. Zef se palpe les dents, une à une, pour juger des dégâts et expédie sur le sol un crachat sanglant. Courbé en deux, Julien suit la chute des gouttes de sang qui dégringolent de son nez tuméfié. Mélangé à l'encre, cela fait de curieux dessins sur le plancher. Il renifle, essuie ses narines du dos de la main qu'il passe sur le fond de sa culotte. Leur figure, leurs mains, leurs jambes, leurs vêtements sont criblés d'encre. Sur les joues elle leur dégouline comme des larmes. De l'autre côté du rempart des chaises et du bureau renversés, l'institutrice laisse couler son trop-plein de colère et d'amertume :

« Deux sauvages ! Deux voyous ! Voilà ce que vous êtes. Vous vous êtes mis dans un bel état… Regardez-vous ! Et la classe… Des deux mains, elle montre le carnage. Vous serez punis sévèrement, peut-être renvoyés… »

Silence. Les deux coupables fixent attentivement leurs pieds.

« Et d'abord pourquoi cette bagarre de chiffonniers ? »

Nouveau silence. Binoclard souffle derrière lui, suffisamment fort pour être entendu :

« C'est à cause de Laurentine, pardi.

— C'est une histoire de fesse », croit bon de clamer tout haut Pudu qui se taille un beau succès.

Julien tourne vers Pudu un œil haineux :

« Ta gueule, toi ! »

Paille-de-Fer fait mine de ne pas avoir entendu ce dernier échange. D'une voix radoucie, elle s'interroge à la ronde :

« Qui est donc cette demoiselle ?

— Laurentine, Madame, c'est la frangine au Boiteux, explique Binoclard.

— La sœur de François, veux-tu dire… Et alors ?

— Alors… Alors, intervient Momo, elle est vachement chouette… »

Pour appuyer ses dires, ses deux mains tracent dans l'espace une silhouette aux rondeurs suggestives, ce qui ne manque pas de déclencher une tornade de rires et de sifflets admiratifs.

Un sourire vite réprimé, l'institutrice tourne à nouveau vers les coupables un visage sévère :

« Toi, Joseph, non seulement tu ne travailles pas, mais tu empêches les autres de travailler. S'il revenait, ton malheureux père ne serait guère fier de toi. Quant à toi, Julien, cette année tu semblais enfin sur la bonne voie, j'ai dû me tromper… Je préviendrai vos parents. »

Le Grand Zef s'absorbe plus que jamais dans la contemplation de ses godasses, en se tortillant les doigts, l'air plus contrit qu'il ne faudrait, tandis que Julien, abandonnant ses doigts rongés au sang, relève soudain la tête et défie l'institutrice :

« Mes parents ! Dites, M'dame, vous les connaissez mes parents ? Eux les connaissent. Il montre la classe d'où s'élèvent quelques ricanements. Alors ce que je peux m'en foutre de ce que vous leur direz à mes parents, ce que je peux m'en foutre de vous et de tout le monde. Et puis merde ! Merde ! »

Julien donne un coup de pied dans le bureau renversé, piétine un cahier, éclate en sanglot et se précipite vers la porte qu'il claque furieusement.

Le Boiteux s'est levé. De sa main valide, il ramasse les chaises, remet le bureau sur ses pieds. Sans s'émouvoir d'un sonore : « Lèche-cul, va ! » il entreprend le ramassage des cahiers et des livres souillés d'encre et de sang qu'il met à sécher sur le bureau. Venus au secours de l'infirme, Pierre et le Dolphe, procèdent, à quatre pattes, à la cueillette des crayons, des porte-plumes, des gommes qu'ils fourrent dans les plumiers. « Salaud », grince le Dolphe, « Ça se paiera », approuve Pierre à l'adresse du Grand Zef qui les a laissés sans bouger remettre de l'ordre dans le champ de bataille.

L'institutrice a regagné son estrade. La voix encore frémissante, elle semble s'adresser à la porte :

« Mais qu'a-t-il donc votre camarade Julien ? Il sera puni, pour l'exemple… ».

Le frère de Laurentine a regagné sa place, il claque des doigts :

« S'il vous plaît, madame !

— Quoi donc encore ?

— Madame, on a réparé les bêtises au Julien, alors faudra pas trop le punir, parce que vous savez pas, Madame, mais il est malheureux, le Julien. »

Le regard qu'a tourné vers Pierre l'infirme est chargé de reproches : « Pourquoi que tu n'as rien dit, toi ? » Sur son cahier, la plume du jeune réfugié s'est mise à griffonner des nuées de flèches.

XI

Juillet 1944

Attablés devant leur soupe, Pierre et sa mère ont sursauté sous les coups frappés à la porte. On frappe si rarement, et jamais aussi fort. Avant d'y avoir été invitée, paraît sur le seuil l'ombre inquiétante du voisin. Ses yeux clairs cillent sous la lumière de la lampe. C'est la première fois que Pierre le voit nue tête, sans cette casquette qu'il tourne entre ses gros doigts. C'est aussi la première fois qu'il le voit sans cette joue gonflée par la chique qu'il a dû cracher sur la terrasse. Pierre a rapproché sa chaise de celle de sa mère. Les yeux du bonhomme fuient vers le plafond. Il se racle la gorge, fait mine de cracher, se ravise, avant de lâcher de sa voix grave et saccadée :

« Z'auriez pas vu l'Julien, des fois ? L'était à l'école, oui ?…

— Oui, M'sieu », souffle Pierre, après avoir quêté l'avis maternel.

Le visiteur passe de la contemplation des poutres à celle de ses sabots bouseux :

« L'est pas rentré, l'Julien… Les bêtes… Les foins… Putain ! »

La maman de Pierre répète machinalement :

« L'est pas rentré, l'Julien… »

Pétrifié, Pierre la voit soudain se dresser, toute frêle, et hurler à la figure du voisin :

« S'il n'est pas rentré, c'est de votre faute ! Ce n'est pas une bête, votre fils, vous m'entendez ! C'est un enfant ! Un enfant ! »

Ses mains tremblantes remontent une mèche qui s'obstine à lui tomber sur le nez. Un ton plus bas, sa voix se fait dérisoirement menaçante :

« Alors quand il rentrera votre fils, vous ne le toucherez pas, vous m'entendez. Vous m'entendez ! Je vous l'interdis ! »

Le paysan enfonce sa casquette sur le crâne, grogne quelques mots qui ressemblent à « P'tit fumier… Sagouin… » et disparaît en claudicant.

« Juliennnn ! Juliennnn ! Ohoooo ! » Depuis le matin, la campagne résonne de tous les appels des voisins. S'il ne manquait les chiens et les fusils, on se croirait à une battue au sanglier. Pierre n'est pas allé à l'école. Chercher son copain est un jeu passionnant, un cache-cache pour de vrai, et qu'il doit gagner pour montrer aux autres qu'il est le plus malin. Il a fouiné en vain dans tous leurs coins secrets : l'île aux cocotiers, la maison suspendue dans le vieux frêne du Parc… Il a même jeté un regard craintif sur la surface de la mare. « Julien ! C'est moi ! Montre-toi ! » Il a croisé plusieurs fois le père de Julien qui battait la campagne, aiguillonné sans doute par la perspective d'une formidable raclée. En fin de journée, le vieux, toujours impénétrable, boitait si bas qu'il tenait à peine debout.

La pénombre efface les couleurs de la nature. Dans moins d'une heure, il fera nuit. Si Marquise était encore de ce monde, Pierre lui ferait sentir une chaussette ou un mouchoir de son maître et, comme il l'a lu souvent, l'animal le conduirait droit vers sa cachette. Pauvre Marquise… Marquise ! Mais oui, pourquoi n'y avait-il pas pensé ? Julien a dû se terrer là-haut, au sommet du crêt.

À mi-pente, il lance un appel étouffé : « Julien ! T'es là ? » Aucun écho, pourtant il est certain que Julien est caché par là, au milieu des genêts. Il essaie de se repérer à la forme des conifères. Le trou doit être par là. Il y est. Et Julien aussi. Il est assis sur le bord de la fosse, les jambes pendantes.

« On te cherche depuis hier, Julien !

— Je sais, j'ai entendu.

— Alors pourquoi que tu réponds pas ? Pourquoi que tu rentres pas chez toi ?

— J'ai plus de chez moi… D'abord, j'veux mourir.

— T'as déjà essayé une fois, t'as été malade et c'est tout.

— T'inquiète, c'te fois, j'me louperai pas… Regarde. »

Julien retrousse la manche de sa veste, sort son Opinel qu'il ouvre en le cognant sur une pierre, puis il passe le tranchant de la lame sur sa peau. Une estafilade ponctuée de quelques gouttelettes de sang…

« Mais tu est complètement fou, Julien ! »

Pierre se baisse, tend la main, mais le couteau a déjà disparu dans la poche de Julien.

« Demain, je serai mort…. Y paraît que comme ça, ça fait pas mal… Alors tu me mettras dans le trou, tu boucheras et tu planteras des genêts sur ma tête. Personne ne saura où je suis et ça les fera chier. »

À côté de lui, Julien arrache un brin de genêt en fleurs. Il jette les pétales au fond de la fosse.

« Hein que c'est beau les genêts au printemps… »

Pierre s'est assis de l'autre côté du trou. La nuit est claire sous la lune. Il devine sur la figure de Julien les traces de la bagarre avec le Zef. Il s'est salement fait amocher… Cette histoire de couteau, ce n'est que pour lui faire peur… Comme quand il voulait couper les parties du Binoclard. Il n'oserait jamais !… Et puis même… Après tout, il n'avait qu'à pas s'accrocher à sa mère et Pierre n'a jamais aimé partager…

Pierre s'est mis debout. Du sommet de la colline, il retrouve la horde familière des cyclopes.

« Tu sais, Julien, je me souviens des lumières : tiens, celle-là, c'est la ferme du braconnier, cette autre, la ferme des méchants… Ah ! Et celle-là… la ferme du Boiteux. »

Il l'a fait exprès, pour faire réagir Julien. Mais ce dernier continue de contempler le fond du trou.

« Laurentine aussi, c'est bien fini. Elle m'a dit que j'étais un crasseux, un rien du tout, un fils de saoularde… Elle a raison, après tout. »

Il croise les bras, glisse les mains sous ses aisselles et, animé d'une sorte de bercement d'avant en arrière, il se met à geindre :

« J'ai froid… J'ai froid…

— Bien sûr que tu as froid, t'as rien mangé et t'es même pas habillé… C'était pas la peine de me voler mon tricot, tu le mets pas. »

Julien relève enfin le nez :

« Tu veux savoir pourquoi j'le mets plus ? Eh bien, j'vais te dire, ma vieille l'a foutu au feu.

— Au feu ? Mais elle est folle ta mère !

— Oui, elle est folle, complètement folle. »

Il s'est dressé au milieu des genêts et, les mains en porte-voix, clame aux quatre points cardinaux :

« Ma mère est folle ! Ma mère est folle ! »

« Folle… Folle ! » lui renvoie une colline, en même temps que se déclenchent les aboiements graves d'un chien à sangliers. Pierre tire Julien par le bas de sa veste : « Idiot ! On va savoir que t'es là. » Julien se rassied les pieds dans le trou : « C'est vrai, ma mère, elle sait plus ce qu'elle dit, ni ce qu'elle fait. Elle prépare même plus à bouffer… » Le chien s'est tu enfin. Julien, après un silence, continue de monologuer : « J'crois que mon père aussi est dingue… L'autre soir, il a monté les tonneaux de la cave et leur a tapé dessus à grands coups de masse. Si t'avais vu tout ce pinard qui coulait dans la cour et se mélangeait au purin… C'était dégueulasse. Et mon vieux qui gueulait après les barriques comme si c'était des gens. "Tiens donc, fumier ! Et tiens donc encore, salope !" Il a cogné jusqu'à ce qu'il reste qu'un tas de bois et de cerceaux. Après, il est allé à l'écurie et il a continué à taper sur les bêtes, au hasard. »

La brise est tombée, redonnant à la nuit un peu de tiédeur. Le clocher annonce dix heures. Pierre baille ostensiblement :

« C'est tard et demain il y a l'école.

— Finie l'école ! Et d'abord à quoi que ça m'aurait servi ? »

Il montre ses mains abîmées. Debout, Pierre tire Julien par le bras, mais l'autre résiste de tout son poids.

« Allons, Julien ! Il faut partir !

— Pour aller ?… D'abord, si je rentrais chez moi, mon père me tuerait à coups de trique, alors tu vois… »

Pierre s'est éloigné dans les genêts.

« Allons ne fais pas l'idiot. C'est pas vrai, t'es pas seul, t'as tes copains… Viens ! Viens, merde ! »

Mais Julien s'est pelotonné, la tête sur l'oreiller de son bras :

« Fous-moi la paix et tire-toi ! »

Il remonte le col de sa pauvre veste et ferme les yeux.

« Demain, je me serai tué et je reverrai ma Marquise… Alors je serai bien, mais bien… »

« Pierre, il fait nuit noire, mais où étais-tu donc ? »

L'enfant s'est assis devant son bol de soupe.

« Je cherchais Julien, M'man, avec les autres.

— Et tu ne l'as pas trouvé ?

— Non, je l'ai pas trouvé…

— Pourvu qu'il ne lui soit rien arrivé.

— Tu sais, ça n'empêchera pas son père de sucer sa chique et sa mère de boire sa gnôle. Alors pourquoi que toi tu t'inquiéterais ? »

Le repas est silencieux. Pierre observe sa mère à la dérobée, elle ne touche qu'à peine à son souper. Il devine qu'elle pense à l'autre… Toujours l'autre. Exprès, il renverse son verre. Elle éponge et se rassied sans mot dire.

Les yeux ouverts sur les poutres éclairées par la lune, Pierre entend sa mère se retourner, faire grincer les ressorts de son lit.

—« M'man, tu dors pas ?

— Non.

— C'est à cause de Julien ? Mais il est rien…

— Il est malheureux, c'est tout. »

La lune déplace l'ombre des poutres. Pierre y voit naître des croix. L'une est plantée au bord de la fosse au fond de laquelle est couché Julien. Son père lui jette dessus des pelletées de terre. Il étouffe, il se débat, mais la terre tombe toujours…

« M'man ! »

Son cri a assis sa mère sur le lit.

« Qu'as-tu ?

— M'man, je sais où il est Julien.

— Tu sais où il est ? »

Elle a brûlé plusieurs allumettes pour éclairer la lampe. Pierre a glissé la tête sous sa couverture pour fuir la lumière et le regard interrogateur de sa mère.

« Pourquoi m'as-tu menti ?

— Parce que !

— Parce que quoi ?

— Parce que ! »

Pierre devine que sa mère se lève et s'approche de son lit. Elle abaisse de force la couverture. Il se cache les yeux derrière son avant-bras replié.

« Tu vas me dire où est ton camarade, et tout de suite !

— Sur le crêt… Tout en haut. »

Il a entendu claquer la porte et crisser le gravier. À plat ventre sur son lit, il frappe à coups de poing son oreiller qu'il mouille de ses larmes : « Il pue ! Il pue !… »

Seul à nouveau dans cette nuit affreuse, ce décor funèbre, Julien a serré les dents. Il n'est pas une fille, il ne pleurera pas. Il a ressorti son Opinel et l'a posé dans l'herbe, tout près de son visage. Tout à l'heure… Il a le temps… Devant ses yeux, le « J » et le « L » gravés sur le manche se brouillent, s'entremêlent. Il a tellement sommeil, tellement sommeil… Il rêve. Une grande ville. Il sort d'une école pour riches. De l'autre côté de la rue bordée de platanes, quelqu'un l'appelle : « Julien ! » Il court comme un fou entre les voitures et se jette dans les bras de sa mère. Mais ce n'est pas sa mère, c'est Elle !

« Julien !… Julien !… » Il sourit, le nez dans les herbes et déplie l'oreiller de son bras engourdi. Des doigts se promènent sur son cou, dans ses cheveux. En une seconde, il est sur son séant, les yeux écarquillés. Il voit comme un brouillard, presque transparent, se pencher sur lui. Il recule sur ses fesses jusqu'à ce qu'il soit bloqué par un tronc de genêt… « Julien… Viens… Viens… » Agenouillée, elle lui tend les bras et l'attire contre elle. Il s'enfouit soudain contre cette épaule dénudée, cette poitrine sous la fine chemise… Enivré d'odeur et de tiédeur. Les paupières serrées de peur de s'éveiller, il se blottit plus fort encore. Elle l'embrasse dans les cheveux et se libère de l'enfant. Elle se lève et chasse de la main les herbes collées sur le devant de sa chemise.

« Julien, tu vas dormir à la maison, demain tu rentreras chez toi. Viens ! »

Mais lui, désemparé, reste à genoux. Son couteau a disparu.

« Vous savez pas, mais demain mon père y me tuera. »

Elle remet debout l'enfant, l'attrape par les épaules et lui parle lentement en plongeant ses yeux dans les siens :

« Écoute-moi, ton père ne te touchera pas, tu m'entends, je te le promets.

— Et pourquoi qu'il me toucherait pas ?

— Parce qu'il aura peur.

— De vous ?

— Oh, non ! Pas de moi… »

Dans une main elle serre le couteau, de l'autre elle prend la main de l'enfant et le traîne au bas de la colline, à travers les champs inondés de lune.

Au-delà des vitres crasseuses, sa mère avachie sur une chaise regarde obstinément quelque chose qui ne doit exister qu'au fond de sa cervelle malade. Des mouches butinent sa blouse sans se soucier de la palpitation des mains sur ses genoux. Quand son fils est rentré, elle a gardé les yeux fixés sur ses hallucinations. Mêlé à l'odeur de renfermé et de fiente, Julien a soudain perçu un parfum inusité, comme une odeur de tabac. Pas celui que fument les paysans. Un tabac qu'on aurait trempé dans du miel…

Julien a terminé sa terrible nuit étendu sur une drôle de chaise toilée que la dame lui a dépliée dans la cuisine : « C'est un transat, comme sur les gros bateaux qui traversent l'Atlantique... » Elle l'a bordé jusqu'au menton avec une couverture à carreaux, lui a répété : « Ne crains rien », puis elle a disparu dans l'escalier. Il a entendu son pas, mais, bien vite, il s'en est allé pour un long périple marin, chez les pirates des Caraïbes, les sauvages du Pacifique, les pingouins du pôle. Après bien des années il est revenu au pays, coiffé d'un casque d'explorateur, la tête pleine d'aventures fabuleuses qui ont laissé pantois Pierre, le Zef et aussi Laurentine. Quand l'aube l'a réveillé et ramené dans la cuisine, il a cru voir la maman de Pierre ouvrir la porte d'entrée, se retourner vers lui, un doigt sur les lèvres, et refermer derrière elle sans bruit.

Sur la table, Julien dispute aux mouches, qu'il chasse de son béret, un quignon rassis et un oignon fripé comme une vieille. Il claque la porte derrière lui. Dehors, il aspire goulûment l'air qui sent bon le foin. Assis sur les marches brûlantes, il épluche avec un soin méticuleux son oignon, pour oublier le reste. Il mord une fois le pain, une fois l'oignon et mâche longuement, les yeux sur un pissenlit en fleurs qui a poussé dans un joint de pierre, bravant les sabots et les galoches. Sa corolle jaune, inclinée vers le soleil, semble respirer un bonheur simple et fragile. Julien allonge la jambe et écrase la fleur sous le bois de sa semelle tachant le granit d'un magma verdâtre.

Un pas inégal, qu'il ne connaît que trop, attaque les marches et le tasse sur lui-même, les mains sur la tête. Son père est là, ses gros poings serrés à quelques centimètres de son visage. Il passe. Il est passé. « Il ne te touchera pas, je te le promets… » La dame ne lui a pas menti. Son vieux, de quoi, de qui peut-il avoir peur ?

« Allons, Pierre, lève-toi ! Tu vas être en retard… ».

Combien de fois doit-elle se répéter, se fâcher parfois, pour le tirer du lit. Aujourd'hui, il s'est mis debout au premier appel, l'humeur joyeuse. Parce que c'est son dernier jour de classe. On va rendre les livres et on ne fichera rien. Certainement l'institutrice commencera le premier chapitre d'un livre et n'ira jamais plus loin. C'est ainsi qu'à la ville, il avait ingurgité trois fois le premier chapitre de *Sans Famille*… Bien que Pierre se soit dépêché, Julien est déjà assis sous le gros tilleul. L'un derrière l'autre, ils se fraient un passage entre les plantations de maïs et de topinambours. Pierre étend le bras pour casser du tranchant de la main deux ou trois tiges fleuries de topinambours. Une manière de se venger de ces saletés de tubercules qui ont si mauvais goût. Pour opérer, il traîne un peu, parce que le jeune paysan lui a déjà dit que ces choses-là ne se faisaient pas. Ils longent en silence l'île aux cocotiers pour ne pas éveiller les pirates. Ils balancent sur l'étang une poignée de gravillons pour entendre pleuvoir. Ils galopent sur le bitume en imitant le claquement des sabots des chevaux attelés, tout en échangeant quelques phrases brèves :

« Hé, Julien ! L'autre matin quand t'es rentré, il t'a rien dit ton père ?

— Non, rien.

— Pourquoi qu'il t'a pas cogné ?

— Va savoir… »

La conversation reprend quelque cent mètres plus loin.

« Et ta mère, elle t'a rien dit ?

— Non, rien.

— Pourquoi qu'elle t'a rien dit ?

— Parce qu'elle dit plus rien à personne… »

Pierre a remarqué que, de jour en jour, depuis sa fugue sur le crêt, Julien s'en allait à la dérive. Ses nippes sont encore plus délabrées, plus fripées. Sur sa figure, le long de son cou, serpentent des traînées grisâtres. De la cire orangée parsème les replis de ses oreilles. « Tu as de beaux cheveux… » lui avait dit un jour sa mère… Les beaux cheveux sont bien vite retournés à leur laideur, à leur désordre. Pauvre Julien… Pierre, en dépit de son égoïsme d'enfant gâté, a le cœur un peu serré, mais il ne lui dira pas qu'il est son copain, qu'il le plaint. Ça jamais !

Une auto les rattrape et stoppe à leur hauteur. Sa carrosserie est lépreuse, son toit est chargé de deux grosses bouteilles de gaz. Le chauffeur abaisse la vitre, c'est le docteur. Du bout de sa main où fume une cigarette, il désigne Julien : « Ta mère ? » Julien hausse les épaules à deux reprises. Dans son nuage de fumée, l'homme a l'air fatigué, amer. Ses doigts, jaunis de nicotine, pianotent sur la portière. « Tu sais, je ne peux rien faire de plus. Faudrait l'envoyer à l'hôpital, et encore… » Julien, du bout du pied, pousse un caillou sur le bitume. Le médecin expédie son mégot qui continue de fumer sur la chaussée et se force à sourire :

« Alors les gamins, les vacances, c'est pour bientôt ?

— Oui, M'sieu, ce soir.

— Veinards va !… Allez montez, ça vous avancera. »

Les enfants ouvrent la portière arrière.

« Z'in-quiétez pas, ça ne craint rien », dit le médecin en se retournant et en balayant de la main la banquette. Des boîtes, des flacons multicolores échouent sur le plancher. Tout en conduisant, il bat la molette d'un briquet et allume une cigarette. Surpris, Pierre constate qu'il n'a pas de cendrier, tout va par terre. Le docteur salue de la main le cantonnier dont seul le haut du corps dépasse les coquelicots du talus. À chaque virage, les médicaments courent d'une portière à l'autre.

Les yeux dans le rétro, le conducteur interroge :

« Alors, cette année, ça a marché à l'école avec Paille-de-Fer ?

— Oui, M'sieu, répond Pierre, surpris que le docteur connaisse le surnom de leur institutrice.

— Et que veux-tu faire quand tu seras grand ?

— Docteur, M'sieu. »

Le praticien marque un temps, jette son mégot sur le plancher et l'écrase du talon. Il réplique avec une certaine hargne : « T'as tort, gamin ! T'as tort !... Métier de fou... » Juste à l'entrée du village, le chauffeur s'est retourné un instant vers Julien qui est resté silencieux :

« Et toi plus tard ?

— Oh, moi M'sieu... »

La voiture s'arrête devant la forge. Les deux garçons bataillent un instant avec les poignées de portière. « Au revoir, m'sieu... Merci, m'sieu. »

À l'angle de la place, Pierre fait une brusque volte-face et heurte Julien :

« Chut !...

— Merde, mes pieds ! C'est quoi ? »

Sans attendre d'explication, Julien avance prudemment la tête au-delà du mur. Il ne voit que la boulangère qui nettoie ses vitres, un couple de moineaux autour d'une bouse et un chien assis devant une porte close. C'est alors qu'il découvre une silhouette juvénile adossée à la murette du tilleul.

« J'vois que la Francine…

— Justement.

— Justement quoi ?

— Elle me casse les pieds.

— Alors c'est plus ta promise ?

— Zut ! Et puis, si elle te plaît, t'as qu'à aller lui dire. »

Perplexe, Julien scrute à nouveau la place. La gamine s'éloigne lentement, pimpante dans sa robe d'été, puis disparaît derrière l'église. Julien avance à découvert :

« Ça va, tu peux t'amener. »

Barrant la porte de l'école, Julien revient à la charge :

« Elle va être malheureuse, ça se pourrait…

— Tu parles, elle en trouvera un autre. De toute façon, je vais bientôt partir…

— T'es rien qu'un dégueulasse. »

Pierre le bouscule et file dans la cour de récréation.

Julien a pendu sa veste et sa musette au portemanteau. Un moment, du fond de la pénombre, il regarde la porte de la cour ouverte sur le soleil et les cris d'allégresse, puis il va s'asseoir sur la plus haute marche des escaliers, son coin favori. Entre les barreaux de la rampe, il découvre Pierre en conversation animée avec ce fumier de Grand Zef et ce faux jeton de Binoclard. Il doit leur conter des histoires drôles car ses interlocuteurs éclatent de rire, tout en mimant on ne sait quoi. Ils se fichent peut-être de sa mère, de Francine, à moins que ce ne soit de Laurentine. Laurentine… Julien appuie son front contre le froid du métal et ferme les yeux. Il y aura toujours des barreaux entre lui et les autres… Il retrouve David assis sur ces mêmes marches entre lui et le Boiteux. Des pas vernis, comme lui. C'est pas David qui l'aurait trahi avec des Zef ou des Binoclard. Mais David est mort maintenant, il le devine, il en est certain. Un peu par sa faute… Si on l'avait laissé mourir sur son crêt, ils se seraient retrouvés au paradis. Mais, est-ce que ça existe seulement, ces trucs de curé ?

À travers la porte des WC, un élève pas dégoûté braille à tue-tête : « Vive les vacances, à bas les pénitences… » Pour chanter aussi faux, il n'y a que le Momo. Le voilà justement qui apparaît, remontant ostensiblement ses bretelles. Momo va rejoindre le groupe, déjà grossi du Dolphe et des Tondus, au milieu duquel se pavane Pierre. Ils conspirent, tête contre tête. Le Grand Zef s'avance vers la porte du jardin de Paille-de-Fer, et bricole la serrure. Tout le monde s'engouffre dans le jardin, laissant à l'entrée un des Tondus en position de guetteur. Les hautes branches du cerisier s'agitent par-dessus le mur. Julien voit apparaître une main qui happe et jette des poignées de cerises au milieu d'appels étouffés. Autrefois, il aurait été le premier dans l'arbre. Aujourd'hui, il trouve ce jeu de cache-cache avec Paille-de-Fer complètement idiot, aussi idiot que ce pauvre Pudu qui depuis dix minutes arpente la cour à grandes enjambées en scandant : « Ami… Fais chier… Trou du cul… Bouché… Ami… Fais chier… ». Toute une meute lui emboîte le pas : « Trou du cul… Bouché… Ami… Fais chier… ».

Quelqu'un monte les escaliers en s'agrippant à la rampe de fer qui vibre contre ses tempes. Sans même lever la tête, Julien dit :

« Salut, Boiteux. »

L'infirme s'assied avec peine et allonge sa patte mal fichue avec un soupir :

« Ah là là… Hier j'ai travaillé aux champs… Elle me fait un de ces mal, c'te vache.

— C'est peut-être la faute du temps, dit Julien, c'est pareil pour les vieux de 14… »

L'infirme masse sa main ankylosée pour en chasser les fourmis, plus nombreuses à chaque saison. Il braque ses yeux de myope sur Julien :

« Tu sais pour ma sœur, j'y suis pour rien, moi.

— Je sais que t'y es pour rien, François… T'inquiète, ça a plus d'importance. »

C'est la première fois qu'il l'appelle ainsi : François… Ce dernier hoche douloureusement la tête :

« Les filles, faut pas trop s'y fier… Du moins à ce qu'on dit… »

L'infirme s'est détourné vers le mur. Julien serre les dents pour retenir des larmes qui lui brûlent les yeux. Inconsciemment, leurs épaules se sont rapprochées.

Les voleurs de cerises sont sortis de l'enclos, les poches bourrées. Ils entreprennent une bataille de noyaux qu'ils projettent en les pinçant entre le pouce et l'index. Le Boiteux tend sa main valide en direction de la cour :

« Ton copain, c'est son dernier jour de classe ici. L'an prochain, il reviendra pas…

— Non, y reviendra pas.

— Dès la Libération, sûrement qu'il va retourner à Lyon, et on dit que c'est pour bientôt… Et toi, Julien, tu reviens pour le certif ?

— Tu sais, pour aller au cul des vaches, hein…

— Moi non plus, je reviendrai pas, mes parents veulent que j'aille au séminaire. »

Julien s'est levé et s'est adossé à la balustrade alors qu'en bas quelques isolés continuent de brailler :

« Ami… Fais chier…

— Non, merde ! Mais écoute-les ces cons ! Dis, pourquoi que tu les envoies pas où j'pense, tes vieux ? »

L'autre demeure silencieux. Julien l'attrape par l'épaule :

« Dis l'Boiteux, et si tu foutais l'camp ! On partirait ensemble, n'importe où. »

L'infirme s'est mis debout en s'aidant de la rampe :

« T'es fou, non ! Où que j'irais avec ma guibole ? »

En bas s'organise une farandole conduite par Pierre et le Grand Zef, tandis que Pudu ferme la marche pour ramasser les hésitants. Le serpent s'enroule, se déroule, disparaît sous le préau pour réapparaître scindé en deux et se recoller, entraîné par un chœur des plus anarchiques où les graves se mêlent aux aigus : « Vive les vacances… À bas les pénitences… Les cahiers au feu… Paille-de-Fer au milieu… » Pierre a repéré les deux solitaires. Il pousse la farandole à l'assaut des escaliers. Le Boiteux se plaque contre la rampe, tandis que Julien fait face, poing tendu :

« Foutez-nous la paix ! Foutez-nous la paix ! Merde ! »

Avant d'être happé par la meute, il se lance dans le couloir, décroche sa veste et sa musette, tord sur son passage deux ou trois porte-manteaux, expédie au plafond des bérets et des vestes, tout en hurlant : « Foutez-nous la paix ! Foutez-nous la paix ! » Il file à travers le village, à travers la campagne, au hasard pour ne plus entendre ces cris imbéciles. À l'abri d'une haie de noisetiers, il s'écroule, haletant, les mains plaquées sur les oreilles. De l'autre côté du vallon, le soleil fait miroiter l'étang. Bien plus loin, une auto noire s'éloigne de la ferme des méchants…

Pierre n'aime guère la solitude. Ce soir, pour avoir de la compagnie, il a fait, avec le Boiteux, le détour par les crêtes. Il ne comprend pas pourquoi Julien s'est sauvé de l'école. Le Boiteux qu'il a questionné est resté silencieux. Dommage, car ce dernier jour de classe a été très réussi. Le plus marrant a été la poule que Pudu a lâchée dans la classe. Il fallait la voir sauter après les vitres, l'entendre gueuler comme si on la saignait. Et Paille-de-Fer qui s'échinait à l'attraper ! Il y a eu aussi l'orvet qu'un des Tondus avait caché dans le bureau du Dolphe. Ce cri qu'il a poussé ! Sans compter les poils de gratte-cul que Momo avait récoltés et qu'il vous glissait dans le cou… Passée la ferme du Boiteux, Pierre s'est retrouvé seul sur ce sentier qu'il emprunte pour la dernière fois. Heureux ou pas ? Il n'en sait rien lui-même. Il a changé d'avis si souvent. Pour s'occuper, il a cueilli une poignée de noisettes. Pas mûres, elles ne contenaient qu'une amande dérisoire. Dans un coin d'ombre humide, il a coupé une tige de prêle qu'il a fendue en long pour s'en faire un sifflet. Un truc que lui avait montré Julien. Après deux ou trois trilles, il jette la tige dans la haie. À l'angle d'une terre d'avoine, une bique, dressée contre le tronc d'un frêne, grignote les branches basses, la queue frétillante de plaisir. Surprise, elle s'enfuit en semant une pluie de crottes. La bergère n'est pas loin, une vieille accroupie au milieu du chemin qui, à l'approche de l'intrus, rabat sur ses maigres cuisses une quantité de jupons et file en s'appuyant sur une trique. Pierre n'a eu que le temps d'apercevoir un regard clair, peu amène qui ressemble étrangement à celui du père de Julien. Cette méchante vieille est sûrement la grand-mère. Pas étonnant que Julien crache dans son puits et qu'elle lui jette des cailloux.

La porte à peine franchie, Pierre a été frappé par une odeur qui le ramène, il ne sait pourquoi, dans leur petit appartement de la ville.

« Bonjour, M'man. »

Elle a l'odeur dans les cheveux. Sur le cuivre du couvercle de la bouilloire, il y a une cigarette éteinte.

« M'man, tu fumes, comme papa ?

— Oui, ça m'arrive parfois… Pour me tenir compagnie. »

Son trouble n'a pas échappé à l'enfant. Elle cueille le mégot, le serre et l'écrase dans sa main. Lentement, elle en fait retomber les débris dans le feu.

XII

Août 1944

SOUS LE SOLEIL BLANC, l'air immobile est un four où ne s'aventurent que des hordes d'insectes belliqueux. Pas l'ombre d'un oiseau ne tache les nues, pas un chant ne monte des haies ou des frondaisons. Depuis l'aube, Julien fane, calquant sa marche sur celle de son père. Un pas, la fourche de bois saisit le foin coupé et le fait retomber en pluie. Un autre pas… Julien a troqué son béret contre un chapeau de paille dont un bord déchiqueté lui pend sur l'oreille.

Le soleil brûle son cou et ses épaules. À sa gauche, le père, la casquette sur l'œil, la chemise et la flanelle baignées de sueur, poursuit sa tâche mécanique et silencieuse, à laquelle son genou raide donne des allures d'automate. Un vague « Cré vingt Dieu ! » accompagne le jus de chique qu'il expédie avec un sifflement humide.

Le foin a séché, le temps de faner le champ. Il faut se hâter si l'on veut engranger avant l'orage qu'annoncent, à l'ouest, de sombres bas-reliefs de nuages. Sans même reprendre haleine, ils ont échangé la fourche contre le râteau et roulent le fourrage en talus parallèles entre lesquels passera le char. Leur silence est pareil à celui de la nature. Ils dérivent côte à côte, comme ces rouleaux qu'ils font naître, séparés qu'ils sont par une éternité de silence, le cadavre de Marquise, la mère complètement folle… Le père grimace lorsque sa jambe raide s'appuie de travers. Pourvu qu'il ait bien mal, comme il a fait mal à la mère… Une évidence atroce dont Julien s'est peu à peu imprégné.

Chaque fois que le râteau s'accroche à une motte, le manche de bois réveille les ampoules qui parsèment ses mains. Le char, fermé de ridelles bleues, circule entre les rouleaux de foin qu'un voisin enfourche et jette d'un geste vif au père qui, là-haut, l'ordonne et le tasse. Le père s'est mis pieds nus pour ne pas glisser. L'aiguillon sur l'épaule, Julien conduit l'attelage de bœufs qu'il fait avancer au fur et à mesure. Les deux bêtes portent une muselière grillagée attachée aux cornes par une ficelle de lieuse. À travers les mailles, leur langue râpeuse n'en chaparde pas moins quelques brindilles de fourrage. Leurs flancs, leur ventre et le tour des yeux ont été noircis de *Grézil*, ce qui n'empêche pas des essaims de mouches et de taons gros comme le petit doigt de se poser sur le pelage qui frissonne sous la piqûre. Un battement de queue, un mouvement de tête ne chassent qu'une seconde les insectes voraces. Le voisin doit être malade du robinet, car Julien a remarqué que, toutes les cinq minutes, il plantait sa fourche, se déboutonnait et pissait trois gouttes en poussant de sourdes plaintes. Il pisse n'importe où, même sur le foin, un régal pour les vaches…

Le père est maintenant perché tout là-haut au sommet du chargement. Le foin, il n'y a rien de plus traître, on glisse pour un rien et crac… Julien regarde alternativement son attelage et le père. Un bon coup d'aiguillon dans le ventre, là ou la peau est la moins épaisse, et les bêtes s'emballent. Julien se demande de quel côté va tomber le vieux. Il ne faudrait surtout pas qu'il dégringole sur un tas de foin. Imperceptiblement, il avance en plaçant le char bien au milieu. Le mieux serait de le faire tomber sur le chemin qu'on côtoie lorsqu'on tourne pour repartir dans l'autre sens. Avec un peu de chance, une pierre bien placée… On croira que les bêtes se sont emportées toutes seules. C'est arrivé au pays, surtout par ces temps d'orage. Le père met en place la grosse corde de chanvre qui empêchera de semer le foin d'ici à la grange. Il la lance au voisin qui, à l'arrière du véhicule, manie le treuil à l'aide de deux bâtons. Ça fait clic-clac, clic-clac… D'un commun accord, les deux bœufs ont plié l'échine en quête d'un brin de foin. Julien pose l'aiguillon sur le joug et vise le ventre de la bête de droite, la plus nerveuse. « Je compte jusqu'à trois, souffle-t-il entre ses dents, un… deux… » Le père s'est laissé glisser sur le dos en se retenant à la corde. À terre, il plonge la main dans son col pour en retirer des herbes piquantes, puis, adossé au chargement, il frotte son genou ankylosé tandis que le voisin se déboutonne à nouveau. Les premières gouttes d'une pluie lourde et tiède sont l'avant-garde du déluge qui s'annonce à l'ouest à grand renfort de bruits et de lumière.

Quinze août 1944… Ils ont débarqué en Provence. Pierre s'est précipité sur la carte. La Provence, ce n'est pas loin de Lyon. Si les Américains se dépêchent un peu, ils auront vite fait de remonter la vallée du Rhône, de libérer sa ville et sa Guille. Dans huit jours, quinze au plus…

« Cette fois m'man, c'est bientôt qu'on rentre à la maison et qu'on retrouve P'pa. » Elle arrange dans un vase une brassée de marguerites sauvages. La blancheur des pétales fait ressortir le hâle de son visage et de ses mains. Pierre se souvient comme elle était pâle quand ils sont arrivés. Elle pose le vase sur la table, prend un peu de recul, repique une tige, ébouriffe son bouquet.

« Pierre, tu es si pressé de rentrer ? Tu n'es pas bien ici ?

— Si mais j'aime mieux chez nous. Et puis, il y a p'pa... »

Il trouve sa mère bien insouciante, heureuse même. La voilà qui chantonne en contemplant ses fleurs champêtres. Aujourd'hui, plus encore que d'habitude, des vagues d'oiseaux de métal emplissent le ciel de bourdonnements. Pierre leur adresse ses encouragements :

« Allez ! Allez ! Tapez vite sur la figure aux Boches ! »

Julien remonte de la cave un seau de petit lait dans lequel nagent des tranches de pommes de terre. À peine l'a-t-il vidé dans le *bachat* de pierre que le cochon a surgi de son éternelle et puante obscurité, le mufle frémissant. Poursuivi par l'écœurant clapotis, il gravit la cour qui a tant chauffé au soleil que les flaques de purin se sont solidifiées et craquelées. Le passage d'une escadrille ne lui fait même pas lever la tête. Il longe le hangar. Personne n'a dû toucher au nid de paille, ni à la chaîne accrochée au timon de bois que sa chienne a rongé avec de crever de froid et de faim.

Soudain apparaît sa mère, le dominant de toute la volée d'escaliers. Sa bouche mâchouille des mots sans suite. Son regard, rivé très loin au-dessus des toits ne s'est même pas détourné. Animées de geste répétés à l'infini, les mains tortillent le haut de sa blouse.

Julien s'approche, marche après marche, comme il le ferait d'une bête farouche : « N'aie pas peur, m'man, c'est moi, ton Julien… » Il avance doucement la main et la saisit par le bras : « Allons, viens m'man, c'est Julien… » Elle semble le découvrir et répète, comme une litanie : « C'est Julien… C'est Julien… » Il l'entraîne vers la porte. Elle suit à petit pas, en se dandinant comme une pauvre cane.

Une escouade de poules a investi la salle de séjour. Juchée sur la grande table, une poule blanche picore un fond de faisselle en faisant sonner le métal. Avec des « Pch ! Pch ! » il fait fuir les volatiles.

Il guide la mère jusqu'à sa chambre et l'aide à s'asseoir dans un fauteuil dont les accoudoirs vomissent leur crin. Par la fenêtre qu'il a entrebâillée, une nuée de mouches fuse vers le ciel. Un moment, il reste debout appuyé contre le dossier du fauteuil. Il voudrait pleurer pour se soulager, mais il ne sait pas faire, il n'a pas l'habitude de pleurer… Pourtant, il sent qu'il se noie, sans rien trouver pour s'accrocher.

Sa mère, cette pauvre épave… Son père, cette sale bête… la dame… Il regagne la terrasse.

Il respire profondément, les yeux clos. Dieu que, dans cet univers empuanti où il se débat, l'air pur lui fait du bien… Mais pourquoi, soudain, ce meuglement répété, douloureux provenant de l'écurie ?… Une bête mettant bas ?… Non, la plainte n'est pas pareille… C'est le père qui doit cogner la Blanche… ou plutôt la Bardée… Il la hait, celle-là. Julien dévale les escaliers, traverse la cour et ouvre la porte de l'écurie. Les appels de détresse lui crèvent les tympans. Il arrache une fourche du tas de fumier.

C'est bien la Bardée que le père roue de coups. Armé d'une grosse trique, il la cogne froidement, méthodiquement, deux coups à droite, deux coups à gauche, accompagnant son geste de bûcheron de vigoureux : « Han !… Han !… » À chaque coup, la bête tire sur sa chaîne et plie les jarrets.

« Arrête ! »

Julien a hurlé, puis s'est avancé pointant à deux mains la fourche souillée de purin. Le cri a immobilisé le père, le bâton levé. Julien s'étonne de n'éprouver nulle crainte. L'autre a dû le sentir car il laisse choir sa trique. Julien le défie : « Pourquoi que tu ne me tapes pas dessus ? T'as déjà tué la mère, alors… Et ma Marquise, hein, tu l'as tuée aussi ! » Deux yeux froids, au ras de la visière de la casquette, l'observent sans ciller. Mais Julien poursuit : « J'espère qu'un jour une bête te cognera et cette fois ce sera pas dans le genou… » Crânement, le regard de Julien affronte celui du père. Une vache lève la queue et urine à grand fracas dans le caniveau. L'enfant abaisse la pointe de sa fourche et dit en branlant la tête : « T'inquiète pas, l'Julien y t'emmerdera plus longtemps… » Il tourne le dos au père et, d'un pas lent et désinvolte, il franchit l'espace qui le sépare du portail. Mais, Dieu qu'il est loin ce portail !

D'un coup sec, il repique la fourche dans son fumier.

Comme un animal, il s'est enfoncé dans le foin de la grange. À travers le plancher disjoint, il perçoit la chaleur des bêtes, le heurt de leurs cornes contre les mangeoires. Son exaltation retombée, il retourne, peu à peu, à une réalité qui l'épouvante : « Emmenez-moi… Emmenez-moi avec vous », murmure-t-il dans un sanglot.

Tout au long du sentier des crêtes, les buissons regorgent de mûres. Pierre fait la cueillette dans une boîte de flanc Alsa dont il a déchiré le couvercle. Avec sa mère, ils ont appris à tordre les baies dans un torchon pour en extraire le jus. Ils feront plusieurs pots de gelée qu'ils emporteront à Lyon. Ce sera meilleur que le sucre de raisin. Tout en pestant contre les épines traîtresses et ces baies trop mûres qui s'écrasent et vous tachent les doigts, il s'amuse à reconnaître les bruits familiers : le ronron de la batteuse et son sifflet, un jour ici, le lendemain ailleurs, le rythme ferraillant de la faucheuse abattant les épis, le « Allez, hoho ! Allez, hoho ! » du jeune berger rassemblant ses bêtes à l'heure du retour… Il a aussi entendu le battement du portail de la ferme et un bruit de galoches sur la pierraille. Julien… Avant, il venait à la maison pour un oui ou pour un non, mais depuis quelque temps on dirait qu'il fuit leur compagnie. Peut-être qu'il ne les aime plus… Peut-être qu'il n'en a plus le loisir, car les foins, retardés par les orages, sont à peine terminés que les moissons battent leur plein. Et quand, par hasard, ils se rencontrent, Pierre trouve son camarade bizarre, tantôt morose et silencieux, tantôt excité et volubile…

Julien se montre au bout du chemin. Il serre dans sa main un bâton au bout duquel il a fixé avec du fil de fer une fourchette aux dents redressées.

« C'est quoi ? C'est pour les vaches ? demande Pierre, perplexe.

— T'occupe… Laisse tes mûres, c'est un boulot de fille. Moi, je vais te faire voir un truc pour les hommes. Mais faut pas être trouillard. »

Pierre lui trouve un drôle de regard à son copain. Et puis il gesticule, il parle fort en soufflant une haleine empestée qui lui rappelle la gnôle que la voisine avait fait boire à sa mère.

« T'as tes galoches, au moins ? »

Sans comprendre, Pierre lève une jambe.

« Ben oui, je les ai.

— Alors suis-moi. »

Derrière Julien, Pierre cherche dans sa mémoire le nom de ce dieu que l'on montre toujours dans l'eau, nanti d'une longue barbe et d'un trident. Flûte, il a oublié ! Il y a un an, lors de leur première rencontre, Pierre avait trouvé le jeune paysan mal fagoté. Que dire aujourd'hui ! Julien lui offre le spectacle de deux coudes largement ajourés, d'une culotte barrée d'une déchirure fermée par deux épingles à nourrice… Entre la tige des chaussures et la culotte, le creux du genou et le mollet sont gris de saleté. Ils suivent rapidement le sentier des crêtes jusque vers chez la grand-mère, puis ils grimpent sur leur droite jusqu'à l'orée d'un bois de châtaigniers et de fayards. Tout en longeant une suite de pierriers que des paysans ont élevés au fil des siècles, Julien semble guetter quelque chose… Après avoir fait signe à son camarade de rester à l'écart, il grimpe avec circonspection sur un tas de cailloux. Sous l'œil intrigué de Pierre, il s'avance sur la pointe des pieds, se baisse, se relève, allonge le cou, fait un pas… Soudain, il se statufie, et un doigt sur ses lèvres :

« Viens voir », souffle-t-il.

Pierre a un sursaut effrayé. Lovée sur une table de granit, sommeille une vipère.

« C'est une grise, les moins mauvaises, murmure Julien en retenant Pierre par la manche. Regarde bien ! »

Les dents de la fourchette crissent sur le granit. Au bout du bâton relevé à la verticale, le serpent se tord et mord l'écorce, tandis que Pierre dégringole le pierrier pour se réfugier au milieu du champ.

« Trouillard ! »

D'un coup de talon, Julien, a écrasé la tête du reptile.

« Elle est morte, tu crains plus rien », dit Julien en arrachant la fourchette.

À Pierre, qui a fini par s'approcher après bien des méandres, il explique : « Tu vois son gros bide, c'est une femelle. Alors ouvre tes yeux. » Julien pose un pied sur la tête mutilée, tandis que de l'autre écrase progressivement le corps en allant vers la queue. D'un coup, l'abdomen se déchire, libérant trois ou quatre bébés vipères qui vont se tortiller dans l'herbe avant de finir sous le bois des galoches. Julien tend le trident d'un air de défi : « Alors tu veux pas essayer ?… T'as peur, hein… Moi, j'ai peur de rien… » Il plante la fourchette devant ses pieds. « Tiens, j'en n'ai même pas besoin… Avec les mains seulement. Zieute ! » Il monte à nouveau sur un des pierriers, s'agenouille, soulève quelques pierres et renouvelle son manège deux pas plus loin. Son camarade le voit tout d'un coup avancer lentement, lentement une main, marquer un temps, puis la plonger violemment derrière un rocher. « J'la tiens, la garce. »

Triomphant, il brandit une seconde vipère dont le corps s'est enroulé autour de son poignet, tandis qu'il tient la tête, aux mâchoires béantes, serrée entre le pouce et l'index. Pierre recule à mesure que l'autre descend de son tas de cailloux.

« Alors, l'froussard, t'as vu ! »

D'un mouvement violent du bras, Julien projette le serpent contre un rocher, puis il soulève le cadavre par la queue.

« Et c'était une rouge, mon gars…

— T'es fou, Julien ! Et si elle t'avait mordu, tu pouvais mourir.

— Eh bien, tant mieux. En attendant j'l'emmène pour la mettre dans l'eau-de-vie. On fait macérer et c'est bon pour le mal de ventre. »

Les deux garçons ont repris le chemin du hameau. Julien, le trident sur l'épaule, laisse pendre au bout de sa main le cadavre dont la tête rebondit sur le sol. Pierre suit de loin, au cas où la vipère ne serait qu'assommée… ou ferait semblant. Julien dépose la dépouille au pied du mur de la terrasse. La maman de Pierre, assise à l'ombre de l'arbre, replie soigneusement un journal et les accueille d'un sourire :

« Bonjour les enfants. Pierre, tu vas être content, nous partons après-demain. Le temps de faire les valises, de fermer la maison… » Pierre entreprend autour de sa mère une danse du scalp : « Nananère, on s'en va… Nananère, on s'en va. » Julien s'approche de la murette et balance de toutes ses forces le trident qui va se ficher dans les orties du parc à cochons. Il s'accoude, le visage entre les mains, face à l'île aux cocotiers, face au sentier qui conduit à la route et à l'étang. Au fond, le village et son clocher ventru, l'école… Plus loin, bien plus loin, les collines, les villages inexplorés, et encore plus loin, une barre de montagnes grises derrière laquelle devait se cacher leur ville. Et c'est là-bas qu'ils vont partir pour toujours… Il savait que cela arriverait un jour.

« Tiens, je te les laisse. »

Alternativement, Julien porte les yeux sur les deux galoches posées sur la murette et sur Pierre, nu pied, rayonnant.

« On a la même pointure, alors t'auras qu'à les mettre.

— Mais tu ne les emportes pas ? Ça coûte des sous… et puis, on avait tous les deux les mêmes… T'as déjà oublié ?

— Tu m'imagines avec ces machins sur les trottoirs de la Guille. Clac ! Clac ! »

Il mime une démarche chaloupée, les mains dans les poches, le dos rond…

« Tu les aimais bien avant.

— Avant c'était avant. Alors, mes godasses, tu les prends oui ou merde ? »

Julien va pour répliquer, mais à quoi bon. Le petit citadin pourrait-il comprendre ? Comprendre ce que c'est d'être malheureux à en mourir ? Il va à la barrière, ramasse le cadavre de la vipère et s'enfuit en ayant soin de détourner la tête pour ne pas voir la dame. Dans la cour, il jette le serpent à la poule qui prend le large poursuivie par une horde de volatiles en folie.

Elle a soigneusement clos le portillon et poussé le loquet, la main par-dessus les barreaux, puis elle a roulé une grosse pierre contre chaque battant. Le vent pourra souffler. À l'ombre du tilleul, les valises à ses pieds, elle s'est retournée vers la maisonnette dont les ouvertures sont aveuglées par des volets pleins. Pierre tourne autour du géant pour saluer une dernière fois son univers d'une année.

« Au revoir le petit bois ! Au revoir l'étang ! Au revoir le crêt ! Au revoir Paille-de-Fer ! »

En contrebas, dépassant des orties, il découvre la hampe du trident. Julien ! Mais pourquoi n'est-il pas venu leur dire au-revoir ? Il aurait quand même pu !

« Allez, M'man ! On part…

— Sans dire au-revoir à ton camarade ? »

Elle regarde le portail de la ferme dont les battants restent clos.

« Il n'avait qu'à être là, M'man, il savait bien qu'on partait.

— Va voir quand même. »

Pierre entrebâille la lourde porte en prenant soin de ne pas faire claquer la serrure, de peur de voir se profiler l'ombre inquiétante du fermier. Il appelle à mi-voix : « Julien ! Oh, Julien ! » Dans la cour, pas une âme, même les poules sont parties en quête de fraîcheur. Il referme en faisant plusieurs fois non à l'adresse de sa mère. Elle reste pourtant plantée là, au pied du tilleul. Pierre devine son indécision. Elle se penche pour saisir sa valise, puis se ravise, une ombre dans les yeux. Tout ça pour un étranger… Elle consulte sa montre : « Pierre, on a encore quelques minutes, essaie de le trouver. » En rechignant, il contourne la maisonnette et gravit la petite butte surplombant le hameau. Peut-être s'est-il à nouveau réfugié là-haut. Il n'y a personne. Des pissenlits poussent dans le trou qui a commencé à s'effondrer. Les mains en porte-voix, il interroge les quatre points cardinaux : « T'es là, Juliennnn… !

T'es là, Juliennnn… ! » Seul l'écho familier lui répond.

Alors qu'il dévale le sentier, il aperçoit une ombre noire montant à sa rencontre. Une double haie de ronces l'empêche de s'esquiver à travers champs. La femme s'est arrêtée au milieu du chemin. Elle tend les bras vers le garçon : « C'est Julien… C'est Julien… ». Pierre se faufile en se griffant aux épines et se sauve à toutes jambes pour ne plus entendre. Il rejoint sa mère sous le vieil arbre. Sans lui poser la moindre question, elle s'essuie le front et les mains avec son mouchoir, et attrape sa valise d'une poignée ferme :

« Allons, il faut partir ! Pierre, prends l'autre valise, le car n'attendra pas. »

D'une lucarne à l'autre du grenier, Julien a suivi les préparatifs du départ. Il les a vus stationner longuement sous le tilleul, il a entendu Pierre l'appeler sur le crêt, il a suivi l'ombre agitée de sa mère, il a aussi vu la dame qui guettait le portail clos… Ils sont partis. Julien a quitté son grenier et s'est assis sur la grosse pierre. À mi-pente, il retrouve les deux silhouettes qui se hâtent à contre-jour. La valise leur donne des allures d'infirmes, un bras tiré vers le bas, l'autre écarté comme une aile. En dépit de sa charge, Pierre fait une incursion parmi les chaumes. C'est amusant d'y courir, l'eau de pluie amassée dans les tiges coupées vous gicle après les mollets. Le voilà qui pose sa valise, se baisse et porte quelque chose à sa mère. Un bleuet ? Un coquelicot ? Le petit bois les absorbe. Il les guette tout au bas de la pente. Comme étranger à son propre corps, il ne perçoit plus la tiédeur de l'air sur sa peau, il n'entend plus le bruissement des feuilles au cœur du géant, il ne sent plus l'odeur de l'herbe et de la terre desséchées. Un moment, il a cru entendre un cri : « Cré vingt Dieu ? l'Julien ? », et puis un murmure répété : « C'est Julien… C'est Julien… » Mais ces bruits doivent venir de sa tête.

Parvenus au bord de la route, dont le goudron paraît osciller sous le soleil, ils ont posé leur valise. Presque aussitôt, le car se montre au bout du virage, derrière la barre des peupliers. Le même… Le car s'arrête. Un homme se montre à la portière et Pierre se précipite dans ses bras. Quand le car a démarré, Julien a entendu un enfant crier à côté de lui : « Maman ! » Sur la route, il n'y a plus qu'un peu de fumée.

Une heure a dû s'écouler. Assis sur sa pierre, Julien a vu les ombres s'étirer, jouer à saute-mouton par-dessus les murets et les sentiers, se poursuivre et se rattraper, effaçant les derniers îlots de lumière. Il s'est levé, a lié par leurs lacets les galoches de Pierre et les a jetées sur son épaule. Sans hâte, il a pris le chemin familier, bruissant encore de jeux et de disputes, tour à tour inondé de pluie, de boue, de neige et de soleil. Puis le goudron de la route a retenti de son seul pas. Guère longtemps, car il n'est pas allé plus loin que l'étang. Parce que c'est là qu'il a rendez-vous…

Et ce rendez-vous, cette fois il ne le manquera pas.

Après avoir posé ses galoches à côté de celles de Pierre, il s'est assis sur la murette. Ses pieds nus battant la pierre, il a longuement contemplé l'onde épaisse. Comme il doit faire bon s'enliser dans cette eau, dans cette tiédeur maternelle… Troublé par le froissement des peupliers déjà dévêtus, il entend un appel montant du fond de l'étang : « Juliennnn… Juliennnn… » Une voix douce pressante qui grimpe avec les salves de bulles venant crever la surface. « Juliennnn… Juliennnn… » La dame… Il ne peut plus refuser… Il se penche davantage sur l'onde.

On court derrière lui, sur le bitume. Ah non ! Il ne veut pas qu'on le dérange. À regret, il détourne la tête. Francine ! Elle galope bien comme une fille, en se déhanchant. Elle l'appelle :

« Oh, Julien ! Julien. » Elle pose ses coudes sur le mur de l'étang. Sa poitrine haletante soulève son corsage qui bombe par endroits. Les deux paires de galoches les séparent.

« Tu faisais quoi, Julien ?

— Rien… Je regardais l'eau.

— Et t'as quitté tes godasses pour regarder ? »

Comme le garçon ne répond pas, elle poursuit :

« Moi, je passais comme ça… Je t'ai vu du chemin… »

Elle ment, c'est sûr. Elle est venue guetter le départ de Pierre. Et voilà qu'elle a glissé ses deux poings dans les galoches du petit citadin et qu'elle joue à les promener sur la murette : Clac ! Clac ! Clac ! Brusquement, elle suspend son jeu et jette les chaussures dans l'étang. Un instant, elles flottent le ventre en l'air puis coulent en tournoyant comme des poissons malades.

« Francine ! Mais t'es folle ! Pourquoi, dis pourquoi ?

— Parce que… Eh bien parce que c'est un étranger… Bon débarras… Tiens Julien remets tes galoches. »

Il a obéi, il n'y a plus d'obstacle entre eux. Elle s'est rapprochée.

« Dis Julien, t'es cracra. »

Elle suçote un coin de son mouchoir et lui passe le tissu humide sur la figure. Il grogne mais se laisse faire.

« Tiens, même que comme ça, tu serais presque mignon », ajoute-t-elle en lui arrangeant la tignasse dans le râteau de ses petits doigts.

Une goutte de salive par-ci, par-là, discipline les vilains épis. Pour mieux juger, elle prend deux pas de recul et l'observe droit dans les yeux par-dessous ses franges.

« Voilà qui est mieux. Allons, viens ! »

Elle le tire par la main. Cramponné à son mur, il résiste, puis du bras, la ramène contre lui. Elle se laisse aller et ses lèvres, comme par mégarde, effleurent un coin de sa bouche.

« Allons, viens ! » répète-t-elle.

Il a un regard vers la colline.

« Laisse, Julien… Ils ne sont pas de chez nous. »

Dans le vallon, la nuit allume les premières lumières du village. Ils marchent sur le goudron sans s'être lâché la main et disparaissent au bout du virage des peupliers.

Dans les ajoncs de l'étang, une grenouille clame ses amours tardives.

Table des matières

DANS LA MÊME COLLECTION

Les textes de la collection Terre de Poche nourrissent la mémoire collective à travers des histoires fortes, des récits de voyage, des documents historiques ou des chroniques intimes.

1 - *La Bête du Gévaudan,* François Fabre et Jean Richard
2 - *Voyages avec un âne dans les Cévennes,* Robert Louis Stevenson
3 - *Le Pain de Lamirand,* Jean Anglade
4 - *La Burle,* Paul Perrève
5 - *La Montagne aux sabots,* Georges Rey
6 - *La Dernière Estive,* Antonin Malroux
7 - *Clémentine,* Jean-Louis Chantelauze
8 - *Tintinou, paysan,* Justin Bourgeade
9 - *Le Pain de cendre,* Paule Valette
10 - *Le Retour de Rose,* Yveline Gimbert.
11 - *Le Troisième Prétendant,* Jean-Pierre Fournier la Touraille
12 - *Les Porteurs de terre,* Jean Rosset
13 - *Les Galoches Rouges,* Paul Perrève
14 - *La Meule Éclatée,* Paule Valette
15 - *La Tondue,* Marie de Palet
16 - *Julien, berger des collines,* Julien Ventre
17 - *Le Secret de Marie,* Jean Chauvigné
18 - *La Roque-Basse,* Claude-Rose Touati
19 - *Le Refus,* Christian Marcon
20 - *Les Arbres de mai,* François Cognéras
21 - *La Tuile à loups,* Jean-Marc Soyez
22 - *Le Sentier Aride,* Marie de Palet
23 - *La Petite Fadette,* George Sand
24 - *La Vallée des forges,* Joseph Gourgaud
25 - *Antoinette, une vie de femme en 1900,* René Proriol
26 - *La Demoiselle du presbytère,* Yvette Frontenac
27 - *Jacquou le Croquant,* Eugène Le Roy

28 - *La Belle Ouvrage,* Gérard Boutet
29 - *Mémoires de femmes,* Gérard Boutet
30 - *Saisons paysannes,* Gérard Boutet
31 - *Les Encriers de porcelaine,* Jean-Paul Malaval
32 - *Comme le scorpion sous la lauze,* René Évrard et Aimé Vielzeuf
33 - *L'Étoile rousse,* Yvette Frontenac
34 - *La Rosée blanche,* Jean-Paul Malaval
35 - *Là où les chèvres sont pires que les loups,* Michel Verrier
36 - *Adieu lou païs,* Micheline Boussuge
37 - *Les Mains au dos,* Jean Anglade
38 - *Le Destin des Vanbergh,* Gilberte-Louise Niquet
39 - *L'Enfant oublié,* Marie de Palet
40 - *Les Forestiers,* Gérard Boutet
41 - *Métiers insolites,* Gérard Boutet
42 - *Nos grands-mères aux fourneaux,* Gérard Boutet
43 - *Les Jours derrière la montagne,* Paule Valette
44 - *Les Années buissonnières,* Roger Bichelberger
45 - *La Batteuse,* Charles Briand
46 - *L'Empreinte du dieu,* Maxence Van Der Meersch
47 - *L'Enfant de la Borie,* Jean Rouquet
48 - *Le Dernier Regain,* Francis Grembert
49 - *La Ferme des neuf chemins,* René de Maximy
50 - *L'Enfant de la Montagne noire,* Laurent Cabrol
51 - *Les Enfants du beffroi,* Gilberte-Louise Niquet
52 - *Des croix sur la mer,* Jean-François Coatmeur
53 - *La Robe bleue d'Hélène,* Jean Mouchel
54 - *La Bâtisse aux amandiers,* Henri Julien
55 - *L'Ivraie et le Bon Grain,* Jean Anglade
56 - *Mensonges,* Jacques Mazeau
57 - *Au café de l'Église,* Jean-Marc Soyez
58 - *La Passe-Vogue,* Simone Chamoux
59 - *Le Bal des sabots,* Georges Rey

60 - *Le Pensionnat,* Josette Alia
61 - *Les Disparues de la Saint-Jean,* Laurent Cabrol
62 - *Les Ombres du Léman,* Daniel Vigoulette
63 - *Les Rustres,* Jacques Rouil
64 - *Apollonie,* Henri Jurquet et Marie Rouanet
65 - *La Ferme d'en bas,* Jacques Mazeau
66 - *L'Atelier du vannier,* François Gardi
67 - *Le Chat derrière la vitre,* Gilbert Bordes
68 - *Le Mal rôde,* Jean-Claude Sordelli
69 - *Le Moulin des retrouvailles,* Bernadette Puijalon
70 - *Les lentilles vertes,* Henri-Antoine Verdier
71 - *Orgueilleuse,* Suzanne Lardreau
72 - *Le Chemin des larmes,* Christian Laborie
73 - *La Bouzoute,* Armand Toupet
74 - *Le Pays oublié,* Jean Anglade
75 - *Les Gens de la vallée,* Jean Ribes
76 - *Les Souliers ferrés,* Maurice Bouchet
77 - *Jeantou, le maçon creusois,* Georges Nigremont
78 - *Le Nid de la hulotte,* Dicta Dimitriadis
79 - *Les Cinq Filles du Grand-Barrail,* Geneviève Callerot
80 - *La Taille de la Saint-Vincent,* Michel Verrier
81 - *Les Vieux Démons,* Joël Sélo
82 - *La Vie en plus,* Georges-Patrick Gleize
83 - *La Servante,* Louis-Olivier Vitté
84 - *Le soleil de Monédière,* Antonin Malroux
85 - *Le blé germe en hiver,* Marie Nicole Cappeau

Poches pratiques

P1 - *Saints, Anges et Démons*
P2 - *Mots d'amour*
P3 - *Citations, Proverbes et Dictons*
P4 - *Trucs et Conseils à l'ancienne*
P5 - *Grandes et Petites Histoires de la gourmandise française*
P6 - *Aux plaisirs du Jardin*
P7 - *Confitures et Gourmandises*
P8 - *Vertus et Bienfaits des plantes*
P9 - *La Cuisine sauvage au jardin*
P10 - *La Cuisine sauvage des haies et des talus*
P11 - *Le Saisonnier - Guide du jardinage naturel*
P12 - *Secrets de beauté*
P13 - *Confidences de guérisseurs*
P14 - *Votre santé par les élixirs*
P15 - *Votre beauté par les plantes*
P16 - *Les Légumes de votre marché*
P17 - *Secrets de fruits*

D i s p o n i b l e

La Pierre levée

Paul Perrève

Dans la garrigue il y a 4 000 ans, des tribus grattent le sol, élèvent des moutons et tournent des vases d'argile. Le clan de Vieux-Chêne vénère la terre mère et respecte ses morts. Ils vivent en paix jusqu'au jour où d'étranges hommes-chevaux font irruption…

129